REDLINE WIRTSCHAFT
bei ueberreuter

Robert Musil

DER MANAGER OHNE EIGENSCHAFTEN

Roman

REDLINE WIRTSCHAFT
bei ueberreuter

Robert Musil
Der Manager ohne Eigenschaften
Frankfurt/Wien: Redline Wirtschaft bei Ueberreuter, 2003
ISBN 3-8323-0911-X

Unsere Web-Adressen:

http://www.redline-wirtschaft.de
http://www.redline-wirtschaft.at

1 2 3 / 2005 2004 2003

Umschlag: INIT, Büro für Gestaltung, Bielefeld

Typografie: deleatur:com
Druck: Druckerei Theiss GmbH, A-9431 St. Stefan im Lavanttal
Printed in Austria

Inhaltsverzeichnis

PROLOG

WORAUS BEMERKENSWERTER WEISE NICHTS HERVORGEHT

„Tja, es gibt halt immer wieder diese unsterbliche Sehnsucht nach einem anderen Leben.“

Das war der erste Satz, den ich aus dem Munde dieses fremden Mannes vernahm, von dem ich schon damals ahnte, dass er eine besondere Rolle spielte. Der Mann, dachte ich damals. Der Satz, vermute ich heute.

Ich hörte den Satz auf der Beerdigung eines der wichtigsten Wirtschaftsrepräsentanten unserer Zeit. Der Name des Sprechers war Paul Arnheim, was ich aber erst später erfuhr. Den Verstorbenen will ich der Diskretion halber und mit Rücksicht auf seinen Vater nur mit Vornamen titulieren: Ulrich. Immerhin war Ulrich durchaus jemand, der uneingeschränkten Respekt und Hochachtung verdient – trotz seines denkbar merkwürdigen und tragischen Todes.

Ulrichs Beerdigung fand im allerengsten Familienkreis statt. Dass ich überhaupt von Ort und Termin der Bestattung erfahren hatte, lag nur an den guten Beziehungen, die der Chefredakteur unseres Nachrichtenmagazins mit Ulrichs ältestem Freund pflegte. Über diesen persönlichen Kontakt hatte er von den unglückseligen Umständen erfahren, unter denen der renommierte Manager zu Tode gekommen war. Der geheimnisvolle Tod und die noch viel geheimnisvollere Geschichte dahinter waren für einen gestandenen Journalisten wie unseren Chefredakteur natürlich unwiderstehlich. Doch da er selbst – eben aufgrund derselben persönlichen Beziehungen – sich der Geschichte keinesfalls annehmen konnte und überhaupt die Recherche aufgrund der hochkarätigen Beteiligten möglichst unauffällig vonstatten gehen musste, kam ich ins Spiel.

Ich hatte gerade mein Volontariat abgeschlossen und war in einschlägigen Kreisen ein Niemand. Die perfekte Besetzung also, um einer Sache, über die in allen Unternehmenskreisen größtmögliches Stillschweigen bewahrt wurde, in aller Naivität neugierig nachzugehen.

Die Geschichte, die mir mein Chef eröffnete, war der Öffentlichkeit nur in Bezug auf das furiose Finale bekannt. Dieses im Wortsinne niederschmetternde Ereignis war auch nicht zu verheimlichen gewesen. Aber die kurze Vorgeschichte kannten nur Insider – so wie mein Chef und nun ich.

Was war geschehen?

Ulrich war Vorstandsvorsitzender einer großen Privatbank in Frankfurt am Main. Mit 42 Jahren war er einer der jüngsten Top-Manager überhaupt und hatte eine entsprechend fulminante Blitzkarriere hingelegt. Zudem war er seit acht Jahren glücklich verheiratet und Vater von drei kleinen Kindern.

Am 16. August 2002 leitet er eine Vorstandssitzung, bei der alle wichtigen Mitglieder der Führungsgremien seiner Bank anwesend sind. Um 9.27 Uhr steht er unvermittelt während der Präsentation seines Finanzvorstandes auf, zieht unter den verdutzten Blicken des gesamten Gremiums ein Kaugummi aus der Jackettasche, wickelt es aus dem Papier, schiebt es sich zwischen die Zähne, kaut es kurz und entschlossen durch, nimmt es aus dem Mund und klebt es mit spitzen Fingern unter den Konferenztisch. Dann geht er zum Fenster, öffnet es, klettert auf die Fensterbank und – bevor jemand begreift, was hier Unfassbares geschieht – springt er aus dem 34. Stock des Bürogebäudes. Um 9.29 Uhr schlägt eine undefinierbare Masse Mensch ein paar hundert Meter tiefer auf dem Bürgersteig auf. Passanten, die zufällig Zeugen dieses Sprungs wurden, fallen in Ohnmacht, verstummen für den Rest ihres Lebens, brechen in hysterisches Schreien aus. Autos bremsen, blinken, hupen. Die kleine Welt des Frankfurter Bankenviertels erschrickt vor dem Tod.

Drei Fragen waren nach Ansicht meines Chefs nunmehr zu klären: Warum suchte Ulrich den Tod? War es Zufall, dass Ulrich im selben Alter wie Elvis Presley starb und das auf den Tag, ja vermutlich auf die Minute genau 25 Jahre nach dem Tod des Rock 'n Roll-Stars? Und: Welche Rolle spielte das Kaugummi?

Der Auftrag – so seltsam er war – schien mir die Chance zu sein, mein journalistisches Talent unter Beweis zu stellen. Natürlich war ich unsicher, ob es mir gelingen würde, eine wirklich verwertbare Story zu entdecken, zumal mir mein Chef eröffnete, dass in den offiziellen Stellen niemand irgendeine Auskunft geben würde – aber da ich ansonsten arbeitslos gewesen wäre und die Zeiten für junge Journalisten ohnehin nicht besonders rosig waren, zögerte ich nicht lange und schlug ein. Mein Chef legte mir einen knapp zwölfseitigen Vertrag vor, in dem ich mich zu diesem und jenem, vor allem aber zur strikten Geheimhaltung gegenüber jedem und über alles verpflichtete. Das war ungewöhnlich, aber auch das Honorar war ungewöhnlich – neben einem hohen Vorschuss hatte ich bei den Spesen freie Hand und bei Erfolg gäbe es nochmal eine ungewöhnlich hohe Prämie. Ich hatte also nichts zu verlieren. Jedenfalls dachte ich das. Im Laufe der Recherche begriff ich, dass es um alles ging: die Wahrheit, die Wirklichkeit und um den gesunden Menschenverstand.

Dass ich jetzt diese Geschichte in dieser Form publiziere, bricht alle vertraglichen Vereinbarungen. Aber ich halte es für meine Pflicht, diese Lebensgeschichte eines der wichtigsten Protagonisten der deutschen Wirtschaftsgeschichte zu veröffentlichen. Ich werde sie auf den folgenden Seiten soweit wie möglich chronologisch erzählen.

Erwähnen will ich vorab nur noch, dass mein Recherchebeginn auf der Beerdigung insofern von Erfolg gekrönt war, als ich hier auf einen Schlag alle Personen traf, die in Ulrichs Leben eine Rolle gespielt hatten: Ulrichs Ehefrau Leona, die Witwe von Graf Leinsdorf mit ihrem Golflehrer, Bankdirektor Leo Fischel, dessen Tochter Gerda und seine Frau Klementine, General Stumm von Bordwehr, die empfindsame Ermelinda Tuzzi, Ehefrau von Sektions- und Agenturchef Tuzzi und platonische Geliebte von Ulrichs ältestem Freund Arnheim, der wie bereits erwähnt auch anwesend war, Ulrichs Schwester Agathe, deren Ehemann Professor Gottlieb Hagauer und schließlich der Prophet Meingast, jahrelanger Coach und damit intensivster Begleiter von Ulrichs Aufstieg und Fall, wobei er letzteren, den wohl mutigsten Karrieresprung Ulrichs, natürlich nicht mehr begleitet, wenngleich vielleicht motiviert hat …

I

Bankdirektor Leo Fischel

Jugendfreunde

Es war nicht lange vor jenem 16. August 1977, dem Todestag Elvis Presleys, nämlich im Juni desselben Jahres, als Ulrich, damals gerade 17 Jahre alt, mit seinem gleich alten Schulfreund Arnheim und einigen anderen nur wenig älteren Freunden in einem zerbeulten VW-Bus nach Berlin fuhr. Sie waren alle gemeinsam in der Heimatstadt aufgebrochen, hatten sich gebatikte T-Shirts in die Rucksäcke und schwarze Afghanen in die Jeanstaschen gesteckt und vernebelten nun mit dem Qualm selbst gedrehter Joints die Sicht auf die Autobahn und in die Zukunft. Beides war ihnen von Herzen scheißegal, weswegen „Shit" auch ihre Lieblingsdroge war, weit vor Bier, Wein oder Jägermeister. Sie interessierten sich mehr für Uschi und Gabi von nebenan als für die Revolution, aber das hätten sie nie zugegeben – dazu waren sie zu stolz.

Und so tuckerten sie mit unterschiedlichen Träumen und etwa achtzig Stundenkilometern über den Asphalt der Hoffnungslosigkeit – zusammen mit 130.000 anderen gottlosen No-Future-Jugendlichen – zum evangelischen Kirchentag nach Berlin. Was sie dort in ihrer depressiven Orientierungslosigkeit suchten, war nicht etwa theologische Erbauung, sondern noch mehr deprimierende Desorientierung – schließlich galt es sich zu stählen für harte Zeiten. Es drohte ein dritter Weltkrieg, der atomare Super-GAU, die Rückkehr des Faschismus – und der Sieg derjenigen, die dank „Saturday Night Fever" auf der Tanzfläche definitiv mehr hermachten als die langhaarige Steh-Blues-Fraktion. Dem galt es vorzubeugen – die Wallfahrt nach Berlin versprach Befreiung durch demütigen Hochmut. Denn die Möchtegern-Travoltas hatten keinen bunt bemalten VW-Bus und konnten darum mit ihrem amerikanisch-imperialistischen Frohsinn nicht gegen die tiefgeistige Depression der beseelt protestierenden Protestanten anstehen. Zum Beleg seiner geistigen Überlegenheit hatte sich Arnheim im Antiquariat ein extradickes Buch geklaut, das dank des viel versprechenden Titels seiner Verzweiflung angemessen schien: Der Mann ohne Eigenschaften.

Im Unterschied zu Ulrich hatte er das Buch ganz gelesen, jedenfalls konnte er das glaubhaft versichern. Voller Pathos zitierte er gern und immer wieder daraus und schmückte sich außerdem mit diversen Meinungen, die er aus der Sekundärliteratur zusammengetragen hatte – zumindest Ulrich ließ sich davon so sehr beeindrucken, dass aus dieser Bewunderung der Keim einer lebenslangen Freundschaft spross. Dabei konnten die beiden ungleicher kaum sein:

Ulrich war extrovertiert, manchmal fast vorlaut. Aber da er seinen Übermut immer in Freundlichkeit bettete, wurden ihm seine gelegentlichen Frechheiten nicht übel genommen, sondern unter „charmant" verbucht. So erntete Ulrich nicht nur bei Lehrern stets anerkennende Worte und gute Noten, sondern auch bei seinen Mitschülern Anerkennung und Respekt, zumal er trotz seiner mathematischen Begabungen durchaus auch im Fußball seinen Mann stand. Klassensprecher, Schulsprecher, Vertrauensschüler – Ulrich wechselte nahtlos zwischen den hart umkämpften Positionen von Schülers Gnaden und konnte sich der begehrenden Blicke selbst der hochnäsigsten Mitschülerinnen sicher sein.

Ganz anders Arnheim: Zwar hatte er ein hübsch geschnittenes Gesicht, einen zarten Zug um die Lippen und etwas anrührend Sanftes in den braunen Augen, aber trotz seines angenehmen Äußeren zeigten die Mädchen wenig Interesse an ihm. Das lag vorrangig an seiner arroganten, abweisenden Art. Manchmal reagierte er unerwartet spröde auf harmlose Anfragen, oft zuckte er einfach nur mit den Achseln statt überhaupt eine Antwort zu geben. Dabei war es gleich, ob man ihn nach der Uhrzeit fragte oder um ein Stück Papier bat. Die Reaktionen Arnheims waren so unberechenbar wie unangenehm und so vermieden die meisten lieber jeglichen Kontakt mit ihm.

Dabei war seine stille zurückhaltende Art nichts anderes als eine extreme Art von Effizienz, die ihn bei allem, was er tat, zu einem Minimum von Energieaufwand bremste und doch zum Ziel führte. Er hatte die Schuljahre stets im Mittelmaß zugebracht, gut genug, um die nächste Klassenstufe zu erreichen, aber nie besser als notwendig. Was er nicht lernen wollte, schrieb er ab. Was er nicht abschreiben konnte, lernte er. Worte machen hasste er, weswegen er mit möglichst wenig davon auskam, wenngleich er – dank seiner umfassenden Literaturkenntnisse, die allerdings der Neigung entsprang, andere die Worte machen zu lassen, zu deren Erfindung er selbst keinen Eifer verspürte – über einen ausgesprochen großen Zitatenschatz verfügte.

Auch ansonsten bemühte er sich nicht überaus angestrengt, aber durchaus erfolgreich um größtmögliche Faulheit: Seine Kleidung trug er möglichst lange und wechselte sie demnach grundsätzlich einen Tag später als notwendig. Friseurbesuche reduzierte er aufs Minimum, indem er sich eine Haartracht zulegte, die auch selbst oder sogar frisch geschnitten gleichermaßen ungepflegt aussah. Und als der Bartwuchs einsetzte, griff er nicht wie alle Gleichaltrigen frühzeitig zum Rasiermesser, um stolz den zarten Flaum von der pubertär unreinen Haut zu schaben, sondern schmückte sich in der ihm eigenen mühelosen Art mit einem ungleichmäßig wachsenden Vollbart.

Was Ulrich, der es allen recht zu machen versuchte und dem dies in seiner spielerischen Art auch stets gelang, und Arnheim, der sich um andere nicht scherte und der als Einzelgänger seine Ruhe suchte und fand, zueinander führte, ist nur schwer zu ergründen. Vermutlich aber verband sie in jungen Jahren dieselbe tiefe Sehnsucht nach einem eindeutigen Moralkodex und zugleich die frühreife Verzweiflung, dass einem Sterblichen – obwohl oder gerade weil Intellektuellen – wohl niemals eine solche moralische Klarheit zuteil werden würde. Als behütete Kinder der Wunderjahre konnten sie ihre ethischen Fragen nur stellvertretend für die Unterdrückten anderer Länder oder Jahrhunderte stellen, hatten aber selbst keine wirkliche Vorstellung von Leiden, Unterdrückung und Unglück.

Aufgrund ihrer Bildung und Intelligenz waren es ihnen aber zu dumm, Tränen über das nichtgekaufte Fahrrad mit dem Bananenlenker oder anderen Tand zu vergießen, sondern sie suchten erhabenere Anlässe für Trauer und Traurigkeit. „Warum", dachten die beiden, „sollten wir nicht Pilger werden?" Reine, unbedingte Lebensweise, zehrend frisch wie klare Luft, lag vor ihren Sinnen – und sie zitierten dabei (Ulrich nichtsahnend, Arnheim bewusst) ihren Meister Musil. Wer das Leben nicht bejahen konnte, sollte wenigstens das Nein des Heiligen sagen.

Und obgleich das viel katholischer klang als es sich für einen evangelischen Kirchentag ziemte, entsprang diesem asketischen Glaubensbekenntnis der beiden jungfräulichen Jungmänner die Idee, sich mit in den Berliner Wallfahrtsbus zu setzen. Trotz allen religiösen Eifers, den sie nunmehr in geradezu vollendeter Form an den Tag legten, waren sie jedoch nicht bereit, sich zu all den anderen frischen Frommen und Freien in die Turnhalle zu legen.

Die Nachtruhe ist heilig, dachten sie einhellig, und so hatte sich Ulrich schon im Vorfeld um eine komfortablere Bettstätte bemüht. Dank seines familiären Hintergrundes war es ihm nicht schwer gefallen, in Berlin bei Bekannten seiner Eltern zwei Gästezimmer aufzutreiben.

*

Behauptung, dass auch das gewöhnliche Leben von utopischer Natur ist

Bankdirektor Leo Fischel und seine Frau Klementine hatten sich vor nicht allzu langer Zeit am Perelsplatz in Berlin eine geräumige Stadtvilla gekauft. Der Stadtteil Friedenau hatte eine interessante Geschichte, von der Klementine gern erzählte, wenngleich Leo Fischel das Haus keineswegs aufgrund seiner historischen Einbettung gekauft hatte. Für ihn zählte die langfristige Vermögensbildung, die er im familiären Finanzplan – unter Berücksichtigung aller Faktoren wie Zinsentwicklung, Liquidität, Lebenshaltungskosten sowie Instandhaltungskosten einer Immobilie – über die nächsten dreißig Jahre aufgestellt hatte. Mit einberechnet waren auch die Kosten für ein Kind, wobei er den zusätzlichen Aufwand, was Lebenshaltung, Ausbildung und ja, auch die möglichen Belastungen durch Verdienstausfälle aufgrund der Beanspruchungen, wenn statt des Einzelkindes womöglich Zwillinge auf die Welt kämen, genauestens kalkuliert hatte.

Ulrich wohnte demnach im Kinderzimmer und Arnheim gewissermaßen im Notfall-Zwillingszimmer, das im idealen Einzelkind-Falle auf Dauer das Gästezimmer sein würde. Leo Fischel war ein Mann voller Fürsorge und Vorsorge, weswegen Klementine, die in ihrem Leben viele schlechte Erfahrungen mit Männern gemacht hatte, ihn auch vor einem Jahr zum Manne gewählt hatte. Sicher, er war fürwahr kein Heldentypus, aber als

Ehegatten gab es wohl kaum eine passablere Gestalt. Leo war geradlinig, klar und wenn erstmal entschlossen, dann entschlossen. Allerdings brauchten Entschlüsse bei ihm so ihre Zeit.

„Die Auswirkungen einmal getroffener Entscheidungen im privaten Finanzhaushalt sowie unberücksichtigt gebliebene Faktoren und Lebensumstände können existenz-, beziehungsweise vermögensvernichtend sein", wusste Leo, wenn auch nicht aus eigener Erfahrung. „Vor allem, weil sich der Staat aus Versorgungsverpflichtungen immer mehr zurückzieht."

Es waren Sätze voller Substantive, Vernunft und Mathematik. Und solche Sätze waren die Erlösung – jedenfalls für eine wie Klementine, die sich durch Sätze voller Adjektive, Romantik und Musik oft hatte blenden und später verletzen lassen. Dreißig Jahre war sie alt geworden, ohne den Mann fürs Leben zu finden. Die biologische Uhr tickte täglich lauter und an ihrem 31. Geburtstag erwachte sie morgens mit einem Lebensgefühl, das man gemeinhin Torschlusspanik nennt. Das Gefühl nahm Oberhand, Amor deshalb Pfeil und Bogen in die Hand und das Schicksal seinen Lauf:

Als Klementine kurz vor 13 Uhr desselben Tages die Filiale der Berliner Sparkasse in Berlin-Schöneberg betrat, zogen sich die Schutzengel ihrer romantischen Seele zurück und überließen den Patronen von materieller Sicherheit und fortpflanzungsbereitem Familiensinn das Feld. Sie legte ihr Sparbuch auf den Kassentresen, legte das ausgefüllte Formular, mit dem sie die Barauszahlung von 200 Mark bestellte, daneben und blickte auf – direkt in die blassen Schweinsäuglein des Bankangestellten Leo Fischel. Da war es um beide geschehen.

Von da an nahmen die Dinge einen für Leo ungewohnt rasanten Verlauf: Schon zwei Monate später wechselten sie erstmals jenseits der förmlichen Bankdialoge persönliche Worte. Schon ein halbes Jahr später trafen sie sich zum ersten Rendezvous, nach einem Jahr wagte Leo den ersten zarten Kuss und bereits nach 22 Monaten Bekanntschaft hielt Leo förmlich bei Klementines Vater um die Hand der Tochter an.

An Klementines 33. Geburtstag heirateten die beiden und vollzogen noch in derselben Nacht das erste Mal die Ehe, was insofern misslang, als Klementine den leisen Zweifel an ihrer Entscheidung in allzu viel Sekt ertränkt hatte, während sich Leo in weiser Voraussicht während der Festivitäten im Alkoholgenuss beschränkt hatte. In vollem Bewusstsein, also ohne jeglichen durch Alkohol getrübten Moment, musste Leo deshalb erleben, wie seine junge Ehefrau, auf der liegend er tapfer rhythmische Bewegungen mit den Hüften versuchte, schmutzige Worte ausrief. Worte, die Leo selbst niemals in den Mund genommen hätte, ja, Worte, die er teilweise noch nicht mal kannte, deren Gebrauch aber ohne Zweifel nicht gesellschaftsfähig waren.

Es war die Nacht, in der Leos Liebe erlosch. Zwar erfüllte er fortan in regelmäßigen Abständen – Wochenend für Wochenend – seine ehelichen Pflichten, ohne große Gefühle, aber getrieben von der Hoffnung, dass erneut die unanständigen, aber erregenden Vokabeln seine Männlichkeit zur Leistungskraft anspornten. Doch Klementine sollte nie wieder so sehr die Kontrolle über sich verlieren wie in jener Hochzeitsnacht.

Ihre von volkstümlicher Weisheit genährte Vorstellung, dass stille Wasser tief seien, hatte sich als falsch erwiesen. In Leos seelischen Gewässern musste niemand Sorge haben unterzugehen. Und dieselbe Standfestigkeit, die sie ursprünglich an ihm so gereizt hatte, dass sie „Ja“ gesagt hatte, langweilte sie nunmehr so, dass sie jetzt lieber immerzu „Nein“ gesagt hätte, wenn sie nicht insgeheim wenigstens auf die Erfüllung ihres Kinderwunsches gehofft hätte. Und also zeigte sich auch Klementine fortan mehr pflichtbewusst als leidenschaftlich.

Mit preußischer Disziplin lebte sie das von Leo favorisierte regelmäßige Leben: Mit der konsequenten Berechnung ihres Hormonzyklus beschränkte sie bald jeglichen Körperkontakt mit ihrem Gemahl auf die fruchtbaren Tage und wurde Monat für Monat verzweifelter, als sich immer noch kein Erfolg einstellte.

Klementine hatte ihre erste große – und selbstverständlich unglückliche – Liebe noch vor ihrem 18. Geburtstag mit einem zwei Jahre älteren Schulfreund erlebt, der sie binnen weniger Stunden dreimal mit dem Wort „gut“ nicken machte. „Schmeckt's gut?“, hatte der schon lange von ferne Angehimmelte gefragt, als er sie an der Eisdiele ansprach. „Geht's gut?“, hatte er gefragt, als er sie später mit seinem alten Citroen nach Hause fahren wollte, aber dann einen kleinen Umweg über den Feldweg hinterm Dorf gefahren war. Dort stoppte er den Wagen und klappte die Rückenlehne ihres Beifahrersitzes mit geübtem Griff in die Liegeposition. „War's gut?“, fragte er, als er eine knappe Viertelstunde später seine Hose wieder zuknöpfte. Dreimal hatte Klementine genickt und jedesmal in der Ferne einen Hahn krähen hören, so sehr hatte sie ihre eigene Wahrheit verraten. Nichts war gut und nie wieder sollte irgendetwas gut werden.

Alle Männer, die Klementine in den späteren Jahren kennen lernte, wollten früher oder später alle nur, was ihre Mutter prophezeit hatte: „Kind", hatte die furchtsame Mama gesagt, „pass auf dich auf, denn Männer wollen alle nur das Eine." Das Eine oder das Andere. Was das Andere war, hatte Klementine versucht herauszufinden; aber spätestens an dem Tag, an dem es um das Eine ging, hatte sie jeweils den Kontakt zu dem Liebhaber abgebrochen. Dadurch hatte sie viele wechselnde Partner gehabt, mit denen sie nie mehr als eine Nacht verbrachte, was ihr bei den Nachbarn bald den Ruf als „Kommunen-Flittchen" eintrug, obwohl sie niemals in einer Kommune gelebt hatte.

Und dann kam Leo. Leo war anders. Leo wollte nie das Eine. Leo wollte immer Anderes: irgendwann die Ehe. Da hatte Klementine „Ja" gesagt. Das hatte sie jetzt davon. Wenn sie wenigstens endlich ein Kind bekäme!

Leo hatte in den anderthalb Jahren ihrer Ehe zwar bescheidene Karriere gemacht und war zum Prokuristen der hiesigen Sparkassen-Niederlassung aufgestiegen. Vermutlich hatte er damit aber den Höhepunkt seiner Karriere bereits erreicht. Jedenfalls machte er keine Anstalten, durch übertriebenen Eifer auf sich aufmerksam zu machen, wenn es darum ging, irgendwelche Posten neu zu besetzen. In den Kreisen, die ihm wichtig waren, trug er bereits jetzt den Spitznamen „Bankdirektor" – und so verbrachte der Bankdirektor humoris causa Leo Fischel seine Abende mit Freunden aus dem Modelleisenbahnclub, während seine Gemahlin daheim auf den nächsten Eisprung wartete.

*

Kampf und Liebe im Hause Fischel

Als nun im Juni 1977 die beiden Jungs aus der Provinz nach Berlin zum Kirchentag kamen, war Klementine heilfroh, dass wenigstens mal irgendeine Abwechslung passierte und das Kinderzimmer ebenso wie das Zwillingszimmer mit Leben gefüllt würden. Und zwar in jeglicher Hinsicht.

Leo hatte sich für jenen Mittwochnachmittag, an dem die beiden ihre Ankunft angekündigt hatten, frei genommen. Zwar hatte er vernünftigerweise mit Gott wenig am Hut, aber mit derselben Vernunft, mit der er Gott nicht akzeptieren konnte, konnte er Gott auch nicht ablehnen. Von daher erschien ihm der Kirchentag und das Spektakel drumherum mehr als eine Touristenattraktion denn als religiöser oder meditativer Akt. Dennoch war es für ihn eine Frage der Höflichkeit, als Hausherr die Gäste nicht nur in Empfang zu nehmen, sondern auch zum Eröffnungsgottesdienst zu begleiten.

Umso irritierter war Leo deswegen, als die Jungs zwar wie angekündigt nachmittags am Perelsplatz Nr. 13 auftauchten und sich dankbar an Kaffee und Kuchen labten, aber dann keinerlei Anstalten machten, zu dem Gottesdienst aufzubrechen. So lauschte er gelangweilt dem eifrigen Geplauder zwischen Klementine und den beiden Jungs, das sich gerade um Wesentliches drehte:

„Ich will ein erfülltes Leben führen“, erklärte Ulrich entschieden. „Ich will Glück und Erfolg. Ich will sagen, was ich denke, will mich nicht verstecken, will mein Leben führen“, wobei er das Wort „mein“ besonders dehnte, um es zu betonen. Arnheim nickte.

Mit einem lauten Schmatzer mischte sich nun Bankdirektor Leo Fischel ins Gespräch ein: „Wenn du soviel willst, dann solltest du rechtzeitig dafür sorgen, dass du dir soviel auch leisten kannst. Arbeiten, Geld verdienen und sparen. Dann wirst du eines Tages ein Leben führen können, wie du es dir vorstellst.“

Arnheim stöhnte auf. „Hey“, sagte er nicht gerade im Tonfall eines Musterknaben, „ich will leben, wenn ich jung bin. Jetzt, nicht irgendwann. Und Sparen ist ja wohl das Allerletzte.“ Und als er die empörten Blicke von Leo Fischel sah, schob Arnheim mit Todesverachtung nach: „Geld?! Wozu brauche ich Geld? Ich scheiß auf Geld!“

Bankdirektor Fischel schnappte nach Luft. Geld war sein Beruf. Geld war sein Lebensinhalt. Geld gab ihm Orientierung und Halt. Und dieser Halbstarke, der gerade Kuchen knabberte, den Klementine von Leos Geld gekauft hatte, der auf einem mit Leos Geld bezahltem Sofa saß, der sich heute Abend in ein von Leo finanziertes Bett legen würde – dieser Bengel wagte es „Ich scheiß auf Geld!“ zu sagen?

„Nun“, Leo bemühte sich um Fassung und einen sachlichen Tonfall,

„in deinem Alter kann man leicht so reden, schließlich ist es der Herr Papa, der die Wohnung, das Essen und auch die Fahrt nach Berlin bezahlt." Den letzten kleinen Seitenhieb konnte sich Leo nicht verkneifen. Da saß dieser verwöhnte Bursche vor ihm und prahlte mit einer Arroganz, die einem Multimillionär nicht zustand. Das konnte nur jugendlicher Leichtsinn sein. „Wenn du beginnst, dein eigenes Geld zu verdienen, wirst du sehen, wie wertvoll Geld ist, wie hart du dafür arbeiten musst und wie sorgfältig du damit umgehen solltest."

„Ich brauche kein Geld", wiederholte Arnheim. „In einer Welt ohne Geld wären wir alle viel glücklicher. Wir könnten miteinander leben, Dinge tauschen, einander helfen – Geld spielt dabei keine Rolle."

„Geld ist das Tauschmittel in diesem Zusammenleben", widersprach Leo belehrend. „Geld schützt uns vor der Willkür der Natur. Denn es sorgt dafür, dass wir nicht mehr von Jahreszeiten, Ernten und Katastrophen abhängig sind. Dank Geld können wir jederzeit eintauschen, was wir gerade brauchen."

Arnheim schüttelte den Kopf: „Das liegt nicht am Geld, sondern an den Vorräten. Wir könnten auch ohne Geld Vorräte anlegen und den Verbrauch über das Jahr verteilen..."

„Planwirtschaft", winkte Fischel entsetzt ab. „Aber selbst die Kommunisten kommen nicht ohne Geld aus. Denn Geld ist der Lohn für die Arbeit und Mühe. Geld ist die Währung, mit der die Gesellschaft anerkennt, was der Einzelne leistet."

„Oh nein", widersprach Arnheim erneut. „Die Gesellschaft an sich hat kein Geld. Es sind immer nur Einzelne, die Geld haben und die dafür sorgen, dass andere kein Geld haben. Geld schafft Reichtum und im Gegenzug auch Armut. Die kapitalistische Welt ist eine einzige Mafia. Damit will ich nichts zu tun haben!"

„Geld schafft Freiheit", korrigierte Fischel mit Nachdruck. „Im alten Rom konnten Sklaven sich freikaufen."

„Geld schafft Korruption", sagte Arnheim ebenfalls mit Nachdruck. „Im alten Rom brachten 30 Silberlinge den Messias ans Kreuz."

„Geld schafft Gerechtigkeit", sagte Fischel. „Dank wachsenden Reichtums konnten die Bürger die absolutistischen Herrscher stürzen und demokratische Rechte durchsetzen."

„Geld schafft Macht", sagte Arnheim. „Dank ihres Reichtums haben in den Demokratien die Firmenbosse heute mehr zu sagen als hunderttausend Angestellte."

„Eben!" Fischel lehnte sich triumphierend zurück. „Und genau deshalb solltest du zusehen, dass du genug Geld hast."

Was nun folgte war Schweigen. Minutenlanges Schweigen. Arnheim saß mit verschränkten Armen auf dem Sofa, neben ihm Ulrich, der in seine Kaffeetasse starrte. Gegenüber ließ Fischel seine Schweinsäuglein siegesgewiss über den Tisch blitzen. Und Klementine fegte vorsichtig die Kuchenkrümel von der Tischdecke. Keiner sagte ein Wort.

Niemand weiß, was in den Anwesenden vor sich ging. Vielleicht kochte leise die Wut in ihnen auf. Vielleicht schweiften die Gedanken ab zu angenehmeren Ideen und Assoziationen. Vielleicht gab es stille Einsichten, geheime Widersprüche oder gar feste Vorsätze für eine ungewisse Zukunft. Wir wissen nicht, ob es diese Diskussion war, die als erster fallender Dominostein eine Kette von Handlungen und Ereignissen evozierte, die schließlich im Todessprung vom 16. August 2002 mündete.

Und keiner der Anwesenden konnte sich später daran erinnern, ob Ulrich bereits in dieser spannungsgeladenen Situation in die Tasche griff, ein Kaugummi zückte, es kurz und entschlossen durchkaute und womöglich unter den Wohnzimmertisch der Familie Fischel klebte. 25 Jahre später jedenfalls fand sich bei Recherchen ein altes angetrocknetes Kaugummi unter dem immer noch im Stadthaus Perelsplatz 13 stehenden Wohnzimmertisch.

Aber es mochte dort auch von jemandem anderes hingeklebt worden sein, zum Beispiel an einem unbestimmten Tage von Fischels Tochter Gerda, die tatsächlich zur Freude ihrer Eltern knapp ein Jahr später auf die Welt kommen sollte. Genauer gesagt, kam sie ziemlich genau neun Monate später zur Welt. Und das war beileibe kein Zufall.

*

In einem Zustand von Schwäche zieht sich Ulrich eine erste Geliebte zu

An einem der nächsten Tage – es könnte der Freitag gewesen sein – kam Ulrich sehr verändert in das Friedenauer Haus. Obgleich er äußerlich ganz ruhig schien, merkte Klementine sofort, als sie ihm die Tür öffnete, dass irgendetwas Schlimmes passiert sein musste. Etwas, das die zarte Seele dieses unschuldigen Jungen erschüttert haben musste. Ja, Klementine hatte keine Hemmungen, die zärtlichen Gefühle, die sie tief im Herzen für Ulrich hegte, mit kitschigen Vokabeln zu rechtfertigen.

Er hatte im Unterschied zum arroganten Arnheim zwar ein weniger hübsch geschnittenes Gesicht, aber dafür lag in seiner fröhlichen Art und seinem höflichen Auftreten etwas anrührend Naives. Zwischen seinen kräftigen Wangenknochen blitzten zwei strahlend blaue Augen hervor, die gewiss noch nie etwas Böses gesehen hatten, und unter dem stumpf geschnittenen blonden Pony hatte sich bestimmt noch nie ein schlechter Gedanke bewegt.

Aber an diesem Tag steckte etwas Zweifelndes, ja geradezu Verzweifeltes in Ulrichs Blick und über seinem Gesicht lag eine schwerer dunkler Schatten. Was war geschehen? Klementine war voller Sorge. Konnte es sein, dass diesem Jüngling etwas Schreckliches widerfahren war? Voller Fürsorge kochte Klementine einen heißen Tee.

Nach wenigen Schlucken heißen Erdbeertees wusste die Hausherrin, was Ulrich bewegte, und war gerührt. So gerührt, dass sie sogar 25 Jahre später diese Tragödie nur unter größten Anstrengungen erzählen kann. So lächerlich das Drumherum am Perelsplatz 13 gewesen sein mag, diese Geschichte ist eine wahre und Ulrichs Erschütterung war eine echte.

Es ging um die Theologentochter Elisabeth Käsemann, die Anfang der 70er Jahre das satte und etablierte Studentenleben in Deutschland aufgegeben hatte, um in Argentinien bei wirklich armen Menschen Hilfe zu leisten. Nach dem Militärputsch arbeitete sie in einer Widerstandsgruppe. Die Gruppe flog auf. Elisabeth wurde verhaftet. Ihr Vater Professor Ernst Käsemann hatte an jenem Morgen auf dem Kirchentag, zu dem Ulrich in Berlin weilte, eine Morgenandacht zu moderieren. Am Abend zuvor hatte er die schreckliche Nachricht erhalten, dass seine Tochter tot sei.

Angeblich war sie bei Gefechten als Guerilla-Kämpferin ums Leben gekommen. Doch die Obduktion ergab, dass sie durch zwei Genickschüsse getötet worden war. Käsemann – wenngleich er doch in diesen Stunden an Gott zweifeln musste – hielt dennoch morgens um acht Uhr seine Bibelandacht und berichtete dabei von der Ermordung seiner Tochter. Und dann geschah, was Ulrich bis ins Mark berührte: Der Saal erhob sich wie eine

Person, und alle zusammen stimmten ein Lied an. Der Schmerz des Vaters wurde zu einem Schmerz der ganzen Gemeinde. Die Erschütterung des Vaters zur Erschütterung aller.

„Gott ist tot“, war Arnheims einziger Kommentar, als er später von der Geschichte erfuhr. Und noch später, als die deutsche Regierung die offizielle argentinische Version akzeptierte, obwohl Genickschüsse in Guerilla-Gefechten sehr selten möglich sind, fügte er hinzu: „Der deutschen Regierung ist ein verkaufter Mercedes-Benz wichtiger als ein Menschenleben“.

Und es war wohl auch dieses Ereignis, das Arnheim mehrere Seiten aus seinem Lieblingsbuch von Robert Musil auswendig lernen ließ, die in denkwürdiger Weise an das Streitgespräch zwischen Arnheim und Fischel erinnern und in folgenden Sätzen kulminieren:

„... und so lässt sich schließen, dass Geld die Krönung eines moralischen und vernünftigen Daseins ist ... Denn bloß was aufs Engste mit der Ichsucht zusammenhängt, hat Bestand und kann überall in Rechnung gestellt werden ... Der Kapitalismus, als Organisation der Ichsucht nach der Rangordnung der Kräfte, sich Geld zu verschaffen, ist geradezu die größte und dabei noch humanste Ordnung, die wir zu Gottes Ehre haben ausbilden können; ein genaueres Maß trägt das menschliche Tun nicht in sich!“

Doch von derlei komplizierten, ketzerischen und sarkastischen Gedanken wusste Klementine in jenem Moment nichts, als sie mit dem heißem Tee neben dem weinenden Ulrich saß, der die Trauer eines fremden Vaters teilte, der den Tod einer fremden Tochter betrauerte, der Tränen weinte, die nicht seine waren. Sie war lediglich berührt, bewegt, betroffen. Und zu ihrer eigenen Irritation erregt. Endlich dachte ein Mann nur an andere. Und was geschah? Die Frau an seiner Seite dachte an das Eine ...!

Es mochte die aphrodisierende Wirkung des Erdbeertees gewesen sein oder die aufregende Unschuld des jungen Ulrich – jedenfalls verlor Klementine binnen Kurzem die Beherrschung und rückte Ulrich auf die Pelle. Erst streichelte sie ganz zart seinen Hinterkopf, kraulte seinen Nackenflaum, strich über Schultern und Rücken. Doch bald ging ihr Atem immer schneller, bald verhakte sie ihren Fuß mit seiner Wade, bald schlang sie ihre Arme um seine Brust. Sie überhäufte ihn mit Streicheleinheiten, dann mit Küssen und schließlich mit den obszönsten Vokabeln, die ihr je in den Sinn gekommen waren.

Ulrich, der nicht wusste wie ihm geschah, hatte aufgrund seiner Unerfahrenheit auch keine rechte Abwehridee, zumal ihm aufgrund derselben Unerfahrenheit auch schnell seine Manneskraft außer Kontrolle geriet. Neugier und Lust verdrängte die gerade noch so intensiv gespürte Traurigkeit, und so verwandelte sich die stille Zweisamkeit schnell in ein lärmendes Duett.

Die später unter Schmerzen geborene Tochter ist somit quasi auch eine unter Schmerzen um eine Tochter Gezeugte, wenngleich im Moment der höchsten Erregung beide – die Verstorbene ebenso wenig wie die zukünftig Lebende – im Denken keine Rolle spielten. Somit gab es auch keinen Gedanken an den sonst so akribisch bedachten Hormonzyklus, geschweige denn an Verhütung.

Als Klementine anschließend schwer atmend auf dem schweißgebadeten Ulrich zur Ruhe kam, wusste sie dennoch, dass nunmehr der Tag gekommen war, an dem sie als werdende Mutter endlich am Ziel ihrer Träume angelangt war. Du bist jetzt schwanger, dachte sie und einige Tränen des Glücks kullerten über ihre Wangen und tropften auf die blasse unbehaarte Brust des Jungmannes, der von alledem nichts ahnte. Nein, Ulrich sollte auch all die nächsten Jahre nichts von seiner Vaterschaft erfahren. Schließlich war es Klementine ein Leichtes, das von Ulrich gezeugte Kind ihrem pflichtbewussten Ehemann unterzuschieben, indem sie ihn noch in derselben Nacht zur Disziplin aufforderte. Für Leo war Gerda eine echte Fischel und er tat sich auch nicht schwer, immer wieder irgendwelche biologischen Ähnlichkeiten zwischen Vater und Tochter festzustellen. Und für Ulrich blieb diese nachmittägliche Entjungferung eine Mischung aus Trost und Vergewaltigung, an die er sich nur ungern erinnerte. Erdbeertee hatte er fortan jedenfalls nie mehr getrunken, aber der kam ohnehin recht bald aus der Mode.

Erst viele Jahre später sollte dieser Ehebruch mit seinen weitreichenden Folgen auffliegen und einen weiteren Dominostein in der langen Kette der Ereignisse bilden, die Ulrich schließlich in den Tod stürzten.

Leider war später nicht mehr herauszufinden, ob unter dem Sofa ein Kaugummi klebte, da sich die Fischels Anfang der 90er Jahre eine – mit Ausnahme des Tisches – komplett neue Wohnzimmergarnitur zulegten und die alte einem wohltätigen Zweck spendeten.

2

General Stumm von Bordwehr

Erster von drei Versuchen, ein bedeutender Mann zu werden

Ulrich erhielt im Sommer 1978 die klassisch-edel gehaltene Geburtsanzeige Gerda Fischels mit goldenem Prägedruck. Was ihn jedoch denkbar kalt ließ: Er warf die Geburtsanzeige achtlos in den Papierkorb. Eine Ignoranz die für einen 18-Jährigen verzeihlich ist, schließlich wusste er nicht, dass Gerda sein eigen Fleisch und Blut war. Zudem waren Fischels Freunde seiner Eltern. Ulrich verspürte fürwahr keine Neigung, sie jemals wiederzusehen. Die Begegnung mit Klementine hätte er ohnehin am liebsten vergessen. Bedauerlicherweise war das unmöglich. Denn auf die Frage „Wann war dein erstes Mal?“ würde er künftig immer an sie denken müssen. Ein Gedanke, der ihn quälte. Er hatte sich den ersten Beischlaf mit einer Frau deutlich romantischer vorgestellt.

Gegenüber Leo Fischel verspürte Ulrich vorrangig Verachtung. Wenngleich ihm bewusst war, dass er damit vermutlich bloß das tief sitzende schlechte Gewissen kaschierte, den braven Ehemann mit seiner Klementine betrogen zu haben, war er froh, wenn Arnheim ihm Gelegenheit gab, über den Geld-Spießer Fischel herzuziehen. Trotz aller Vertrautheit hatte Ulrich seinem Freund nichts von dem nachmittäglichen Beischlaf erzählt. Es gab ein Moment von Peinlichkeit in dieser Geschichte, deren Blöße Ulrich gegenüber Arnheim nicht zeigen wollte. Von einer Frau wie Klementine verführt worden zu sein, schien Ulrich keine heldentaugliche Episode, und da er erst knapp zwanzig Jahre später erfahren sollte, dass aus dieser von ihm so sorgsam verhüllten hüllenlosen Begegnung ein Kind hervorgegangen war, zog er es vor, die beschämende Erinnerung durch triumphalere Visionen zu überdecken.

So war es also nicht die gerade geborene Tochter Gerda, die Ulrichs

Denken und die Diskussionen mit Arnheim in diesen Monaten bestimmte, sondern ausgerechnet Bankdirektor Fischel und seine Ansichten zum Thema Geld.

Denn obgleich Arnheim immer noch fand, dass Geld die Wurzel allen Übels sei, hatte sich in Ulrichs Kopf bei dem Berliner Streitgespräch eine alternative Finanzphilosophie gedanklich auf den Weg gemacht. Geld war für ihn nur dann verwerflich, wenn man von ihm seine Taten abhängig machte, wenn man Geld eine zu große Bedeutung gab, wenn man nur noch für Geld arbeitete, kurz: wenn Geld der Zweck und nicht das Mittel war.

Dagegen stand für Ulrich eine weit reichende andere Idee von Geld: Um ein erfülltes Leben führen zu können, um Glück und Erfolg erleben zu können, um sagen zu können, was man denkt, um sich nicht verstecken zu müssen, um ein eigenes Leben führen zu können – für all das brauchte man Geld. Arme Menschen hatten keine Meinungsfreiheit, arme Menschen hatten kein erfülltes Leben. Arme Menschen kämpften ums nackte Überleben. Sie waren froh, überhaupt ein Leben führen zu können, ganz gleich ob's das eigene war.

Und eine weitere Erkenntnis hatte Ulrich vom Berliner Kirchentag mitgenommen: Er würde nicht wie die Käsemann-Tochter zu den Armen nach Südamerika gehen, um dort ohnmächtig und ohne Geld gegen die Wohlhabenden und Mächtigen zu kämpfen, sondern er wollte aus der mächtigen Mitte des reichen Europa heraus die Welt verbessern.

Ulrich hatte das Tonbandprotokoll gelesen, das die „Drogen-Karriere" der 16jährigen Christiane F. in West-Berlin schilderte und das die Illustrierte „Stern" in diesen Monaten unter dem Titel „Wir Kinder vom Bahnhof Zoo" so breitenwirksam publizierte. Ihn schockte das soziale Elend, das so nah vor seinem Alltag existierte, aber auch diese Armut lockte ihn nicht. Nein, er wollte kein Sozialpädagoge werden, der sich Tag für Tag mit den traurigen Einzelschicksalen aus der Restmenge der bunten Werbe- und Konsumwelt befasste.

Ulrich wollte Grundsätzliches ändern, wollte Weichen anders stellen und kein kleines Rädchen im Getriebe sein. Sein Machtstreben war dabei durchaus von gewissem moralischen Niveau. Immerhin verteidigte er in den Diskussionen mit Gleichaltrigen seinen Willen zur Macht wie ein Robin Hood der Moderne, der davon schwärmte, eines Tages Geld und Reichtum gerecht umverteilen zu können. Dabei träumte er genauso wenig die Straßenkämpferträume der selbst berufenen Stadtguerilla, die sich mit Schlagworten abstrakte Gefechte lieferte, mit Theorien bewaffnete, mit Fremdworten schoss und hinter Phrasen verschanzte. Und noch weniger leuchtete ihm ein, warum Morde und Überfälle eine Revolution in Gang bringen sollten, die in Deutschland seiner Ansicht nach sowieso niemand wirklich wollte. Er hasste die Diskussionen über „Deutschland im Herbst", über die Morde oder Selbstmorde in Stuttgart Stammheim, über die Frage des Gewaltmonopols des Staates und der Rechtfertigung von Widerstand durch Attentate, Entführungen und Erpressungen.

„Klar, du willst es dir leicht machen", warf ihm Arnheim deshalb vor, „würdest am liebsten privatisieren! Aber das geht nicht: Das Private ist politisch. Es kommt auf jeden Einzelnen an!"

Ulrich wollte es sich keineswegs leicht machen. Krieg oder Frieden, soziale Not oder Gerechtigkeit, Wahrheit und Freiheit – das waren die Themen, die Ulrich ebenso bewegten wie alle um ihn herum. Aber statt wie Arnheim mit selbst gedrehten Zigaretten über Carlos-Castaneda-Büchern die Erweiterung seines Bewusstseins zu erlesen und bei Räucherstäbchen-Teestunden wirkungslose terroristische Aktionen zu phantasieren, wollte Ulrich etwas tun. Tun. Handeln. Agieren. Ja, die Welt verbessern. Mit diesen – nicht romantisch gemeinten, aber romantisch verursachten – Vorstellungen trat Ulrich seinen ihn bestimmten Lebensweg an: den Weg nach ganz oben!

Und der begann bei der Bundeswehr. Ulrich erhielt den Brief mit der Einberufung am selben Tag wie Gerdas Geburtsanzeige. Im Briefkasten gaben Leben und Tod einander die Hand. Aber für derlei Dramatik hatte Ulrich keinen Sinn.

Er trat den Wehrdienst am Mittwoch, den 16. August des Jahres 1978 an – ja, wir sind uns darüber im Klaren: Es handelt sich um ein schicksalsbehaftetes Datum! Aber auch für diese Art von Dramatik hatte damals kaum jemand einen Sinn: Ulrich und seine Freunde hatten andere Themen als tote Rock'n Roll-Stars.

Arnheim war zum Erstaunen seiner Umgebung für untauglich erklärt worden, was nur durch den Umstand zu erklären war, dass er just in den Wochen vor der Musterung geradezu suchtartig zu rauchen und zu trinken begann, dass er durch die Einnahme von Koffeintabletten um erholsamen Schlaf und durch die Einnahme von diversen Appetitzüglern um jeglichen Appetit gebracht wurde. Jedenfalls war er um fast zwölf Kilo abgemagert und befand sich kurz vor einem Schwächeanfall, als er endlich dem Bundeswehrarzt gegenübertrat. Der hatte keinen Zweifel: Dieser Bursche gehörte nicht in den Wehrdienst!

Auf wundersame Weise erholte sich Arnheim binnen Kurzem. Als hätte ihn die nüchterne Diagnose des Arztes wieder auf den Pfad der Tugend geführt, hörte er mit dem übermäßigen Trinken auf, gab auch das Rauchen beinahe vollständig auf und fand bald wieder die verdiente Nachtruhe. Sogar das Essen schmeckte wieder wie ehedem und so war Arnheim schon wenige Wochen später wieder ganz der Alte.

Die Freundschaft zwischen ihm und Ulrich sollte auch diese schwierige Zeit überdauern, obwohl die beiden in manchen Fragen sehr verschiedener Ansicht waren. Ulrichs undramatischem Einzug in die Kaserne waren einige dramatische Diskussionen über den Sinn und Unsinn von Bundeswehr, von Armeen und überhaupt von Kriegen vorausgegangen.

Arnheim, der allzu oft und allzu laut betonte, wie sehr er es bedauere, wegen seiner Untauglichkeit keinen Dienst an der Gesellschaft leisten zu können, vertrat davon unabhängig die Meinung, dass es eine Frage der Ehre sei, *nicht* zur Bundeswehr zu gehen. Ulrich hingegen war der Ansicht, dass es eine Frage der aufgeklärten Intelligenz sei, unbedingt zur Bundeswehr zu gehen.

„Verweigerer sind Drückeberger, die sich zu fein sind, mit weniger Gebildeten in einem Raum zu übernachten oder gar den Dreck der Kaserne fürchten“, urteilte Ulrich.

„Soldaten sind Kriegstreiber, Verweigerer sind Pazifisten“, stellte Arnheim fest.

„Soldaten sind eigenverantwortlich handelnde Bürger in Uniform, die ihr Leben zum Schutz der Gesellschaft riskieren“, widersprach Ulrich.

„Wenn alle verweigern würden, könnte es zum Krieg gar nicht erst kommen!“, behauptete Arnheim kühn.

„Wenn du wirklich Krieg verhindern willst, kannst du das eher als General denn als Sanitäter!“, behauptete Ulrich ebenso kühn.

Und in aller Verschiedenheit der Argumente, der Utopien und Ideale entspann sich in solchen Auseinandersetzungen zwischen den beiden doch ein immer stabilerer Faden der Freundschaft, genährt vom intellektuellen Eros einer übergreifenden Moral. Sicher, die beiden schlugen völlig verschiedene Lebenswege ein. Doch das Band der Bruderschaft im Geiste sollte sich nimmer durchtrennen.

Arnheim verweigerte sich der Armee durch eine ausgetüftelte Art medikamentöser Selbstverstümmelung, um als Anarchist sein Glück zu versuchen. Ulrich ging zum Militär, um nichts weniger als Tyrann zu werden: Napoleon, Augustus, Friedrich der Große, Alexander waren seine Vorbilder. Er wollte lernen, wie es funktioniert, mit Macht und Autorität seine Interessen durchzusetzen. Wild entschlossen, die Bundeswehr wie ein Mann zu durchstehen, sich nicht kleinkriegen zu lassen von Vorgesetzten, Charakter zu zeigen, wenn es darauf ankam, und auch sonst ein gesundes Maß an Selbstbewusstsein an den Tag zu legen und „was“ zu werden, hatte sich Ulrich bereits eine Woche vor der Einberufung beim Friseur seines Vertrauens die schulterlangen Haaren kürzen lassen – auf bundeswehrtaugliche Länge, jedenfalls dachte er das.

Allerdings war kurz nicht kurz genug, denn bereits bei der Einweisung erfuhr Ulrich, dass er zu einem bundeswehreigenen Friseur müsse, um seine „Matte“ abschneiden zu lassen. Und so machte er bereits am ersten Tag die einschneidende Erfahrung, dass Selbst-Denken, Selbst-Entscheiden und Selbst-Handeln bei der Armee nicht gefragt sind. Schließlich geht es bei der Bundeswehr nicht um Selbsterfahrung, sondern um Selbstkontrolle.

*

Zweiter Versuch:

Ansätze zu einer Moral des Mannes ohne Eigenschaften

Ulrich war nach der Grundausbildung erst fünf Tage in der Kaserne, als sein Name durch die Gänge gebrüllt, er aus dem Unterricht herausgeholt und zum Kommandeur geführt wurde. Es war der Moment, an dem sich die Machtfrage das erste Mal in aller Deutlichkeit stellen würde und Ulrich herausfinden sollte, wie viel Macht er haben könnte, wenn er den Mut dazu hätte, es auszuprobieren.

Vorausgegangen war ein selbstbewusster Brief Ulrichs an die zuständigen Behörden, in dem er sich beschwert hatte. Denn obgleich jeder Soldat seinen eigenen Spind hatte, in dem er neben seinem üblichen „Grünzeug" – Pullover, Feldblusen, Unterhemden, Heeresmantel, Socken, Nähzeug, Überhandschuhe – auch persönliche Dinge ablegen durfte, war dieser Spind nicht abschließbar.

Wer sein intimes Hab und Gut – und das bedeutete bei den meisten Gefreiten Fotos von nur am Wochenende geliebten Mädels oder anonym angehimmelter Vollblutweiber aus einschlägigen Magazinen – vor den Blicken seiner Kameraden schützen wollte, musste sich ein Vorhängeschloss zulegen, und zwar auf eigene Kosten. Das aber entsprach nicht den gesetzlichen Bestimmungen, wie Ulrich als einziger Abiturient in seinem Zug und mit dem inneren Anspruch auf bürgerliche Rechte sofort herausgefunden hatte. Selbst wenn der Betrag, um den es ging, kaum das Porto wert war, das ihn der Brief kostete, riskierte Ulrich sein weiteres Wohlergehen bei der Bundeswehr und bestand auf den Prinzipien von Ordnung und Gerechtigkeit: Er forderte schriftlich und mit jugendlichem Heldenmut die Kostenerstattung für das Vorhängeschloss.

Diesen Brief nun hatte Batallionskommandeur Stumm von Bordwehr in der Hand, als Ulrich sich mit korrektem Gruß bei ihm im Zimmer einfand. Der Kommandeur war ein Mann von knapp vierzig Jahren, hatte für sein Alter schon sehr schütteres Haar und eher eine gedrungene Gestalt. Der runde Kopf war durch einen zu kurzen Hals mit dem zu runden Korpus verbunden. Seine Augen, die kalt und skeptisch unter den buschigen Augenbrauen hervorstachen, waren zu klein, die leicht abstehenden Ohren zu groß. Die Uniform verbesserte das wenig ansprechende Erscheinungsbild des Mannes nur unwesentlich, wenngleich kaum zu übersehen war, dass die Uniform ihm wie eine Ritterrüstung erst den nötigen Halt verlieh, um überhaupt aufrecht durchs Leben gehen zu können.

Von Bordwehrs Leben war ebenso geradlinig verlaufen wie seine Eltern es von ihm erwartet hatten: In Schlesien geboren, nach der Vertreibung Schulbesuch in Thüringen, Abitur in Hessen und dann Eintritt in die Bundeswehr. Im Zwei-Jahresrhythmus hatte er die Stufen der Militärkarriere genommen: Ausbildung zum Offizier der Artillerietruppe, Beförderung zum Leutnant, Zugführer im Panzerartilleriebataillon, Batteriechef im Feldartilleriebataillon, Feuerleitoffizier im Artillerieregiment. Als von Bordwehr an der Führungsakademie der Bundeswehr die Ausbildung zum Offizier im Generalstabsdienst machen konnte, ging endlich die Tür zur lang ersehnten höheren Laufbahn auf: Nun stieg er vom Leiter einer Generalstabsabteilung bald zum Generalstabsoffizier für Gefechtsübungen und zuletzt zum Kommandeur des Panzerartilleriebataillons auf.

Die Bundeswehr war sein Leben. Das lag nicht zuletzt daran, dass er als Kind die Erfahrung von Krieg und Flucht gemacht hatte. Der Vater war an der Ostfront gefallen, die Mutter musste sich allein mit den vier Kindern durchschlagen. Hab und Gut, aller Besitz, der bei den Bordwehrs nicht gerade klein gewesen war – alles fiel dem verlorenen Krieg und damit dem Feind zum Opfer. Wehrlosigkeit und Bedürftigkeit – das sollte es in Stumm von Bordwehrs Leben nie wieder geben. Und auch der Schmerz über den früh verlorenen Vater, die früh verlorene Heimat und die früh verlorene kindliche Geborgenheit sollte für immer vergessen sein.

Statt dessen ergötzte er sich an den Büchern von Ernst Jünger, den er für den wichtigsten Schriftsteller des 20. Jahrhunderts hielt. Jüngers Bücher waren für ihn die innere Mobilmachung für ein Leben, das er äußerlich nur in Uniform gern lebte. Sein steinernes Gewissen wurde durch die Autoritäten des Militärs von bohrenden Sinnfragen befreit. Die lederne Seele mit Jüngers Gewaltliteratur gegerbt. Nur den Körper hatte von Bordwehr in all den Jahren vergessen zu stählen, weswegen nunmehr ein etwas schwammiger, dicklicher Mann vor Ulrich stand.

Als ihm nach der formalen Begrüßung die bellende Stimme des Kommandeurs entgegenschlug, zuckte Ulrich zusammen:

„Sie verdammter Idiot, was fällt Ihnen ein, hier das Maul aufzureißen und Beschwerdebriefe an irgendwelche Gremien zu verfassen? Das werden Sie in den nächsten Wochen verdammt bereuen!“, hörte er von Bordwehr im typischen Bundeswehr-Staccato brüllen. Ulrich schüttelte irritiert den Kopf und wurde sich im nächsten Moment bewusst, dass der Kommandeur diesen Text selbstverständlich nicht tatsächlich gesagt hatte. In Wahrheit hatte er seinen Gefreiten mit angemessen-sachlichem Wortschatz empfangen:

„Ich begrüße Sie. Wie ich hörte, hatten Sie Grund zur Beschwerde. Aber ich fürchte, da befinden Sie sich im Irrtum. Um Ihnen das zu erklären, habe ich Sie zu mir gebeten.“

Es war die Diskrepanz von Form und Inhalt, die Ulrich verwirrt hatte. Die Höflichkeit der Worte und der scharfe Klang der Stimme standen in krassem Widerspruch zueinander, und Ulrich war sich unsicher, welchem Aspekt er Vorrang gewähren sollte: dem lauten aggressiven Tonfall oder dem freundlich nüchternen Text. Doch da Ulrich ein intelligenter Bursche war, begriff er in Sekundenschnelle, dass es hier trotz aller Widersprüchlichkeit auf beides ankam. Außen glatt rasiert und glatt gebügelt, innen eiskalt und knallhart. Das Gesamtbild: kantig, markig, unangreifbar. So funktioniert Kommunikation im Kasernenhof.

Und also bellte auch Ulrich – nicht ganz so geübt, aber ähnlich entschlossen – den sachlichen Aspekt um die Frage der Kostenübernahme der Spindschlösser heraus, als würde er antworten:

„Sie aufgeblasener Pappkopf können mir überhaupt nichts anhaben, denn ich habe mich informiert und weiß, dass ich Rechte habe, die mir niemand streitig machen kann. Und schon lange nicht Sie!"

Auf diese Weise kläfften sie eine Zeitlang korrekte Kasernen-Konversation hin und her, bis schließlich Stumm von Bordwehr quasi säbelrasselnd dem Ganzen ein Ende machte. Eisig wies er Ulrich darauf hin, dass an den nächsten Wochenenden verstärkt Personalbedarf auf der Wachstation bestehe und er damit rechnen solle, wiederholt kurzfristig zum Dienst befohlen zu werden.

Ulrich nickte tapfer. Er hatte schon bei der Grundausbildung begriffen, dass jegliche Dienstanweisung zuallererst eine Art von verbaler Prügelstrafe darstellte, die Umsetzung immer eine perfide Form von pädagogisch gedachter Folter bedeutete und erst ganz am Ende es um die Sache an sich ging. Wache zu schieben, war eine der sinnlosesten Aufgaben bei der Bundeswehr. Noch nie hatte jemals irgendein Wachdienst etwas anderes zu vermelden gewusst als „Keine besonderen Vorkommnisse". Dennoch wurde nichts mit so viel Aufwand und Pingeligkeit betrieben wie die Verteilung der Wachdienste.

Waren die Wachdienste selbst schon nichts als eine disziplinarische Maßnahme, so wurden so genannte „Wachvergehen" nicht nur mit weiteren, offiziellen Disziplinarmaßnahmen, sondern auch zivilrechtlich verfolgt. Wachvergehen waren Essen, Trinken, Rauchen, Schlafen, Anlehnen, Setzen, unnötiges Verlassen des Streifenweges oder Postenbereiches, überflüssiges Unterhalten mit dem Streifenpartner, Nachlässigkeiten bei der Wachdienstversehung und Nichtausführen des Wachauftrages. Kurz: Während der Wache stand man praktisch schon mit einem Bein im Gefängnis. Denn ein Wachdienst ohne Wachvergehen war so gut wie unmöglich.

Von Bordwehr hatte also hartes Geschütz aufgefahren. Doch genau dieser Umstand bestärkte Ulrich. Wenn ein Batallionskommandeur sich durch ein Spindschloss derart aus der Fassung bringen ließ, dann konnte Ulrich hier nur gewinnen – entweder (wenn erfolglos) als heroischer Märtyrer, der unverzagt auch im Kleinsten für die Rechte der Ärmsten einstand oder (wenn erfolgreich) als glorreicher Held, der sich und seinen Kameraden mutig gegen die Mächtigen zu ihren Grundrechten verholfen hatte.

Ulrich ließ also souverän seine Hacken zusammenschlagen und posaunte mit dem sarkastischen Brustton der Überlegenheit die frisch gelernte Appellhoflyrik „Wache ist Ehrendienst – viel Wache, viel Ehre!“ heraus. Er dankte dem Kommandeur für das Vertrauen, salutierte korrekt und verließ den Raum.

*

Briefliche Ermahnung und Gelegenheit, Eigenschaften zu erwerben

Keine zehn Tage und zwei Wochenend-Wachdienste später wurde Ulrich erneut zum Batallionskommandeur befohlen. Inzwischen hatte sich natürlich in der gesamten Kaserne herumgesprochen, was los war. Und darum hatte Ulrich auch nicht gezögert, auf das ablehnende erste Antwortschreiben der zuständigen Bundeswehrbehörde einen zweiten Brief zu verfassen, in dem er noch einmal auf seine Rechte pochte und die entsprechende Verordnung wortwörtlich zitierte. Dass er diesen Brief in offener Kopie an die regionale Tageszeitung schickte, war nur ein symbolischer Versuch, sich durch breite Öffentlichkeit den Rücken zu stärken und den eigenen Ruhm nachhaltig zu sichern. Denn natürlich interessierte sich der Lokalredakteur nicht einen Hauch für die bundeswehr-internen Zwistigkeiten um Spindschlösser und der offene Brief landete ebenso unbeachtet im Redaktions-Papierkorb wie Gerdas Geburtsanzeige wenige Monate zuvor im Müll ihres biologischen Vaters.

Dennoch war diese Einbeziehung einer Scheinöffentlichkeit ein geschickter Schachzug Ulrichs gewesen. Denn Stumm von Bordwehr schlug bei dieser zweiten Begegnung eine komplett andere Tonart an:

„Nun, junger Mann, lassen Sie mal die förmliche Begrüßung", begann er das Gespräch in unerwartet väterlichem Tonfall, weswegen Ulrich erneut irritiert in sich hineinhorchte – um festzustellen, dass dieses Mal Form und Inhalt sich ungewohnt harmonisch zusammenfügten. „Setzen Sie sich", wies ihm von Bordwehr einen Platz auf der Besuchercouch. Und wenngleich Ulrich den Eindruck hatte, dass vor ihm noch niemals ein normaler Gefreiter auf dieser Couch gesessen hatte, setzte er sich ohne Widerspruch und Scheu. Beinahe hätte er entspannt die Beine übereinander geschlagen, befand sich aber rechtzeitig so sehr bei Verstand, dass er diese unmännliche Körperhaltung und dieses Zeichen von Schwäche strikt vermied. Stattdessen lehnt er sich äußerlich siegessicher, innerlich aufs Höchste gespannt im Sofa zurück und blickte erwartungsvoll auf den Kommandeur, der sich gerade mit einer Flasche Obstbrand und zwei Schnapsgläsern zu ihm an den Tisch setzte.

„Auch einen?", fragte er, aber wohl eher rhetorisch, denn bevor Ulrich antworten konnte, hatte er schon beide Gläser voll geschenkt.

„Nicht im Dienst", hätte Ulrich eigentlich antworten wollen, aber schwieg lieber, schließlich war ihm bewusst, dass der Kommandeur ebenso im Dienst war wie er selbst.

„Wenn man alle Vorschriften einhält, verpasst man den gesamten Spaß", grinste der Kommandeur, als hätte er Ulrichs Gedanken gelesen. Und Ulrich begriff, dass in der gemeinsamen Übertretung der Dienst-Vorschriften so etwas wie ein Versöhnungs- und Verbrüderungsangebot des Vorgesetzten steckte.

„Prost", schmetterte von Bordwehr und auch Ulrich hob sein Glas. Beide stürzten den Schnaps hinunter, doch während der Kommandeur sein leeres Glas mit Schwung und Souveränität wieder auf dem Tisch abstellte, wurde Ulrich von einem mittelschweren Hustenanfall gebeutelt.

„Na, Sie sind wohl nichts gewohnt, dass Sie gleich einen auf kleines Mädchen machen müssen", lachte der Kommandeur, erneut ohne jede Häme, sondern fast mit einem liebevollen Beiklang. Er klopfte Ulrich auf den Rücken und goss dann die Gläser wieder voll.

„Ein bisschen Training wird Ihnen nichts schaden", prophezeite er freundschaftlich und hob erneut das Glas. Nach dem zweiten Glas und Hustenanfall standen Ulrich die Tränen der Anstrengung in den Augen, nach dem dritten Glas hustete er nicht mehr, nach dem vierten Glas drehte sich die Welt, beim fünften gab er sich geschlagen und winkte ab.

„Gutgut, wir wollens ja mal nicht übertreiben." Der Kommandeur goss sich selbst noch ein Gläschen voll, stellte die Flasche dann aber zugeschraubt beiseite.

Ulrich war klar, dass er nicht eigentlich zum gemeinsamen Besäufnis zum Batallionskommandeur gerufen worden war. Schließlich war er wenige Minuten zuvor in das Zimmer des Kommandanten gegangen wie ein Stierkämpfer in die Arena. Doch jetzt spürte er, wie ihn der Alkohol schwächte. Er erschrak. Die Verhältnisse hatten sich verkehrt, seit der Kommandeur den Schnaps wie Picadores in die Arena geschickt hatte. Jetzt war Ulrich nicht mehr der tapfere Torero, sondern der durch Speerspitzen geschwächte Stier, der darauf wartete, durch einen Stierkämpfer mit rotem Tuch zum Kampf provoziert zu werden. Ihm war als stünde der Torero von Bordwehr jetzt tänzelnd vor ihm, während er selbst aufs Blut geschwächt und nur noch mit einer Restmenge von Kraft mit den Hufen im Sand scharrte und wütend durch die Nase schnaubte.

„Ist Ihnen nicht gut?", fragte von Bordwehr besorgt. „War vielleicht etwas viel, wenn Sie es nicht gewohnt sind." Er klopfte dem jungen Gefreiten auf die Schulter, griff ihn unter den Arm und zog ihn ans Fenster: „Etwas frische Luft wird Ihnen gut tun."

Und während Ulrich am geöffneten Fenster mit der aufsteigenden Übelkeit kämpfte, geriet von Bordwehr ins Erzählen:

„Meinen ersten Schnaps habe ich mit sechs Jahren getrunken. Russischen Wodka. Es war noch bevor wir aus Schlesien weg sind. Beim Einmarsch der Russen wurde unser Dorf sechsmal mit wechselnder Frontlinie verteidigt, also nicht an einem Tag erobert. Es war kalt und es gab wenig zu essen. Noch während der Kämpfe hatte mich meine Mutter mit einem Geschirr zu den Russen auf die Straße geschickt. Ich sollte Essen holen. Ich hatte fürchterliche Angst. Aber die Soldaten schöpften Suppe in die Töpfe, die da von Soldaten und ersten Zivilisten hingereicht wurden. Die Suppe war sehr fett. Nachdem sie kalt geworden war, war es das reinste Schmalz."

Von Bordwehr schaute gedankenverloren aus dem Fenster. „Da stand ich kleiner Junge zitternd vor Angst und Kälte vor dem bösen Feind mit meinem Geschirr in der Hand. Und dann reichte mir einer der Soldaten eine Flasche. Er sprach etwas Deutsch und ich hatte den Eindruck, dass er kein schlechter Mensch war. Trink!, murrte er. Und ich setzte furchtsam die Flasche an den Hals und nahm einen kräftigen Schluck. Es war Wodka, vermutlich irgend so ein selbst gebrautes Zeug. Ich hustete mir die Lunge aus dem Leib, aber danach war mir warm. Mit glühenden Ohren und einem Topf voller Suppe kam ich heim zu meiner Mutter."

Von Bordwehr führte Ulrich wieder zum Sofa, wo der sich erschöpft niederließ. Ulrich fühlte sich zu betrunken, um eine intelligente Frage zu stellen oder die Geschichte klug zu kommentieren. Dummes Zeug wollte er nicht von sich geben, also hielt er die Klappe. Von Bordwehr erzählte weiter aus seiner Kindheit, als wenn er Ulrich deswegen zu sich gebeten hätte.

„Irgendwann hatte die deutsche Nachhut die Panzersperre an der Post geschlossen. Kurz darauf waren die Russen endgültig da. Sie verlangten Uhren und Schmuck und suchten nach deutschen Soldaten. In der Stadt war Chaos. Höhere Nazis wurden gesucht und wenn gefunden, totgeschlagen. Andere Deutsche haben sich erhängt."

Ulrich entglitt ein Rülpser, aber von Bordwehr ließ sich nicht stören.

„Nachts hatten die Russen freie Hand. Sie gingen auf Frauenjagd. Im Haus gegenüber wurde eine Frau von zwei russischen Soldaten vergewaltigt. Mutter ist einmal nachts aus dem Fenster auf das Vordach des ehemaligen Pferdestalls gesprungen und so einer Vergewaltigung entgangen. Jedenfalls hat sie das behauptet. Aber ihre Augen haben etwas anderes erzählt."

Von Bordwehr blickte Ulrich direkt ins Gesicht und betonte durch eine etwas zu lange Kunstpause die Moral seiner Geschichte: „Russen sind Schweine."

Ulrich wusste immer noch nicht recht, was er sagen sollte. Es passte nicht in sein Weltbild, ein ganzes Volk für die Schandtaten einiger weniger zu verdammen. Wenngleich er sich schämte, ein Deutscher zu sein, obgleich er faktisch keine persönliche Schuld am *Holocaust* hatte, verspürte er dennoch so etwas wie schlechtes Gewissen für das Tun oder Nicht-Tun seiner Eltern.

Die Russen sind Schweine. Ein Satz wie dieser passte nicht in die politische Landschaft, aber Ulrich war zu betrunken, um seinem obersten Vorgesetzten in dieser Situation Widerworte zu geben. Zumal er spürte, dass von Bordwehr nicht mit ihm über Politik, sondern über sein persönliches Lebensmotto reden wollte.

Und wieder hatte von Bordwehr scheinbar Ulrichs Gedanken gelesen: „Gehe niemals wütend zu Bett. Bleibe auf und kämpfe." Zur Untermalung klopfte er mit der Hand auf den Tisch, während er diesen Lebensappell ausrief. Dann wandte er sich Ulrich zu. „Ihr Einsatz für die Kameraden ist vorbildlich. Sie haben Mut, junger Mann. Das ist beeindruckend. Ich bin stolz, Sie in meiner Kompanie zu haben. Wir brauchen Männer mit Rückgrat. Denn wenn eines Tages der Russe vor der Tür steht, wird er kein Erbarmen zeigen. Und dann brauchen wir Männer, die den Titel Mann verdient haben und sich gegen diese Barbaren tatkräftig zur Wehr setzen!"

Die Worte hallten in Ulrichs Schädel nach. Was wollte von Bordwehr damit sagen? Lobte er ihn etwa für die Beschwerdebriefe? Seltsam.

Doch tatsächlich hatte von Bordwehr eine Schwäche für mutige Soldaten, ganz gleich womit sie ihren Mut unter Beweis stellten – ob mit einer gewonnenen Stiefelsauferei, einem nächtlichen Marsch zu unwürdigen Bedingungen oder dem kameradschaftlichen Dichthalten nach einem aufgeflogenen Vergehen. Ein nachdrückliches Bestehen auf eigenen Rechten konnte auch dazu gehören, zumal wenn selbst stärkste Drohungen einen Soldaten nicht von seinem Anliegen abbringen konnten.

Ulrich hatte sich quasi durch seine Widerspenstigkeit in den Augen von Bordwehrs zum mutigen Soldaten geadelt. Dass er letztlich auch noch Recht bekam, war dabei nebensächlich. Und so erfuhr Ulrich auch erst beim Hinausgehen, dass seine Beschwerde Erfolg gehabt hatte:

„Sie und Ihre Kameraden können sich gegen den entsprechenden Beleg die Kosten für das Spindschloss rückerstatten lassen", sagte von Bordwehr fast nebenbei, als er Ulrich zum Abschied seine behaarte Pranke auf die Schulter legte. Dann aber zögerte er kurz und schob in freundschaftlichem Tonfall nach:

„Aber das mit der Zeitung sparen Sie sich beim nächsten Mal besser. So was machen Männer unter sich aus. Das haben wir doch nicht nötig, uns vor diesen Flaschen von der Zeitung zu streiten. Innen kann passieren, was will, aber nach Außen zeigen wir Geschlossenheit. Verstanden, Kamerad?"

Mit dem letzten Wort war die Verbrüderung abgeschlossen und Ulrich stand wankend vor der Tür. „Kamerad" hatte der Batallionskommandeur ihn genannt. Ulrich fühlte sich, als wäre er erfolgreich vom Feldzug heimgekehrt und hätte als Trophäe das Geld für Spindschlösser mitgebracht. Aber in Wahrheit war er auch ohne Trophäe zum Helden aufgestiegen. Er fühlte sich großartig. Der Weg vom siegreichen Soldaten bis zum siegreichen Feldherrn schien ihm nicht mehr weit. Und eines fühlte er in diesem Augenblick ganz tief: Die Zeit bei der Bundeswehr würde für ihn zum Triumphzug werden.

Und mit diesem Gefühl des Sieges war Ulrichs Selbstbewusstsein gebrochen. Denn mit der alkoholisierten Blutsbrüderschaft, die sein Kommandeur mit ihm geschlossen hatte, war der infizierende Tropfen der Gleichmacherei in Ulrichs innersten Kreislauf gelangt. Immer wenn er sich den Umständen anpasste – so wie er es in Tonfall und Sprache gegenüber dem Kommandeur getan hatte – sah er sich erneut auf geradem Pfad zum Sieg marschieren.

*

Der wichtigste Versuch

Natürlich, hatte Ulrich wie alle anderen das obligatorische Maßband gekauft. Denn nach ungeschriebenem „W-15er"-Gesetz, wie es auch Ulrich jetzt formulierte, durfte er „ab 180 Tagen" ein solches Zentimetermaß mit sich herumtragen. Am 150. Tag wurde das 1,50 Meter lange Maßband unter lautem Gegröle „entjungfert", also angeschnitten.

52 Zentimeter vor der Entlassung hatte Ulrich unerwartet ein zweites Erlebnis, das sein weiteres Leben prägen und ihm einen Mann noch näher bringen sollte, der schließlich auch an seinem Grabstein stehen würde: eben jenen späteren General Stumm von Bordwehr, den damaligen Batallionskommandeur in Ulrichs Kaserne.

Ulrich, der aufgrund seiner guten Beziehungen zum Batallionskommandeur und seiner ausgesprochen positiven Entwicklung als Panzerschütze nur noch selten Wochenend-Wachdienste schieben musste, war an diesem herbstlich frischen Septemberwochenende ausnahmsweise doch zum Wacheschieben beordert worden. Kein Wachdienst ohne Wachvergehen – das war klar. Und so hatten sich die diensthabenden Kameraden mit ausreichend Spirituosen, Zigaretten und Essbarem eingedeckt, um das Wochenende halbwegs komfortabel zu überstehen.

Zu bewachen war ein Munitionslager in einem etwas abseits gelegenen Wäldchen. Die Wachstrecke führte entlang eines knapp zwei Meter hohen Zaunes und benötigte bei langsamer Gehweise ungefähr zwanzig Minuten. Laut Wachvorschrift sollten die wachhabenden Soldaten aber diese Strecke in genau zwei Stunden gegangen sein, was hieß, dass man sie nicht nur langsam, auch nicht sehr langsam, sondern noch etwa sechsmal so langsam gehen musste. Im Wettrennen mit einer Schnecke hätten die Wachsoldaten großen Vorsprung bekommen müssen, um überhaupt noch eine Gewinnchance zu haben. Dazu mussten immer zwei Soldaten diese Steh-Gehrunde absolvieren, sie durften währenddessen nicht reden, es sei denn sie machten eine ungewöhnliche Beobachtung, was wohl seit Bestehen des Munitionslagers oder zumindest seit Bestehen der Bundesrepublik noch nie vorgekommen sein dürfte – jedenfalls nicht bis zu diesem Wochenende.

Und weil das alles so sinnlos und so schwer zu ertragen unterfordernd war, hatte sich in jeder Wachmannschaft die einhellige Meinung durchgesetzt, dass man das weitaus besser organisieren könne, ohne dass der Sicherheit der Nation Gefahr drohe. Die Truppe musste dazu nur dichthalten. Denn dann konnte man eine ziemlich nette Zeit haben beim Wachdienst: Einer, der per Los oder beim Kartenspiel ermittelt wurde, ging zwei Stunden allein spazieren. Die anderen neun Soldaten schliefen oder tranken oder rauchten oder spielten Karten. Und nach zehnmal zwei Stunden war das Wochenende um.

Genauso war es also auch an diesem Wochenende geplant. Die Wachmannschaft hatte pünktlich Stellung bezogen und alle zwei Stunden machte sich ein anderer auf den im wahrsten Sinne des Wortes langweiligen Wachgang. Ulrich hatte sich freiwillig für die Nachschicht von zwölf bis zwei Uhr morgens gemeldet, die fast ebenso unbeliebt war wie die anschließende bis vier Uhr. Letztere musste aber üblicherweise einer der ganz jungen Gefreiten übernehmen, die noch keine vergleichbaren Rechte wie die Altgedienten hatten. Dass Ulrich nicht eine der attraktiven Nachmittagsschichten übernahm, sondern sich freiwillig für den Mitternachtsrundgang meldete, hatte seinen Grund: Er erwartete Besuch.

Arnheim, den er seit fast einem Jahr nicht mehr gesehen hatte, war dieses Wochenende in der Gegend und hatte großartige Neuigkeiten angekündigt. Als braver Soldat hätte Ulrich ihm natürlich absagen müssen, denn wer Wachdienst hat, kann nunmal keine Freunde treffen. Aber da war ihm der Satz des Batallionskommandeurs eingefallen – „Wenn man alle Vorschriften einhält, verpasst man den gesamten Spaß“ – und er hatte beschlossen, den Rahmen der üblichen Wachvergehen etwas auszudehnen und beim nächtlichen Streifengang an vereinbarter Stelle seinen alten Freund zu treffen.

Um Viertel nach zwölf erschien der Wachmann Ulrich am westlichen

Randes des Wäldchens, wo die Wildschweine ein relativ großes Loch in den Drahtzaun gebohrt hatten. Und obgleich seine Augen an das Dunkel bereits gewöhnt waren, brauchte er einen Moment, bis er seinen Freund Arnheim entdeckte, der am Fuße einer dicken Erle bereits auf ihn wartete.

Die beiden umarmten sich herzlich. Dann betrachteten sie sich lachend von oben bis unten – der Soldat und der Zivilist zu verbotener Stunde an geheimem Ort. Wobei Arnheim nicht unbedingt das Durchschnittsbild des Zivilisten abgab.

Seine Haare fielen in langen Locken bis über die Schulter, einzelne Strähnen ragten über die Stirn, sogar über die Augen hinaus. Das schmale, eigentlich fast zarte Gesicht bekam durch die unregelmäßigen Bartstoppeln etwas Verwegenes. Sein athletischer Körper steckte in viel zu weiten Kleidern, die ihre besten Tage schon lange hinter sich hatten. Es wirkte wie Hohn auf alle bürgerlichen Werte, dass Arnheim über den zerschlissenen Blue Jeans ein schwarzes Jacket angezogen hatte, das nur notdürftig über das schmuddelige T-Shirt und die Leinen-Turnschuhe hinwegtäuschte. Den Jacketkragen hatte er hochgeschlagen. Im Mundwinkel hing eine selbst gedrehte Zigarette. Er sah aus wie die Straßenköter-Version von James Dean.

„Cool", raunzte er und schlug Ulrich lachend vor die Brust. „In Uniform siehst du ja richtig gefährlich aus. Ist das Ding geladen?" Er deutete auf Ulrichs Halfter. Als der nickte, hob Arnheim die Arme: „Ich ergebe mich. Nimm alles, was ich habe. Da im Rucksack ist eine Flasche Rum, eine Flasche Cola und etwas zu rauchen. Mehr kann ich nicht geben."

„Na fein", lachte Ulrich, „dann sollten wir keine langen Verhandlungen führen, sondern die Friedenspfeife rauchen, solange wir noch Zeit haben. Um zwei Uhr muss ich Meldung machen."

„Meldung machen", äffte Arnheim ihn nach. Die beiden lachten. Und als sie es sich endlich auf ihren Jacken im Laub gemütlich gemacht, den Rum und die Cola in ihren mitgebrachten Tassen gemischt, sich zugeprostet und die ersten Schlucke getrunken hatten, hielt Ulrich seine Neugier nicht länger zurück: „Was ist los? Was ist passiert?"

„Dreimal darfst du raten", grinste Arnheim.

„Oh nee!" stöhnte Ulrich. „Ich habe keine Ahnung, was du die ganze Zeit getrieben hast, während ich hier mit der Langeweile und dem Dumpfsinn gekämpft habe. Wie soll ich wissen, was du für brandheiße Neuigkeiten mitbringst?!"

„Okay, dann erzähle ich wohl besser von Anfang an, was?“ Und als Ulrich nickte, lehnte sich Arnheim zurück, zündete sich eine Zigarette an und begann seinen Bericht.

Er hatte zunächst eine Fotografenlehre begonnen, aber als ihm sein Chef zu viele nervige Vorschriften machte, war er einfach nicht mehr hingegangen. Natürlich gab es darüber Streit mit den Eltern, weswegen er dort aus- und zu Freunden in ein besetztes Haus gezogen war. Die weiteren Wochen verbrachte er zwischen Demonstrationen beim Texten und Drucken von Flugblättern, diskutierte in antifaschistischen Zirkeln, engagierte sich für die politischen Gefangenen in deutschen Knästen und protestierte gegen die Immobilienspekulanten, die immer häufiger Wohnhäuser mutwillig verfallen ließen, um sie später abreißen und durch größere, teurere und damit rentablere Bürohäuser ersetzen zu können.

Mitte März war er nach Frankfurt gefahren und hatte bei der Gründung einer neuen Partei – den Grünen – mitdiskutiert und mitbestimmt. Und als Ende März bei Harrisburg in Pennsylvania das US-Kraftwerk Three Mile Island den schwersten Störfall in der Geschichte der Kernenergie vermeldete, wurde ihm klar, dass man keine Zeit mehr zu verlieren hatte. Drei Tage später fuhr er mit 40.000 anderen nach Hannover zur Anti-AKW-Demonstration gegen die geplante Atommüll-Deponie Gorleben. Und tatsächlich hatte in der darauf folgenden Woche das Bundeskabinett die Überprüfung des Sicherheitskonzepts für die deutschen Kernkraftwerke beschlossen.

„Man muss etwas tun“, rief Arnheim laut, und nur ein scharfes „Psst“ von Ulrich, der sich furchtsam umschaute, ob sie jemand gehört hatte, brachte ihn wieder zur Ruhe.

„Man muss etwas tun“, wiederholte er flüsternd. „Und man kann!“

Er erklärte Ulrich, warum es wichtig und richtig sei, politisch aktiv zu werden. Dass er die im April neu gegründete linke Tageszeitung „taz“ abonniert habe, um das „Meinungsbildungsmonopol der bürgerlichen Presse“ zu durchbrechen. Er erklärte, dass er im Juli gern in Wien dabei gewesen wäre, als PLO-Chef Arafat zu Besuch beim österreichischen Bundeskanzler Bruno Kreisky war, dass er Willy Brandts Ansichten über den Nahostkonflikt gar nicht so schlecht fand, wenn auch nicht radikal genug und dass nach dem blutigen Bürgerkrieg die Sandinisten in Nicaragua jetzt endlich den Diktator Somoza vertrieben hätten und dass es kein Wunder sei, dass der Kerl zu den amerikanischen Imperialisten nach Florida geflohen sei und dass

Khomeini den Kurden den Krieg erklärt habe und in Angola müsse man auch aufpassen und den Neo-Nazi Michael Kühnen habe man viel zu mild bestraft und das sei symptomatisch für diesen Polizeistaat, weil man eben eigentlich gar nichts gegen Nazis habe.

Arnheim war in seinem Redefluss kaum zu stoppen. Doch als er auch noch die Geschichte der beiden Familien, die in einem selbst gebastelten Heißluftballon aus der DDR in die Bundesrepublik geflohen waren, als „angeblich“ und „garantierte Propaganda-Tricks der gleichgeschalteten bürgerlichen Presse“ abgehandelt hatte, kam er endlich zum Ende seiner wortreichen Ausführungen.

Ulrich schnappte nach Luft. Ihm kam es vor, als hätte er das vergangene Jahr auf dem Mond gelebt.

„Du hast ja keine Ahnung, was da draußen in der Welt los ist“, fuchtelte Arnheim wild mit den Armen. „Diese Arschlöcher zocken die Welt ab. Aber das lassen wir uns nicht gefallen. Nicht mit uns!“

Und während der letzten Worte schlug er mit der Faust gegen seine Brust, wo auf dem T-Shirt, wie Ulrich erst jetzt erstaunt feststellte, ein Porträt von Che Guevara abgebildet war. Arnheim und Che – ein perfektes Duo. Ulrich nahm einen großen Schluck von dem Cola-Rum-Gemisch.

„Cubalibre“, brummelte er und kaute in Gedanken versunken auf seiner Unterlippe, „der Cocktail fürs freie Kuba besteht zur Hälfte aus kommunistischem Zuckerrohrschnaps und imperialistischer Koffein-Zuckerlimonade. Wie bizarr!“

Arnheim trank und rauchte – plötzlich schweigsam. Und in diesem Moment begriff Ulrich, dass der einst so wortkarge und maulfaule Arnheim, der lieber andere zitiert hatte, als selbst Worte finden zu müssen, auch gerade eben nur eine große Zitatensammlung preisgegeben hatte. Der anderthalbstündige Vortrag war nichts als eine „Best-of“-Auswahl der umfangreichen Flugblattsammlungen, die durchs Arnheims Hände unters Volk gebracht worden waren. Hatte Arnheim überhaupt in all den Sätzen irgendetwas von sich selbst erzählt?

„Und du?“, fragte er deshalb unvermittelt. „Wie geht's dir?“

Arnheim schaute ihn verdutzt an. „Ich? Was meinst du? Ich habe gerade so gut wie alles erzählt. Nur eines weißt du noch nicht. Aber das musst du raten!“

Ulrich rieb sich nachdenklich das Kinn. Dann zuckte er die Schultern.

„Was weiß ich: Du bist Mitglied bei der RAF geworden? Du wirst als Fremdlegionär bei Arafat anheuern? Sie haben dich erwischt, wie du Molotowcocktails mixt und musst für eine paar Jahre in den Knast?"

„Falsch falsch falsch." Arnheim grinste. „Das rätst du nie!"

„Na gut, dann verrat es mir!"

„Ich habe geheiratet!", strahlte Arnheim von einem Ohr übers andere. In der Nähe knackte es im Unterholz. Ulrich zuckte zusammen. Einen Moment lang wusste er nicht, ob es das unheimliche Geräusch oder Arnheims Antwort war, was ihn erschreckt hatte. Dann sortierte er seine Wahrnehmung. Das knackende Holz stammte offensichtlich von einem Tier, vermutlich einem Wildschwein, denn das Geräusch wiederholte sich zu auffällig. Ein Mensch, der nicht entdeckt werden wollte, hätte derlei Geräusche nicht zugelassen. Ulrichs Augen durchkämmten das Dunkel des Gebüschs, aber er konnte nichts entdecken. Doch offenbar hatte das Tier inzwischen ihre Nähe gewittert und entfernte sich jetzt rasch aus der Gefahrenzone.

Nun konzentrierte sich Ulrich auf die zweite Information, die gerade an sein Ohr gedrungen war. Arnheim hatte also geheiratet. Das passte irgendwie gar nicht zu allem anderen, was er erzählt hatte. Geheiratet. Ulrich konnte es nicht fassen.

„Geheiratet?", fragte er ungläubig.

„Ja, in Gretna Green!", strahlte Arnheim wieder. „Das ist in Schottland, dort durften immer schon Liebespaare heiraten, auch wenn sie erst 16 Jahre alt sind – auch ohne die Einwilligung der Eltern."

„Wovon redest du? Du bist 18 und du könntest auch hier heiraten, wenn du wolltest."

„Ich wollte es meinen Eltern beweisen. Sie waren total dagegen, dass ich überhaupt mit Erika zusammen bin. Und also haben wir unsere Sachen gepackt und sind rüber nach Schottland. Ohne Aufgebot, ohne Tamtam. Einfach hin und geheiratet. Peng. Das war ein Skandal!"

Ulrich staunte. Er hatte in den letzten Monaten nicht mal ein Mädchen getroffen, geschweige denn geküsst. Und Arnheim hatte einfach mal eben so geheiratet. Der Kerl hatte ein Leben! Dann schoss ihm ein Gedanke durch den Kopf.

„Und wovon lebt ihr? Womit verdient ihr Geld, meine ich?"

„Geld", prustete Arnheim verächtlich, „ich scheiß auf Geld. Das meiste kann man ohne Geld organisieren."

Er zog das Wort ‚organisieren' süffisant in die Länge, so dass Ulrich anschaulich vor sich sah, wie derlei Einkäufe zahlungsfrei vonstatten gingen.

„Außerdem zahlen wir keine Miete, weil wir ein leer stehendes Haus instand besetzt haben. Und ansonsten mache ich hier und dort irgendeinen Job oder schnorre mich am Bahnhof durch."

„Was?", staunte Ulrich, „Du bist einer von denen, die einen am Bahnhof um eine Mark anpumpen?"

„Nee", winkte Arnheim ab, „ so blöd bin ich nicht. Ich frag die Leute nicht nach einer Mark, sondern gleich nach fünfzig oder hundert."

Als Ulrich ihn fragend anstarrte, erklärte er: „Ich erzähle ihnen irgendeine herzerweichende Geschichte, warum ich die Fahrkarte nach Hause nicht selbst bezahlen kann, dass ich überfallen wurde oder so, dass ich von irgendwelchen Typen in der Disco zu Drogen verführt worden bin und die mich dann beklaut haben. Halt irgendso einen Schmarrn. Und manche rücken dann unheimlich schnell mit der Kohle raus."

„Aber das ist Betrug!", empörte sich Ulrich einen kurzen Moment.

„Nein, das ist soziale Umverteilung. Die haben das Geld doch über, sonst würden sie es nicht hergeben."

„Aber du belügst sie", wandte Ulrich ein.

„Die Leute glauben nur, was sie glauben wollen." Arnheim schien tatsächlich keinerlei Gewissensbisse zu haben. Es war Ulrichs Gewissen, das sich nun meldete. Er schaute auf die Uhr.

„Hey, Viertel vor Zwei. Ich muss los, damit ich rechtzeitig Meldung machen kann."

„Der brave Soldat Schwejk", höhnte Arnheim. Und Ulrich merkte, wie es in ihm rebellierte. Die Rollenverteilung passte ihm gar nicht: Arnheim, der coole Lebemann, der Spaß hatte, wie es ihm gefiel, und er, der brave Spießer, der sich unterordnete, ob es ihm passte oder nicht. Die Stimme der Macht, der Selbstbestimmung und der Freiheit meldete sich in ihm zu Wort. Und während er ein Kaugummi aus der Tasche zog, es aus dem Papier wickelte und in den Mund schob, um mit dem Pfefferminzgeschmack die Alkoholfahne zu übertünchen, hatte er plötzlich diese folgenschwere Idee, die wenige Minuten später für großen Aufruhr im gesamten Batallion sorgen würde.

Ja, man konnte später nicht einmal behaupten, dass Ulrich von Arnheim angestiftet worden war. Nein, es war ganz allein Ulrichs Idee gewesen, und der Freund hatte bloß Pate gestanden, hatte bloß das Publikum abgegeben, das nicht ahnte, was im Folgenden Unfassbares geschehen würde.

Ulrich drückte dem Freund zum Abschied die Hand, zischte leise ein „Verschwinde jetzt so schnell du kannst!“ ins Ohr und kroch geschickt durch das Wildschweinloch im Zaun zurück auf den Wachpfad, um schnellen Schrittes den Streifenweg zu vollenden, das Kaugummi mit spitzen Fingern an der Meldestation unter den Apparat zu kleben, zum Hörer zu greifen, die Ruftaste zu drücken und – nachdem er korrekt das Passwort durchgegeben hatte – statt wie üblich „keine besonderen Vorkommnisse“ zu vermelden, aufgeregt in den Hörer zu rufen:

„Alarm, die Russen kommen!“

Der diensthabende Offizier am anderen Ende fragte erstaunt nach, und Ulrich rief erneut aufgeregt: „Unbekannte Personen aufgespürt. Alarm! Vermutlich russische Spione identifiziert. Sofortige Unterstützung notwendig!“ Dann warf er den Hörer in die Gabel und rannte zur Wachstation, um seine Kameraden zu warnen. Die mussten nach dem Aufwachen erst mal sämtliche Spuren ihrer Wachvergehen – leere Bierdosen, Zigarettenkippen und dergleichen – im Wald verscharren, bevor sie mit gezückter Waffe hinter Ulrich herlaufen konnte, um dem Feind Paroli zu bieten. Kurz vor der Stelle, an der das Wildschweinloch den Zaun durchbrach, bremste Ulrich ab und hob schweigend die Hand. Seine Kameraden taten es ihm gleich, bückten sich und legten die nächsten Meter robbend auf dem Waldboden zurück.

Als sie am Loch ankamen, war dort natürlich niemand mehr zu sehen. Einer der Soldaten leuchtete mit einer Taschenlampe die Stelle ab und diagnostizierte mit Kennerblick: „Das Laub ist niedergedrückt, Äste abgebrochen. Hier hat tatsächlich bis vor Kurzem jemand gelauert.“

In der Kaserne selbst war mittlerweile Großalarm ausgelöst worden. Batallionskommandeur von Bordwehr hatte sofort Meldung an die nächsthöhere Instanz gegeben und hätte er am roten Knopf gesessen, wäre vermutlich genau in diesem Moment der Dritte Weltkrieg ausgebrochen. Denn da von Bordwehr ständig mit einem Angriff der Bestien von der roten Armee rechnete, hätte er keine Sekunde gezögert, zum ultimativen Gegenschlag auszuholen. Stattdessen tat er nun, was in seinen Kräften lag, und aktivierte die gesamte Kaserne. Soldaten warfen sich in ihre Kampfausrüstung, Maschinengewehre wurden zusammengebaut und scharf gemacht, Panzerabwehrkanonen wurden in Stellung gebracht, Leuchtmunition in den Himmel geschossen – kurz: Es gab nichts und niemanden, der nicht bereit war, den unmittelbar anstehenden Krieg gegen die Russen zu gewinnen.

*

Geistiger Umsturz

Gut fünf Stunden später war die Kaserne wieder zur Ruhe gekommen. Und da man weder einen Russen noch sonst irgendeinen Feind hatte ausfindig machen können, war auch die Alarmbereitschaft wieder zurückgenommen worden. Ulrich war direkt vom Wachdienst zum Batallionskommandeur beordert worden.

„Man hat mich angewiesen ...“, begann von Bordwehr mit niedergeschlagener Stimme, und Ulrich erstarrte vor Angst. Was würde nun folgen? Fehlalarm, hatte irgendein Offizier irgendwann gerufen, bevor die grellen Nachtlaternen wieder ausgeschaltet worden waren und die umsonst aufgeschreckten Soldaten sich wieder in ihre Schlafräume zurückgezogen hatten. Welche Strafe würde es nach sich ziehen, wenn jemand nur aus Jux und Tollerei einen Fehlalarm auslöste und dadurch eine ganze Kompanie in Wallung brachte?

„Man hat mich angewiesen“, begann von Bordwehr zum zweiten Mal, „über die ganze Sache Stillschweigen zu wahren. Kein Wort an die Presse, keine Aktennotiz, kein Wort an die Öffentlichkeit. Der ganze Vorfall hat nicht stattgefunden.“

Ulrich schluckte. Ihm schlug das Herz bis zum Halse.

„Ich weiß es besser, mein guter Ulrich“, sagte der Kommandeur nun mit fast gerührter Stimme, „und ich weiß, dass Sie es auch besser wissen.“

Mein guter Ulrich? So hatte ihn der Kommandeur noch nie genannt. Das klang fast väterlich. Oder war es nur schlichter Sarkasmus? Hatte der erfahrene Kommandeur das Spiel durchschaut und versuchte jetzt, den jungen Gefreiten im Gespräch durch psychologische Kriegsführung nervös zu machen?

Ulrich nestelte an seiner Uniform herum und überlegte, was er zu seiner Verteidigung vorbringen konnte.

„Ich weiß, dass Sie die Sache richtig eingeschätzt haben“, fuhr der

Kommandeur nun zu Ulrichs Überraschung fort, „der Russe steht vor der Tür und wartet nur darauf, unser Land zu erobern, unsere Lager zu leeren, unsere Männer zu töten, unsere Kinder zu entführen und unsere Frauen zu schänden." Von Bordwehr legt seine Hand auf Ulrichs Schulter.

„Nur Ihr engagierter Einsatz, guter Mann, hat die Schweine für heute vertrieben. Aber schon morgen werden Sie wieder versuchen, unser Vaterland zu zerstören, wenn wir ihnen nicht zuvorkommen."

Ulrich wäre vor Scham fast im Boden versunken. Von Bordwehr meinte offenbar ernst, was er sagte. Das war kein kommunikatives Trickspiel, sondern echte Anerkennung, die er da aussprach.

„Herr Kommandeur", begann Ulrich sein Geständnis, aber bevor er weiterreden konnte, wurde er unterbrochen.

„Nein, keine falsche Bescheidenheit. Sie haben wie ein tapferer Soldat gehandelt. Wenn jetzt die Politiker aus irgendwelchen diplomatischen Gründen heraus die Angelegenheit verschleiern wollen, ist das eine andere Sache. Wir Soldaten dürfen unser Leben hingeben, wenn die Weicheier in ihren Parlamentssitzen keine starken Worte mehr machen können, sondern jemanden brauchen, der zur Tat schreitet. Aber vorher werden wir behandelt wie Dreck. Das ist unsere Berufung. Wir dienen dem Vaterland. Und wir leben dafür und wir werden dafür sterben. Dank werden wir dafür nicht bekommen. Aber wir können stolz darauf sein, was wir leisten."

Von dem Pathos der Worte peinlich berührt und vom schlechten Gewissen geplagt blickte Ulrich zu Boden.

„Kopf hoch", hörte er den Kommandeur aufmunternd bellen. „Sie wissen, was Sie gewagt und geleistet haben. Und ich weiß es. Das ist das, was zählt. Wir Kameraden müssen zusammen halten."

Ulrich spürte, wie die Pranke von Bordwehrs ihm kräftig auf die Schulter klopfte. Eine bleischwere Müdigkeit legte sich über ihn. Er hatte die ganze Nacht kein Auge zugetan. Und jetzt fiel die Angst von ihm ab, die ihn die letzten Minuten wach gehalten hatte. Kein Wort würde er sagen. Schweigen schien ihm jetzt die beste Strategie. Arnheims Worte hallten in ihm nach: „Die Leute glauben nur, was sie glauben wollen."

Diese neue Moral erleichterte ihn. Es war der Tag, an dem Ulrich begriff, dass man mit der Wahrheit nur richtig umgehen musste, um von ihr profitieren zu können. Es war der Tag, an dem Ulrich beschloss, dass man nicht Tyrann werden müsse, um die Welt zu beherrschen, sondern Rhetoriker, Interpret, Ideologe. Denn Worte waren es, mit denen man die Wahrnehmung der Welt beeinflussen konnte. Am Anfang stand das Wort, aus dem Wort leitete sich die Sicht auf die Dinge ab, aus der Sicht auf die Dinge die Bewertung, aus der Bewertung die Handlung. Im Dominoeffekt der Macht ging es nicht um Befehlsstrukturen, sondern um Interpretationsmuster. Wer Macht wollte, musste nicht befehlen, sondern beschreiben. Wer andere beeinflussen wollte, musste nicht intervenieren, sondern interpretieren. Fortan ging es Ulrich nie mehr um die Wahrheit, sondern allein um die Wirklichkeit.

Die neuartige Arnheimsche Moral der Geschichte eroberte Ulrichs Denken im Sturm. Es war ein Blitzkrieg der Manipulation. Der Sieg der Worte erlaubte fortan jegliche Lüge, da man nicht schuldig wurde, wenn man etwas Falsches sagte, sondern nur, wenn man es glaubte – und dann war man eben selbst schuld.

Auch Stumm von Bordwehr schien um diese Manipulation der Wirklichkeit zu wissen. Denn was er nun vorschlug, entsprach in keinster Weise den Vorschriften, war aber in der Gestaltung von Ulrichs Werdegang ein wesentlicher – wenn auch gefälschter – Wendepunkt.

„Da ich Ihren Mut in der heutigen Krisensituation nicht ordentlich anerkennen kann", begann er seine Pläne Ulrich anzuvertrauen, „werde ich in Ihren Akten einige kleine Änderungen vornehmen, die Ihnen zukünftig das Leben erleichtern dürften."

Ulrichs Müdigkeit war wie fortgeblasen. Was würde jetzt kommen? Aktenfälschung?

„Der Vorfall mit dem Spindschloss, den ich, wie Sie wissen, durchaus als mutigen Einsatz für Ihre Kameraden und sich selbst anzuerkennen weiß, wird von anderen sicher als Schandfleck, nämlich als aufmüpfige Widerspenstigkeit gesehen." Von Bordwehr ging zu seinem Schreibtisch und schlug Ulrichs Aktenmappe vor sich auf. Dann fuhr er fort.

„Die heutige Heldentat, die unbestreitbar Ihren Mut und Ihr soldatisches Selbstverständnis in außergewöhnlicher Weise unter Beweis stellen würde, darf hingegen aus politischen Gründen nicht in den Akten Niederschlag finden." Von Bordwehr zog ein Blatt Papier aus der Mappe und zerriss es in tausend kleine Stückchen, bevor er die Schnipsel in den Papierkorb segeln ließ.

„Ich habe darum beschlossen, die Spindgeschichte aus Ihrer Akte zu löschen, was hiermit geschehen ist. Und Sie stattdessen für das Bundesverdienstkreuz vorzuschlagen, was Sie zwar aus bekannten Gründen zu diesem Zeitpunkt nicht erhalten werden, aber – da einmal vorgeschlagen – in Zukunft zu gegebenem Anlass sicherlich nachgereicht bekommen."

Ulrich rieb sich die Augen. Träumte er? Was war das für eine absurde Geschichte, die sich da gerade abspielte? Wollte von Bordwehr ihn auf den Arm nehmen? Aber der machte keine Anstalten das merkwürdige Schauspiel mit einer krachenden Schlusspointe zu beenden, sondern kam nunmehr mit langsamen Schritten wieder auf Ulrich zu. Er streckte ihm die Hand entgegen und sagte mit feierlicher Stimme:

„Sie gehören ins Bett, Kamerad! Schlafen Sie sich aus! Deutschland braucht Männer wie Sie!" Kraftvoll und mit aller Ernsthaftigkeit, die einem Batallionskommandeur zur Verfügung stand, schüttelte er Ulrich die Hand, um dann noch nachzuschieben: „Wann immer Sie Unterstützung brauchen, können Sie auf mich zählen! Genauso wie ich auf Sie zähle, wenn der Russe wieder vor der Tür steht!"

Wenige Minuten später war der 51. Zentimeter von Ulrichs Maßband gefallen, und sieben Wochen später verließ der Gefreite Ulrich mit Urkunden, Ehrungen, Schützenschnüren, Orden, Lob und Huldigungen behängt, geschmückt und überhäuft endgültig die Kaserne, um sie nie wieder zu betreten.

Die 15 Monate hatten ihn verändert: Nun wollte er Manager werden.

3

Diotima

Die Dame, deren Liebe Ulrich nach einem Gespräch über Sport und Musik gewonnen hat

Manager. Ulrichs neuer Berufswunsch kam nicht von ungefähr. Er hatte nachgedacht. Viel nachgedacht. Über Macht. Über Geld. Und wie das eine vom anderen abhing. Und über all dieses Denken hatte er vergessen, dass er vor wenigen Jahren noch Geld und Macht nur angestrebt hatte, weil er höhere Ziele verfolgt hatte: Gerechtigkeit zum Beispiel. Aber die Komplikationen um das Zwischenziel ließen das eigentliche Ziel in immer größere Ferne rücken.

So hatte Ulrich über Macht und über das letzte Gespräch mit von Bordwehr nachgedacht: Wenn der Batallionskommandeur, der immerhin schon viele viele Jahre im Dienst war und einige Karrierestufen erklommen hatte, so wenig zu sagen hatte, dass er nicht mal darüber entscheiden konnte, ob ein militärischer Vorfall – egal wie bedrohlich er wirklich gewesen sein mochte – an die Öffentlichkeit kam oder auch nur aktenkundig wurde oder nicht; dann, ja dann würde auch ein General nicht mehr zu sagen haben. Natürlich hätte ein echter Tyrann nicht nur die oberste Heeresgewalt, sondern auch politisch das Sagen. Aber wenn Ulrich es recht bedachte, dann schien ihm die Chance, dass in Deutschland in den nächsten fünfzig Jahren – also noch rechtzeitig vor seinem Ableben – eine Tyrannei ausbrechen würde, mit Ulrich als Anführer, relativ gering. Schließlich hatte sich die junge Demokratie schon ausgebuffteren Revolutionären gegenüber stabil gezeigt.

Letzteres hatte ihm auch Arnheim unterstrichen, der sich zeitweilig im „Revolutionären Kampf", einer linksrevolutionären Zelle, engagiert hatte. Gemeinsam mit anderen Kämpfern hatte er die so genannte strukturelle Gewalt bekämpfen wollen, also die Gewalt, die der Staat durch seine Strukturen ausübt. Die Revolutionären Kämpfer wollten dagegen mit „physischer Gewalt“ antworten: Sie warfen also mutig Molotowcocktails oder Pflastersteine gegen Gebäude des bösen Staatsapparates. Dass dabei auch Polizisten oder Beamte verletzt wurden, entsprach jedoch nicht der gewünschten Symbolik, mit der die Kämpfer sich selbst als Opfer und nicht als Täter glorifizieren wollten.

Arnheim distanzierte sich und vollzog offensiv einen Wertewandel. Seine neue Ideologie: Physische Gewalt richtet sich gegen Menschen, nicht gegen Strukturen. Wenn man also der Gewalt der Strukturen etwas entgegensetzen wollte, musste man sich gegen die Strukturen wehren, nicht gegen Menschen kämpfen, die selbst bloß Opfer der Strukturen sind. Und also hatte Arnheim beschlossen, die Strukturen zu verändern und sich der neuen politischen Bewegung der Grünen angeschlossen.

Ulrich jedoch schien dieser Weg ebenso unattraktiv wie der militärische. Der „Weg durch die Institutionen“, wie man derlei jetzt nannte und wie Arnheim ihn jetzt offenbar gehen wollte, war keine Option für Ulrich. Er wollte nach oben, aber bitte nicht über mühsame Umwege, sondern gleich an die Schaltstellen der Macht – und bitte nicht als Herrscher der „Republik Freies Wendland“, wie sie fünftausend Atomkraftgegner Anfang Mai 1980 ausgerufen hatten.

König von Kleinkleckersdorf – derlei Provinzialität wäre ja gerade noch gegangen, aber in Ulrichs Wertesystem hatte die Zeit bei der Bundeswehr auch sein Verhältnis zum Geld gefestigt. Es gab auf der Welt Menschen mit Geld und Menschen ohne Geld, und Ulrich hatte entschieden, zu Ersteren zu gehören. Die Macht war zweitrangig, wenngleich er überzeugt davon war, dass man mit genug Geld auch genug Macht haben würde. Denn wo die Industrie stark war, war es auch die Politik.

Immerhin hatten im ersten Halbjahr 1980 die Japaner mit enormen Exportzahlen die westliche Konkurrenz schockiert: Mit 5,46 Millionen Kraftfahrzeugen produzierten sie mehr als der bisherige Spitzenreiter USA. Mehr als die Hälfte der billigen, verbrauchsarmen Fahrzeuge wurde für das Ausland gefertigt. In der Gesellschaft fürchtete man sich plötzlich vor einer Versklavung durch gelbhäutige Schlitzaugen. Manch deutsche Mutti sah sich schon mit gebunden Füßen als Geisha einem japanischen Multi dienen.

Und so kam es, dass Ulrich in diesen Tagen der Weltwirtschaftsgipfel in Venedig weitaus mehr interessierte als der Gewinn der Deutschen Fußballweltmeisterschaft durch den 1. FC Bayern, wenngleich das für die meisten Zwanzigjährigen sicher andersherum galt.

Das Berufsziel Manager führte Ulrich geradewegs an die Universität, wo er sich zum Studium der Betriebswirtschaft an einem der führenden deutschen Institute in Münster immatrikulierte.

Wenn Ulrich sich nun tatsächlich in der Weise ausschließlich dem Studium gewidmet hätte, wie es von einem ordentlichen Studenten erwartet wurde und wie er selbst es in späteren Lebensläufen immer darstellte, wären die folgenden Jahre sehr langweilig gewesen und in diesem Bericht nicht der weiteren Erwähnung wert. Wir könnten uns auf wenige kurze Anmerkungen zu seinen Prüfungsleistungen, also diversen Seminarbesuchen, Klausuren und kleineren wissenschaftlichen Arbeiten beschränken und mit einem Schlenker über die anstrengende, aber abschließende Diplomarbeit gleich der mündlichen Abschlussprüfung zuwenden. Das alles erledigte Ulrich natürlich in gewohnter Weise mit Bravour. Er war ein unauffälliger, wenn auch begabter Student, der sogar neben seinem BWL-Studium Lehrveranstaltungen der Philosophie und – quasi als geistvolles Kuriosum und zur körperlichen Ertüchtigung – Sport-Praxisseminare besuchte.

Seine Intelligenz und sein Charme waren ihm im Studium ebenso von Vorteil wie bereits in der Schule, so dass er seinen Ehrgeiz spielend befriedigen konnte und als bester Student seines Jahrgangs abschloss und fortan mit dem Titel „Diplom-Kaufmann“ durchs Leben ging. Dieser Titel jedoch war unter Ulrichs strebsamer Würde, weswegen er noch schnell – innerhalb von wenigen Monaten – eine Promotion über ein planungsorientiertes Thema aus dem Bereich der Informationstechnologien anschloss, so dass er ab Sommer 1985 das prestigeträchtigere „Dr. rer. oec.“ vor seinen Namen setzen konnte.

Nun, das alles war also eigentlich nicht weiter der Rede wert, und in all diesem findet sich auch kein Hinweis für den letzten Karrieresprung, den Ulrich mit dem Leben bezahlte. Doch zum Glück entdeckte Ulrich in diesen akademischen Semestern nicht nur geistiges Amüsement, sondern auch seelische Vergnügen, sprich: die Liebe.

Ulrich entdeckte nämlich eines Tages unerwartet die Schönheit und Empfindsamkeit einer Frau. Sie stand vor ihm in wandelloser Schönheit, mühelos, in lächelnder Vollendung, und alles Sehnen, alles Träumen der Sterblichkeit, ach alles, was in goldnen Morgenstunden von höheren Regionen der Genius weissagt, es war alles in dieser einen stillen Seele erfüllt.

Und weil der Moment ihrer Begegnung derart mit Hölderlinscher Poesie gefüllt war, war es für Ulrichs unliterarisches Leben etwas überraschend, aber für diesen Bericht ein schmückendes Detail, dass er die Angebetete „Diotima“ nannte und sie ihn „Holder“ – ganz in der Tradition der großen Liebe romantischer Dichter.

Den ersten Augenblick tauschten die beiden Liebenden unter denkbar ungünstigen Umständen. Es war im Dezember 1984, genauer am 5. Dezember 1984. Ulrich hatte mit einigen Freunden ein Konzert der britischen Pop-Band Depeche Mode in der Westfalenhalle besucht und war bereits mit seinem Fahrrad auf dem Heimweg, als sich ihm plötzlich drei Halbstarke in den Weg stellten.

Ulrich war vielleicht – in Gedanken versunken und durch die Musik und den Alkohol betäubt – für einen kurzen Moment vom Radweg abgekommen und hatte womöglich sogar einen der drei leicht gestreift, aber die Gemüter der Männer waren auch ohne Anlass auf Ärger und Zorn vorbereitet. Man könnte fast behaupten, sie hätten sich ihm auf der Suche nach Streit und Geplänkel derart in den Weg gestellt, dass er gar nicht anders konnte, als zumindest einen von ihnen anzurempeln.

Jedenfalls fühlte sich Ulrich in der ihm eigenen souveränen Art nicht wirklich schuldig, aber in der ihm ebenfalls eigenen charmanten Art stieg er vom Rad ab, um sich vorauseilend zu entschuldigen, damit sein Gegenüber sich nicht nur für die galante Geste bedanken, sondern ihn zugleich für die demutsvolle Bescheidenheit bewundern würde.

Nur: Mit derlei höflicher Koketterie war er bei den Kerlen gänzlich an der falschen Adresse. Oder besser: Höflichkeit und Koketterie passten den drei Krawallsuchenden insofern genau in den Kram, als ihnen derlei – als Arschkriecherei und Schleimscheißerei diffamiert – als Vorlage für aggressive Nachfragen gerade recht kam:

„Willst du uns blöd anmachen?“, krakelte der Erste.

„Du suchst wohl Streit, hä?!“ pöbelte der Zweite.

„Kannst ganz schnell eine aufs Maul haben, wenn du willst!“ vollendete der Dritte die rhetorische Fragerunde mit einer plakativen idealen Antwort.

Bevor Ulrich wusste, wie ihm geschah, und bevor er – was sich für einen Helden, der er gern gewesen wäre – sein Rad geschickt zur Seite fallen lassen konnte, um damit den Ersten zu blockieren, bevor er im selben

Moment den Ellbogen nach links ausfahren konnte, um damit den Zweiten in die Magengrube zu treffen, bevor er dann nach vorn den Fuß zum harten Tritt schwingen konnte, um damit den Dritten in die Knie zu zwingen, und bevor er zuletzt hasenfüßig nach hinten wegrennen konnte, denn gegen drei starke Männer gab es kein Kämpfen – bevor er also all dies tun konnte, zögerte er. Und er zögerte einen Moment zu lange. Das machte das Studieren. Universität verdirbt den Charakter. So hatte er in der Analyse der Situation kaum Variante 1 erfasst und die gedanklichen Ausführungen zu Variante 2 gerade erst methodenkritisch beginnen wollen, als er bereits die erste Backpfeife auf der Wange spürte.

Zwar konnte er im spontanen Reflex seinem Gegenüber noch einen Faustschlag verpassen, aber steckte dafür nur von zwei anderen Seiten Boxhiebe und Tritte ein. Binnen weniger Sekunden verwandelte sich das agressive Standbild in eine gewalttätige Actionszenerie und binnen weniger Minuten wandelte sich der vergnügte junge Student auf dem Heimweg in einen blutigen, alkoholisierten Lumpenträger auf der Straße.

Ulrich mochte gut eine halbe Stunde nur mäßig bei Bewusstsein dort auf dem Asphalt gelegen haben, als ein Taxi an der ansonsten wenig befahrenen Straße anhielt. Der Fahrer entstieg und eilte zu dem am Boden liegenden Verletzten. Und während er versuchte, den zerschundenen Jüngling an den Schultern emporzurichten, beugte sich sein elegant gekleideter Fahrgast, eine Dame von knapp dreißig Jahren, mit einem engelhaften Gesichtsausdruck über den Verprügelten. Sogleich umwehte Ulrich der Duft von „Opium“, diesem Klassiker unter den Damendüften.

Und während die betörende Realität Ulrich ins Bewusstsein zerrte, hatte er bereits unbewusst sein Herz verloren. Mit dem verzweifelten Ansinnen, der fortan Angebeteten seine maskuline Vitalität unter Beweis zu stellen, sprang er sinnlich frisch auf die Beine – und schlug sogleich, orientalisch umnebelt, wieder der Länge nach hin. Nunmehr gänzlich blamiert und verloren gab er sich den festen Händen des Taxifahrers und der berauschenden Verführung der Diotima widerstandslos hin.

Die beiden helfenden Engel wollten zunächst die Polizei rufen oder den Zerschundenen wenigstens ins Krankenhaus fahren, doch Ulrich bat, lediglich nach Hause gebracht zu werden, und so kutschierte das Taxi seine Gäste an die von ihm genannte Adresse, während Ulrich im Fond des dicken alten Schlittens an der Seite der Frau seines Lebens sitzen blieb, wehklagend, mehr ahnungsvoll ob der Schmerzen der Liebe als tatsächlich ob der Schürfwunden und Prellungen.

Aus dem eitlen Wunsch heraus, der Gefährtin die klägliche Lage, in der sie ihn gefunden hatte, aus dem Gedächtnis zu wischen, plauderte Ulrich mit gekonntem Wortwitz über dieses und jenes, versuchte intelligente Verknüpfungen zwischen Börsennachrichten und den Gefahren der Straße, erklärte den asiatischen Kampfsport durch die amerikanischen Aktienkurse und bemühte sich um eine geradlinige Verknüpfung von Fahrdienstleistungen wie dem Taxifahren und medizinischer Grundversorgung wie die Wiederbelebung von Scheintoten. Seine Retterin war amüsiert, dankte seine Plauderei mit dem Kompliment, dass sie ein glücklicher Umstand ohne Zweifel einen sehr geistvollen Mann habe retten lassen, und fragte allerdings auch zwischendurch besorgt, ob er nicht etwa eine Gehirnerschütterung erlitten habe.

Nun, es kam, wie es kommen musste. Ulrich bemühte sich weiterhin angestrengt, die Dame neben sich durch Souveränität und Charme für sich zu gewinnen. Doch bei all seinen krampfhaften Bemühungen geriet ihm die Konversation außer Kontrolle und er formulierte plötzlich einen Satz, den man in den achtziger Jahren des 20. Jahrhunderts nunmal nicht mehr sagte, wenn man bei Trost war oder wenigstens so wirken wollte, als ob man bei Trost sei:

„Siehe! Da geht ein wunderbarer Schauer mir durch alle Glieder."

Doch die Angesprochene hätte ihren Kosenamen nicht verdient, wenn sie nicht verstanden hätte. Die Dame aber verstand und verwandelte sich somit sogleich in Diotima, die Prophetin der Liebe. Schweigend und voller Zuneigung ergriff sie seine Hand, verbreitete mit ihrer Anmut und Herzenswärme weichen Schneefall und zarten Nebel im ganzen Wagen, so dass der Taxifahrer beinahe vom Weg abgekommen wäre, und rückte tief berührt von Ulrichs Worten und lebhaft erregt leicht von ihm ab, um das heiße Knistern der Nähe durch einen leisen Luftzug zu einem gellenden Feuer im Herzen zu entflammen.

Genau in diesem Moment hielt das Taxi vor Ulrichs Wohnung. Er konnte nur noch lächelnd um die Adresse seiner galanten Retterin bitten, damit er ihr seinen Dank erweisen könne, aber zu seinem Erstaunen wurde ihm diese Gunst nicht gewährt. Verliebt und verwirrt, das Herz einer engelsgleichen Fremden ohne Namen und Adresse geschenkt, stand Ulrich vor seiner Haustür und blickte dem weißen Benz nach, der nunmehr blinkend um die Ecke verschwand.

Es folgten ewige Stunden, in denen Ulrich versuchte, mit möglichst viel Verstand das Loch zu stopfen, das sein verlorenes Herz hinterlassen hatte. Das Phänomen Liebe, so definierte es sein kühler Geist, ist ein Relikt tierischer Brutpflege und in der Moderne nichts als eine Regression in kindliche Gemütszustände. Erst in den Ritterburgen des europäischen Mittelalters wurde aus dem rein materiellen Versorgungsritualen rund um physisch und hormonell gesteuerte Triebtaten ein angeblich seelenvolles Minne-Ritual, das durch ausgeklügelte kulturelle Konventionen aus dem simplen animalischen Umfeld gelöst werden sollte, um die Erhabenheit des Menschen zu symbolisieren.

Als all das Sinnieren nichts half, gingen Ulrichs Überlegungen über diese interdisziplinären Diskussionen hinaus. Um Diotima wieder zu vergessen, wagte er sich an wirtschaftliche Theorien, die selbst seinen intellektuellen Freund Arnheim beeindruckt hätten: Ulrich identifizierte Liebe als eine Erfindung des kapitalistischen Fabrikzeitalters. Erst seit Ende des 18. Jahrhunderts versuchten schließlich europaweit schwülstige Intellektuelle mit dem phantastischen Konzept „große Liebe“ die sittliche Profanität merkantiler Liebesordnung zu übertrumpfen.

Es half selbst das nichts.

Ulrich panterte in seiner Wohnung auf und ab. Und als sein Blick vom Vorübergehen der Wände so müde wurde, dass er nichts mehr hielt, sackte er auf sein Sofa und sinnierte laut:

„Alles läuft auf die Frage hinaus, ob es nicht auch bei der Liebe entsprechend dem Gabelig-Sein der Gabeln ein Haupterlebnis gebe, also etwas Liebeliges, Lieb-Seiendes und Liebesartiges.“

Was ist Liebe? Die Frage – und mochte sie noch so klug gestellt sein – brachte ihm keine Antwort. Nein. Dem Wesen der Liebe kommt man nicht nah. Nicht mit Verstand.

Just in diesem tristesten aller Momente – es war der Morgen nach der ersten nächtlichen Begegnung – klingelte es an seiner Tür und über die Sprechanlage bekundete eine eigentlich unbekannte und doch achso vertraute Person mit sanfter Stimme ihr Interesse an Ulrichs Gesundheit. Diotima!

Die Synthesizer der Filmmusik ließen Geigenbögen über Saiten streichen, Singvögel zirpen und den Hintergrundchor Sopran singen. Die letzten

Minuten, bis die sehnsüchtig Erwartete die Treppen erklommen hatte, diskutierte Ulrichs innerer Odysseus mit seinen tapferen Heldenfreunden, ob es nicht besser sei, sich an den Mast des Schiffes binden zu lassen, um die betörende Liebeslyrik der Sirenen zu überstehen und das Schiff sicher in den heimatlichen Hafen zu steuern. Doch der kleinste und zugleich körperlichste Freund an Bord bäumte sich mit aller Kraft gegen diese keuschen Gedanken, so dass Diotima in der Tür stand, bevor irgendeine Art von Sicherheitsmaßnahme getroffen werden konnte.

Die caritativ-romantische Art, mit der die Retterin der Nacht nun in morgendlicher Unschuld vor Ulrich stand, erwies sich schnell als zarter Sahneschmelz über einem heißen rosinengefüllten Apfelstrudel, der vernascht werden wollte, bevor er abkühlte.

Der Engel der Nacht entstammte einer Hamburger Bankiersfamilie und hatte bereits zehn Jahre zuvor als gerade Zwanzigjährige einen attraktiven und fünf Jahre älteren Italiener geheiratet. Der Industriellensohn hatte zugunsten seines jüngeren Bruders darauf verzichtet, die väterliche Firma zu übernehmen, sondern stattdessen begonnen politische Lobbyarbeit zu machen.

Der angeborene Reichtum zusammen mit der zusätzlich erheirateten Finanzkraft war der anmutigen Schönheit Ermelindas anzusehen. Sie hatte ihr langes blondes Haar streng zu einem Knoten am Hinterkopf hochgesteckt, was die ausgeglichene Harmonie ihres Gesichts doppelt unterstrich. Nur mit wenigen gekonnten Strichen geschminkt, bewahrte sie ihre natürliche Ausstrahlung, wenngleich sie gewiss große Summen für pflegende Kosmetik, teure Haarkuren und exklusive Friseurbesuche ausgab, um dieser Natürlichkeit nicht allzu viel Spielraum für Hässlichkeiten jedweder Art zu gewähren.

Ihre Kleidung war schlicht und teuer. An diesem Morgen trug sie einen dunkelblauen Hosenanzug, der so elegant über ihre weichen Hüften fiel, dass kein Maßschneider der Welt hätte auch nur einen Millimeter ändern wollen. Ihre Schuhe hatten einen leichten Absatz – hoch genug, um die Wade auf vornehmste Weise zu strecken, flach genug, um ihren Gang feminin weich und doch selbstbewusst wirken zu lassen.

Ungeachtet ihrer finanziellen Ausstattung und ihrer frühen Hochzeit hatte sie als selbstbewusste Frau ihrer Zeit nicht auf eine angemessene Ausbildung verzichtet und sich an den besten Universitäten Europas in

Kunst-, Musik- und Literaturgeschichte ausgebildet. Sie hatte die wertvollsten Kunstsammlungen, die aufregendsten Auktionen, die renommiertesten Orchester, die prächtigsten Opern, die verwegensten Theaterinszenierungen und die schönste Lesungen der letzten Jahre genossen. Sie hatte bei alldem nebenbei – und mit Hilfe diverser Kindermädchen und Hausangestellter – zwei heranwachsenden Söhnen als Mutter gedient und war ihrem Mann eine gute, wenngleich selten treue, so doch sorgende Gemahlin gewesen.

Kurz und gut: Sie war die Schönheit in Person. Ulrich verfiel ihr in größter Leidenschaft. Und zwar endgültig, als sie die Arme um seinen Hals legte und ihm mit sanfter Gewalt ins Nackenhaar griff.

Seine Lippen suchten die ihren, ihre Zunge suchte die seine, und bald hatten sich die beiden schlangenartig ineinander und umeinander verschlungen, so dass kaum noch zu unterscheiden war, wessen Bein dieses und wessen Arm jener war. Ihre Körper verschmolzen zu einem sich mit rhythmischen Stößen auf dem Teppich windenden Gesamtkunstwerk, das durch leises Schmatzen und lustvolles Stöhnen für eine erregende akustische Untermalung sorgte. Und obgleich helllichter Vormittag war, tauchten die Göttinnen Venus und Aphrodite die Welt der beiden Liebenden in umhüllendes Dunkel und entzündeten einen Wunderkerzenreigen rund um das entzückte Paar, das für einen intensiven und nimmer enden wollenden Moment nicht von dieser Welt war.

Als Ulrich aus dem Koma erwachte, war Diotima verschwunden. Sie tauchte am folgenden Tag wieder auf, um erneut zu verschwinden. Und auf diese Weise verlebten und -liebten sie die Adventswochen. Ulrich stand Morgen für Morgen wartend an der Tür und Morgen für Morgen predigte ihm die Priesterin der Liebe den Glauben an das Hier und Jetzt aller sexuellen Sehnsüchte und erfüllte seine wildesten erotischen Träume.

Bei alldem erfuhr Ulrich weder den Namen, noch die Adresse oder sonst irgendwelche Hintergründe über seine Geliebte, so dass er, als irgendwann der letzte Tango der Pariser Art getanzt war, nicht nur vor den Scherben seines zerbrochenen Herzens, sondern auch vor einem ungelösten Rätsel stand.

Bei ihrem letzten Besuch am Vortage des Weihnachtsfestes hatte Diotima noch einmal die hohe Kunst ihrer Fähigkeiten unter Beweis gestellt, indem sie Ulrich mit geübten Handgriffen an die Bettpfosten fesselte und mit Küssen und Liebkosungen um den Rest seines ohnehin schon fast völlig verpufften Verstandes brachte. Ulrich fühlte in diesem Moment mit aller Eindringlichkeit Diotimas Schönheit. Sie kam ihm wie ein junges, hohes, volles Rind von guter Rasse vor, sicher wandelnd und mit tiefem Blick die trockenen Gräser betrachtend, die es ausrupfte. Auf dem Höhepunkte seiner Begierde nahm sie mit gespreizten Beinen Platz und ritt sich und ihn im Galopp zur Vollendung der Lust. Dann war sie endgültig abgestiegen, erst von ihm, dann vom Bett und schließlich die vielen Stufen von seiner kleinen Dachwohnung bis ins Parterre, um auf Nimmerwiedersehen zu verschwinden.

Ulrich begriff erst Minuten später die Tragweite dieses abschiedslosen Wegganges: Dann nämlich, als er versuchte die vermeintlich zart geknüpften Bande der Leidenschaft zu lösen, und entdeckte, dass er dazu nicht imstande war. Immer verzweifelter warf er sich auf dem Bett hin und her, doch die über den Kopf gestreckten Arme blieben, wo sie waren, an den Handgelenken unlösbar an die Bettpfosten gefesselt. So sehr er sich auch wandte, die Qualen waren ohne Ende.

Erst knurrte die Seele, dann der Magen, irgendwann flossen Tränen, dann begann er zu jammern, schließlich zu rufen. Doch nichts und niemand erhörte sein Flehen. Als er nach zwei Tagen schon den kläglichen Hungertod akzeptiert und in ohnmächtiger Erwartung des Sensenmanns sich selbst und allen Lebenskampf aufgegeben hatte, klingelte es. Kurze Zeit später klopfte jemand an die Wohnungstür.

Als Retterin in der letzten Not betrat nunmehr Agathe, Ulrichs Zwillingschwester, die Bühne seines wilden Studentenlebens. Sie hatte Ulrich bei der familiären Weihnachtsfeier vermisst und besorgt nach dem Rechten sehen wollen. Als der Bruder nicht öffnete, obwohl bei ihm Licht brannte, hatte sie sich Eintritt ins Haus verschafft und stand nunmehr klopfend an seiner Wohnungstür. Ulrich verspürte hoffnungsvoll neue Lebenskraft und machte durch lautes Geschrei auf seine missliche Situation aufmerksam.

Etwa anderthalb Stunden danach stand die Schwester zusammen mit einem dicklichen Handwerker vom Schlüsselnotdienst in seinem Schlafzimmer und blickte auf den nackt daliegenden Bruder, der peinlich berührt gern eine Decke über seinen bloßen Leib geworfen hätte, aber selbst zu dieser Schamesgeste nicht in der Lage war.

Das kurze Kichern des Handwerkers trieb im die Röte ins Gesicht.

Seine Arme zitterten, er war nicht imstande, sich zu verhüllen, und seine blutlosen Lippen schlossen fest aufeinander. Bei diesem Stand der Dinge trat Agathe, die seine Qual und die Gefahr bemerkte, dass alles zunichte werden könnte, was Ulrich mit so viel Überwindung bis hierher an sozialem Aufstieg geleistet hatte, auf ihn zu und löste seine Fesseln.

Ulrich sprang vom Bett auf, rieb seine schmerzenden Handgelenke, schüttelte die von der plötzlichen Durchblutung kribbelnden Arme und warf sich behände einen Morgenmantel über. Dann wickelte er ein Kaugummi aus dem Papier, schob es zwischen die Zähne, kaute es kurz und entschlossen durch, um schließlich immer noch kauend dem Handwerker seinen horrenden Lohn auszuzahlen, ihn zur Tür zu weisen und das Kaugummi zuletzt unter das hölzerne Geländer der Treppe zu kleben, während er dem immer noch kichernden Handwerker trotzig hinterdrein blickte.

Kein Wort wechselten die Geschwister jemals über diese Szene; aber Agathe verstand trotz ihrer Unschuld und Naivität, was hier Unfassbares geschehen war.

Diotima tauchte, wie erwähnt, nie wieder auf, und Ulrich lief die folgenden Wochen suchend durch die Straßen der Universitätsstadt, in der Hoffnung die Frau, die ihn so viel Lust und Demütigung zugleich hatte erfahren lassen und deren Namen er nie erfahren hatte, wiederzutreffen. Doch irgendwann in den nächsten Monaten hatte er begriffen, dass die angebetete unbekannte Schönheit für immer verloren wäre und seinem Herzen nichts und niemand blieb als seine unscheinbare Schwester. Nie wieder sollte Ulrich sein Herz einem anderen Menschen anvertrauen als Agathe, die ihn ohne Worte gerettet und ohne Worte verstanden hatte. Wortlos war an diesem seltsamen zweiten Weihnachtstage die innige Liebe der Geschwister zu einer höheren Form platonischer Zuneigung gewachsen als irgendeine Priesterin Aphrodites sie jemals verkündet haben könnte.

Nach langem und zähem Kampf war Ulrich schließlich wacker entschlossen, sich nunmehr endgültig von allem bitteren Liebesleiden zu verabschieden und voller Selbstaufgabe in die gefühlskalte bunte Single-Welt mit wechselnden Lebensabschnittsgefährten abzutauchen. Er wollte, dessen war er sicher, als Großstadtnomade mit Wegwerfbeziehungen und Recycling-Sex sein tristes Leben vollenden. Es musste gelebt werden. So hatte es die Natur vorgesehen. Von Liebe war nie die Rede gewesen.

4

Agathe

Die Vereinigung von Seele und Wirtschaft

Bei all dem emotionalen Elend, das ihm persönlich widerfahren war, hatte Ulrich nicht vergebens BWL studiert. Er wusste, wie man ein von Verlusten gebeuteltes Unternehmen durch straffe Sanierungskonzepte langfristig wieder in die schwarzen Zahlen brachte. Und da sein größtes Unternehmen, dessen Manager er fortan sein wollte, sein eigenes Leben war, verbuchte er auch den Verlust der großen Liebe sportlich als Herausforderung an seine Managementfähigkeiten.

‚Forget Diotima!' lautete der neudeutsche Motivationsslogan, der über die harte Sanierungszeit hinweghelfen sollte. Das Motto hatte er von dem großen Philosophen Immanuel Kant entlehnt, der nach der Entlassung seines langjährigen, aber leider trunksüchtigen Dieners Martin Lampe den Merksatz „Lampe muss vergessen werden" auf einen Zettel notiert und den Zettel am Schreibtisch befestigt hatte, um fortan täglich daran erinnert zu werden.

Ulrich – von der Aussichtslosigkeit eines solchen Merkzettels überzeugt – ging den Weg, den der Psychiater Sigmund Freud gewiesen hat: den Weg der Triebverdrängung durch Kultur. Also besuchte der junge Doktorand fortan – sooft ihm die Hormone den Namen Diotima in die Hose trieben – Konzerte, Theateraufführungen oder Lesungen, ging ins Kino, in die Bibliothek oder in die Städtische Kunstsammlung, besuchte Wochenend-Workshops, Fortbildungsseminare oder Volkshochschulkurse.

Das Jahr 1985 wurde dadurch für Ulrich ein Crashkurs des Bildungsbürgertums. Doch so viel er auch herumkultivierte, Diotima wollte nicht in Vergessenheit geraten. Er sah sie um die Ecke kommen, er hörte sie an die Tür klopfen, er spürte ihre Lippen auf den Wangen – doch immer wenn er sich aufrichtete, war da nichts als ein Gedanke, nichts als schöne Phantasie.

Für Ulrichs Lebens-AG wurde diese nach Lehrbuch angelegte Bewältigung seiner ersten großen, aber gescheiterten Liebe eine ambivalente Angelegenheit: Einerseits gelang es ihm auf diese Weise, neue Geschäftsfelder für sein biografisches Unternehmen zu erschließen – klassische Musik und Literatur, Malerei des 20. Jahrhunderts und die jüngere amerikanische Filmgeschichte zum Beispiel. Andererseits lief das Marktsegment der Liebe weiterhin so desaströs, dass weder Diotima in Vergessenheit geriet, noch die persönliche Lebensbilanz ins Positive gewendet wurde.

Zunächst hatte er kleine Lustübungen mit der einen oder anderen BWL-Kommilitonin vollzogen, hatte sich mühsam tröpfelnde Beweise der Leidenschaft aus dem Unterleib geschüttelt, wenn ihm die Mädels mit den Samtschleifen im Haar zwar einen kurzweiligen Abend versprochen, aber eine langweilige Nacht beschert hatten. Dann war er zu den agileren Sportstudentinnen übergegangen, die sich zwar im Gespräch als hölzern, aber im Bett wenigstens als gelenkig erwiesen. Doch auch diese Turnübungen führten zwar zu relativ ausgeglichenen Bilanzen in seinem Hormonhaushalt, aber tatsächlich beglückten ihn selbst die größten Haussen seiner wechselhaften Körper-Börse nicht dauerhaft.

Der perfekt gedachte Sanierungsplan scheiterte. Ulrich war und blieb unglücklich. Also musste er nach einer anderen Lösung suchen, und als bereits jetzt krisengeschüttelter, aber für die Zukunft weiterhin siegessicherer Top-Manager fand er sie in einem der vielen Wirtschaftsbücher, die er im Laufe der Recherchen für seine Dissertationsschrift gelesen hatte: Das Zaubermittel hieß „Management by Objectives".

„MbO", so hatte er erfahren, „ist die effizienteste Methode, um die Unternehmensziele realisieren zu können. Dabei gilt es zunächst klare Ziele zu formulieren und die dafür notwendigen Aufgaben an kompetente Mitarbeiter zu delegieren. Diese können dann ohne weitere Führung die ihnen aufgetragenen Arbeiten selbstständig und zielorientiert erledigen. Wenn sie das vereinbarte Ziel erreicht haben, werden sie angemessen belohnt. Je klarer die Ziele sind, desto eher wird der Mitarbeiter sie erreichen können. In ergebnisorientierten Management-Systemen werden deswegen die Aufgaben und Leistungen jedes einzelnen Mitarbeiters im Verhältnis zum Gewinn, zum Umsatz, zu den Kosten oder zum Cash Flow gesetzt und bemessen."

Kurz: Erfolgreich Managen heißt richtig Delegieren.

Ulrich hielt zunächst Ausschau, an wen er die harten und zehrenden

Aufgaben der Liebe, die Sehnsucht, die Selbstlosigkeit, die Zweisamkeit, die Eifersucht, die Verlustängste, die Beziehungskrisen – kurz: an wen er alle Liebesarbeit delegieren könnte.

Natürlich lag es nahe, den Freund Arnheim in die engere Wahl zu ziehen, der mittlerweile zum zweiten Mal verheiratet war. Seine diversen Verhältnisse, aber vor allem dieser etwas konservative Zug Arnheims in Liebesfragen sprachen für seine amouröse Kompetenz. Schließlich führte er nicht wie andere Gleichaltrige eine flexibles Single-Leben, sondern übernahm schneller die ehelichen Pflichten, als es selbst in der bürgerlichen Gesellschaft der 80er Jahre für nötig befunden wurde. Dennoch hatte Ulrich seine Zweifel.

Arnheim handelte ihm zu vorschnell, gerade was das Heiraten anging. Die jüngst vollzogene Scheidung der ersten Ehe belegte die fehlende Weitsicht Arnheims. Und die schnelle zweite Heirat bewies, dass Arnheim nichts dazugelernt hatte. Zudem hatte Ulrich den Eindruck, dass sein Freund sich nicht ausreichend auf die Fragen der Partnerschaft konzentrierte, sondern eigentlich anderen Interessen nachhing oder deutlicher: dass er nach langem Suchen nunmehr eine Leidenschaft gefunden hatte, die ihm mehr zusagte als die Liebe.

Im Laufe der letzten Jahre hatte Arnheim – obwohl offiziell an der Uni für die Fächer Politik, Soziologie und Journalistik immatrikuliert – zunächst als Pflastermaler in Marseille gelebt, dann beim Arbeitsamt gejobbt, Spielwaren und Bücher verkauft, als Briefträger in der Provinz Post ausgetragen und zuletzt in der Industrie am Fließband gearbeitet. Die Fabrikarbeit hatte den jungen Rebellen zurück in die harte Wirklichkeit katapultiert, zumal er nebenbei den Journalisten-Bestseller „Ganz unten“ von Günter Walraff las und begriff, dass die Sozialromantik seiner gut behüteten Kindheit eine bequeme Traumtänzerei und die soziale Realität der schlecht bezahlten Erwachsenen eine unbequeme Alltagsschufterei war.

Arnheims Faulheit siegte. Er relativierte die jugendlichen Träume und entdeckte den politischen Journalismus. Das Wesen des Journalismus besteht darin zu beschreiben, was andere tun. Das Wesen des politischen Journalismus besteht darin zu kritisieren, was andere entscheiden.

Für Arnheim das ideale Tätigkeitsfeld: Als Journalist konnte er seine Ideen in Wortform realisieren, ohne jemals zur Tat schreiten zu müssen, und als politischer Redakteur wurde er gelobt dafür, dass er kein Blatt vor den

Mund nahm und hart mit den politischen Gegnern ins Gericht ging, ohne dass er jemals in die Verlegenheit käme, selbst etwas entscheiden zu müssen. Redakteur, das war eine Art gut bezahlte Daueropposition zu den herrschenden Kräften – bequem vom Schreibtisch aus die Welt, wenn schon nicht beherrschen, so wenigstens schriftlich bedrohen und beschimpfen.

Und noch etwas war an der journalistischen Karriere für Arnheim reizvoll: Statt weiter zu studieren und sich gar prüfen lassen zu müssen, konnte er nach wenigen Semestern an der Uni – in denen er das Namedropping der Intelligenzia hinreichend gelernt hatte – nunmehr als ein „klassisch erfolgreicher Studienabbrecher" und vor allem als so genannter „Querdenker der Turnschuh-Generation" Karriere machen, ohne dass man ihm jemals angepasstes Strebertum vorwerfen könnte. Nein, Streber und Spießer, das waren die anderen. Arnheim dagegen war ein Provokateur, ein herausragender Rhetoriker und vor allem ein Kämpfer für die gute Sache.

Kaum hatte Arnheim seine Neigung zur kritischen Berichterstattung entdeckt, wurde sein Engagement für die Gerechtigkeit und sein Mut zur Wahrheit belohnt. Egal was er schrieb, der Erfolg war ihm sicher: Wurde er gelobt, dann war seine Artikel wirklich gut – gut recherchiert, gut geschrieben, gut platziert. Wurde er kritisiert, dann handelte es sich seiner unwiderlegbaren Ansicht nach um Anfeindungen von Neidern, von Betroffenen, von Kritisierten – und zeugte nur davon, wie richtig er mit seinem Artikel lag – richtig recherchiert, richtig geschrieben, richtig platziert.

Und da nun Arnheim alles entweder gut oder richtig machte, war es klar, dass er durch die Leidenschaft für den investigativen Journalismus vollends erfüllt war. Das Tüpfelchen auf dem „i": Durch diese Art war sein Liebesleben – genau wie es der Moralkodex der Alt-68er verlangte – nicht privat, sondern politisch. Perfekt. Die Frauen an Arnheims Seite spielten insofern eine untergeordnete Rolle, ganz gleich ob er sie nur vögelte oder heiratete – sie blieben zweitrangig.

Ergo kam Arnheim als Sonderbeauftragter für Ulrichs Liebesleben nicht wirklich in Frage. Nein, diese Personalfrage war mit Arnheim nicht zufriedenstellend zu lösen. Trotzdem musste Ulrich nicht lange suchen, um eine hinreichend kompetente und überaus motivierte Kandidatin für den Chefposten in seiner Seelen-Filiale zu entdecken.

*

Die Parallelaktion steht in Gestalt einer einflussreichen Dame von unbeschreiblicher Anmut bereit, Ulrich zu verschlingen

Es war Agathe, Ulrichs Zwillingsschwester, die für diese Rolle geradezu prädestiniert war. Ja, sie sollte es sein, die für Ulrich alle Aufgaben der Liebe übernehmen sollte! Agathe. Niemand sonst.

Man könnte im Nachhinein diese interpersonelle Zusammenarbeit zwischen den Geschwistern als größenwahnsinnigen Versuch von Ulrichs narzisstischem Subjekt interpretieren, auch das andere Geschlecht zu vereinnahmen. Es soll Wissenschaftler geben, die derlei Formulierungen gewagt haben. Womöglich zu Recht.

Immerhin versuchte Ulrich sich komplett mit Agathe zu vereinigen. Platonisch natürlich. Also Platon im eigentlichen Sinne. Der gebildete Leser wird sich erinnern, wie beim Gastmahl des berühmten antiken Philosophen die Rede auf die erbarmungswürdige Menschheit kommt: Zürnende Götterhand hat demnach die ursprünglich glückseligen, aber überheblichen Kugelwesen in zwei unvollkommene Halbheiten zerschlagen. Und seither rennen die Kugelhälften unruhig durchs Leben, stets auf der Suche nach dem sie vervollkommnenden Pendant.

Wie auch immer: Agathe sollte Ulrichs passende Hälfte sein – die bessere, versteht sich. Was nicht schwer war, denn ihre Güte war in keinster Weise zu übertreffen.

Agathe war nichts als edel und gut – fast zu gut, um wahr zu sein. Sie war eine Art Engel der Literatur. Im doppelten Wortsinn: Zum einen weil sie an der Seite unseres Protagonisten Ulrich ja lediglich eine eigentümliche Existenz als literarische Figur ausübte, zum anderen weil sie für sich betrachtet und nach dem Willen ihres Schöpfers ihr Leben nicht nur dem Altruismus, der Religion, sondern eben auch der Poesie widmete. Sie war das, was Goethe eine schöne Seele nannte. Ihre Bekenntnisse wären an anderer Stelle zu publizieren, lohnten aber sicher die Veröffentlichung. Aber das nur am Rande.

In Agathe wirkte das Gute und das Schöne auf perfekte Weise zusammen, wenngleich ihr Äußeres nicht unbedingt dem Schönheitsbild des 20. Jahrhunderts entsprach: Das kinnlange, seitlich gescheitelte Haar, das glatt und strähnig herunterfiel, wenn es nicht von der fleischigen Hand ungelenk hinters Ohr geklemmt wurde, die molligen Wangen über dem starken Kinn und die etwas zu breite Nase, die blassen, fast ausdruckslosen Augen, der stumpf geschnittene Pony über den dunklen Augenbrauen, die fetten Falten um den weichen, aber kaum konturierten Mund, den sie als junges Mädchen manchmal mit etwas zu knalligem roten Lippenstift erfolglos zu Leben und Sinnlichkeit erwecken wollte – das alles war nicht wirklich hübsch zu nennen. Aber dennoch hatte Agathe durch ihren tief verwurzelten Glauben an höhere Mächte eine innere Schönheit, eine Seelenschönheit, die vom Kenner nicht zu leugnen war.

Natürlich gab es eine Vielzahl an Personen, denen das hohe Maß an Energie, das Agathe meinte ausstrahlen zu müssen, zu viel war, die sich abwenden mussten vor den Kraftquellen ihrer spirituellen Erleuchtung und die ihre eigene Bestimmung arrogant und ignorant auch vor sich selbst verleugneten. Agathe ließ sich davon jedoch nicht beirren. Sie stand in ständigem Kontakt zu ihrer inneren Mitte, spürte in sich hinein und hatte sich irgendwie bewusst und ein Stück weit übermütig auf diesen spirituellen Prozess eingelassen, von dem sie auch nicht wusste, wohin er sie führen würde.

Sie bemühte sich fortlaufend in Seminaren und Workshops mit großartigen Schamanen und erfahrenen Priestern um die Ausbildung ihrer Seelenschönheit, da die Seele durch den Leib ihrer Schönheit beraubt und beschmutzt wurde. Sie war nicht im eigentlichen Sinne körper- oder gar lustfeindlich, wie mancher voreilig behaupten könnte. Nein, sie bemühte sich stattdessen um eine Tiefe an körperlicher Erfahrung, die ihr den oberflächlichen Umgang mit den gesellschaftlich vorgegebenen Lustereignissen verbot: Schwimmbad, Sauna oder gar Sex – das kam in Agathes Leben nicht vor. Sie bevorzugte spirituelle Waschungen, meditatives Shiatsu oder das entspannende Kamasutra der Erleuchtung.

Wenn Agathe ihren in weite Tücher und Röcke gehüllten Körper in Wallung brachte und beim Tanzen mit ausgebreiteten Armen voll harmonischer Leichtigkeit über den Boden schwebte, dann mochte das der Banause als überkandidelte und esoterische Spinnerei abtun, doch dem zartfühlenden und bewusst im Hier und Jetzt weilenden Seelenmenschen musste derlei zu

Herzen gehen. Obwohl der unsensible Laie in der Regel das merkliche Übergewicht Agathes bemängelte oder ihr jegliches Rhythmusgefühl absprach, so war dennoch ohne Frage, dass die Anmut und Grazie von Agathes Tanzbewegungen unwiderstehlich war, wenn man sie erstmal als solche erkannt hatte.

Agathe war eine Gläubige. Sie glaubte für ihr Leben gern, und so war es ihr beinahe egal woran. Sie glaubte an die Sterne und Horoskope, sie glaubte an Tarot-Karten und das Pendel, sie glaubte an den Gott der Christen genauso wie an das Nirwana der Buddhisten, sie glaubte an die Wiedergeburt, an die Wiederauferstehung und an das ewige Leben. Das Einzige, was sie nicht glaubte, waren die Nachrichten aus der Tagesschau – „alles Lüge!" – und die reine Wissenschaft, die sich ja, wie die Geschichte allzu oft gezeigt hatte, permanent selbst widerlegte, weswegen es wohl kaum etwas Vergänglicheres als wissenschaftliche Theorien und Beweise gab. Daran glaubten nur kurzsichtige Rationalisten, die für die Unendlichkeit der Wahrheit noch nicht reif genug waren.

Das höchste und auf die Ewigkeit angelegte Ziel Agathes war jedoch – jenseits aller Freudenfeste voll Sinn und Sinnlichkeit – die Liebe. Denn im Wesen der Liebe offenbarte sich göttliche Instanz in ihrer vollendeten Schönheit, versammelten sich geistige, körperliche und seelische Energien zu einem allumfassenden Ganzen. Wobei Agathe unter allumfassend wortwörtlich All-umfassend verstand und in Gedanken dabei nicht nur den blauen Erdball oder unser bescheidenes Sonnensystem, sondern wirklich das gesamte Weltall umarmte.

Derlei ehrgeizige Ziele mussten einem Manager by Objectives, wie Ulrich nun ja einer sein wollte, natürlich begeistern. Denn schließlich wurde im perfekten Management nur das Ziel, das gewünschte Ergebnis, vereinbart. Ansonsten galt es der untergeordneten Funktion, also dem Mitarbeiter, möglichst viel Freiheit bei Erreichung der Ziele zu geben. Damit blieb die Motivation und Verantwortung dort, wo sie hingehörte, nämlich bei der durchführenden Stelle. Neben dem objektiven Ziel würde lediglich vereinbart, bei welchen Abweichungen vom Plan oder vom Ziel die höher gestellte Funktion, also der Chef, informiert werden muss. Somit blieb die für den Erfolg oder Misserfolg entscheidende Information dem höheren Management erhalten.

Ulrich hatte keine Bedenken diese Wirtschaftstheorien auf sein profanes Leben zu übertragen, auch nicht, sie auf ein so diffiziles Feld wie Emotionen anzuwenden. Das mochte daran liegen, dass er im Rahmen seiner bildungsbürgerlichen Umtriebe auch die zahlreichen Artikel zum Thema Leihmutterschaft gelesen hatte, die in jenem Frühjahr die Feuilletons der Zeitungen füllten. Daraus hatte er sich eine zeitgemäße Moral abgeleitet: Wenn eine Frau sich ein Kind erst künstlich erzeugen und dann gegen Zahlung von rund 25.000 Mark von einer anderen Frau austragen ließ, um auf diese Weise das lang ersehnte Mutterglück zu finden – warum sollte er dann nicht analog zum frisch geborenen „Baby Cotton" eine vergleichbare Initiative für sein Liebesglück starten?

Im Oktober 1985 startete Ulrich also sein Programm zur segens- und seelenlosen Leihliebhaberschaft analog zur aufs Biologische reduzierten Leihmutterschaft, ein Programm, das der Abkürzung wegen und zur rhetorischen Vereinfachung fortan schlicht „Parallelaktion" genannt werden soll.

Diese Parallelaktion wurde von Ulrich bis ins Detail geplant. Dabei galt es zunächst operationale Ziele zu definieren. Und genauso wie im klassischen Unternehmen der Satz „Wir müssen Kosten sparen!" zwar ein sehr löblicher Vorsatz, aber kein Management-Ziel war, mangelte es auch Ulrichs nunmehr positiv formuliertem Vorsatz „Es muss geliebt werden!" zunächst sowohl an einem eindeutigen Termin als auch an einem eindeutigen Ergebnis.

Nun, er wollte es richtig machen: „Wir streben an, die Fuhrparkkosten bis zum Jahresende um 15 Prozent gesenkt zu haben, gemessen an den Kosten von 1984." So lautet ein operatives Ziel, dessen Erreichung sich prüfen lässt. Also galt es, eine vergleichbare Zieldefinition für Agathe zu finden.

Vor diesen konkreten Fall gestellt, spürte Ulrich, wie schwer es war, operationale Ziele zu formulieren. Ja, er begriff, dass das Formulieren operationaler Ziele so etwas wie eine Kunst war, die den guten Manager erkennen ließ.

„Was man nicht messen kann, kann man nicht managen!" war Ulrichs tiefste innere Überzeugung, obwohl auch dieser Satz nicht seinem Gehirn, sondern einem Buch des Management–Gurus Peter Drucker entsprungen war. Dennoch, Ulrich hatte seine Management-Lektionen gelernt: Zahlen sind Messziffern menschlicher Leistung und Leistungsbereitschaft. Zahlenziele sind Umsatz, Auftragseingang, Stückzahlen, Gewicht oder Gewährleistungskosten sowie insgesamt alle Kosten und Erträge. Diese gilt es zu aktivieren und zu verbessern.

Aber wie formulierte man solche Ziele? Wie wenn es, wie in Ulrichs Fall, nicht um konkrete Produkte wie Toaster, Bobby-Cars oder Schallplatten ging, sondern um eine Parallelaktion? Wie, wenn man statt mit Geld nun mit der harten Währung der Leidenschaft rechnen musste?

Es war ein schier unlösbares Problem. Aber Ulrich wäre kein Musterschüler gewesen, wenn er keine Lösung gefunden hätte. Am selben Tag, an dem er seine Doktorarbeit beim zuständigen Prüfungsamt abgab – übrigens der 16. August 1985 –, hatte er eine Zielformulierung gefunden, die seiner Ansicht nach nichts zu wünschen übrig ließ, wenngleich er selbst ein wenig ob der nüchternen Konventionalität erschrak, auf die sich die Liebe und alle ihre Begleitumstände letztlich reduzierten, wenn man sie in operationale Ziele verwandelte:

„Das 29. Lebensjahr des Zwillingspaares (Stichtag: 11. Mai 1990) sollte im Geschäftsfeld Liebe zu fünfzig Prozent mit einem positiven Bericht abschließen, d.h. es soll zunächst das Marktpotenzial in der dafür vorgesehen Betriebseinheit (hier Agathe) quantitativ ausgenutzt werden, und zwar in Form einer Verheiratung mit einem Vermögensträger, dessen Mindesteinkommen einen gewissen Standard (mind. BAT IIa) nicht unterschreitet und zudem auf lange Sicht relativ gesichert scheint (entweder durch Verbeamtung oder durch bereits ererbten bzw. noch zu ererbenden Reichtum in minimaler Höhe eines Zehn-Jahres-Einkommens). Zudem sollte der Bräutigam aber auch qualitative Kriterien erfüllen, d.h. im Rahmen des Normalen maskuline Erscheinung, möglichst akademische Ausbildung, zumindest aber gute Allgemeinbildung, gepflegte Umgangsformen. Bis zum Zieltermin sollte zudem das Geschäftsfeld Liebe insofern expandieren, als mindestens zwei Tochterunternehmen im Markt entstanden wären, die sich in den folgenden Jahrzehnten zu eigenständigen Betriebseinheiten etablieren sollten."

Und weil Ulrich wusste, dass ein derartiger Fünfjahres-Plan eine zu lange und zu grob gefasste Zeitspanne zwischen Auftrag und Erledigung bedeutete, fixierte er für die Parallelaktion einzelne Zwischentermine, die zusammengefasst etwa folgende Aspekte umfassten:

Bis 11. Mai 1986	Aufspüren eines potenziellen Bräutigams,
bis 11. Mai 1987	Festigung der Marktbindung (Verlobung/Verheiratung),
bis 11. Mai 1988	Geburt der ersten Tochter,
bis 11. Mai 1999	Geburt der zweiten Tochter.

Mit diesem ergebnisorientierten Management-by-Objectivs Strategieplan war Ulrich mehr als zufrieden. Vor allem die zuletzt entwickelten Zwischenstationen stimmten ihn zuversichtlich. Denn bekanntlich führte jede Ziel-Zeitspanne fast automatisch auch zu einer Feedback-Schleife.

Er und Agathe, also Management und Mitarbeiterin, würden sich Jahr für Jahr diese Fragen stellen können: „Was ist optimal gelaufen?" – „Was ist noch nicht optimal gelaufen?" – „Was werden wir beim nächsten Schritt besser machen?"

Aber damit noch nicht genug, er würde nicht nur Jahresgespräche mit der Protagonistin seiner Parallelaktion führen, sondern monatliche Kontrollgespräche.

Das war insofern notwendig, als er Agathe zwar in seiner unendlichen Bruderliebe blind vertraute, aber dennoch nicht allein auf die Erfüllung der langfristig gesteckten Ziele hoffen wollte. Schließlich hatte er oft genug in den Biografien erfolgreicher Unternehmer lesen können, worauf es im harten Wirtschaftsleben ankam: „People do not what you expect, but what you inspect!" Oder wie es schon der alte Lenin formuliert hatte: Vertrauen ist gut, Kontrolle ist besser.

Es bedurfte der permanenten Überprüfung der Ergebnisse, wenn man Erfolg haben wollte, egal wie sehr man von der Kompetenz und dem Leistungswillen des Mitarbeiters überzeugt sein mochte. Je größer die Abstände zwischen den Mitarbeitergesprächen waren, desto größer war die Gefahr von Abweichungen vom optimalen Weg zum Ziel. In kurzen monatlichen Abständen wollte er deshalb mit Agathe über ihre Leistungen sprechen. Das klang nach Kontrolle, aber in Wahrheit ging es darum, konfliktarme Fortschrittsgespräche mit der Zielverantwortlichen zu führen. Die Fragen, die er stellte, waren nicht rückwärts gerichtet und prüfend, sondern zielorientiert und zukunftsgewandt, und verhinderten auf beiden Seiten das peinliche Gefühl von Kontrolle:

„Wie kommst du voran?" – „Gibt es unerwartete Hindernisse?" – „Brauchst du Unterstützung? Von wem? Und inwiefern?"

Gedacht, geplant, getan. Der Dreischritt des Erfolgs war fast vollendet, Schritt eins und zwei waren gegangen, jetzt galt es nur noch Agathe für Schritt drei zu gewinnen.

*

Hohe Liebende haben nichts zu lachen – Agathe ist wirklich da

Als Ulrich nun an jenem 16. August 1985 sowohl das Zielpapier seiner Parallelaktion wie auch seine Promotionsschrift fertig und Letzteres bereits beim Prüfungsamt abgegeben hatte, schritt er zu Agathes Wohnung, um dort auch Ersteres seiner Bestimmung zuzuführen.

Die Schwester öffnete ihm freudig die Türe, schließlich wusste sie um den Abgabetermin der Doktorarbeit und hatte bereits eine Flasche Schampus kalt und zwei Sektgläser auf den Tisch gestellt.

„Wir haben doppelt Grund zu feiern“, begrüßte sie den Bruder strahlend an der Tür.

„Woher weißt du…?“, entgegnete der erstaunt.

„Ach, liebster Ulrich, deine Schwester weiß doch, was in deinem Leben passiert, auch ohne dass wir immerzu darüber reden müssen“, flüsterte ihm die Schwester zärtlich ins Ohr, während sie ihn herzlich umarmte.

Hiermit hatte sie Unrecht. Zwar wird in der Zwillingsforschung immer wieder behauptet, dass die Zwillinge – oft sogar ohne einander überhaupt zu kennen wie etwa bei früh getrennten Waisen – unglaubliche Parallelen in ihren Biografien aufwiesen und dass sie ganz eigenartige Übereinstimmungen bei Gedanken oder gar bei gewissen Handlungen zeigten. Ja, auch Ulrich und Agathe konnten sich immer wieder daran freuen, dass sie zur gleichen Zeit den gleichen Gedanken aussprachen, nach tagelanger Pause zur gleichen Zeit zum Telefon griffen und sogar sonderbare Träume mit fast gleichem Inhalt ihren Schlaf raubten. Es war vorgekommen, dass sie an verschiedenen Orten die gleichen Kleider- oder Dekorationsstoffe, das gleiche Kaffee- oder Kristallservice gekauft hatten.

Dennoch: In diesem Moment wusste Agathe in keinster Weise, was für einen Plan Ulrich in der Tasche trug. Nein, doppelten Anlass zum Feiern gab es für sie zum einen, weil Ulrich seinen Doktortitel so gut wie in der Tasche hatte, und zum zweiten, weil sie an diesem Tage einen denkwürdigen Entschluss gefasst hatte. Ulrich hingegen glaubte, dass sie tatsächlich erneut ohne Worte verstanden hatte und dass sein Plan zur Parallelaktion bereits parallel in ihrem Kopf entstanden und im Herzen gewachsen war, so dass er kein Wort mehr würde darüber verlieren müssen.

„Don't inspect what you expect in a twin-pact", reimte seine innere Stimme das neue Motto der Parallelaktion.

Ihr beiderseitig blindes Vertrauen in das harmonische Zusammenspiel der Gene führte nunmehr dazu, dass sie einander ohne Worte folgenschwer missverstanden. Agathe würde nie erfahren, welche tragende Rolle ihr in der Parallelaktion zugedacht war. Und Ulrich würde nie erfahren, dass Agathe nicht wusste, welchem höheren Plan sie diente, obgleich sie ihn nach und nach erfüllen würde – ganz ohne Feedbackschleifen und Jahresgespräche.

Wieso aber begriff Ulrich nicht spätestens in dem Moment das Missverständnis, als Agathe ihm freudig ihren eigenen Entschluss mitteilte?

Nun, Agathes Entschluss fügte sich auf merkwürdige Weise derart günstig in seinen Plan zur Parallelaktion, dass er sich zutiefst bestätigt sah, dass Zwillinge durch besondere Kommunikationswege miteinander verbunden waren.

Dieses doppelte Missverständnis, deren besondere Parallelität auf neuartige Weise der Zwillingsforschung neue Wege weist, führte jedenfalls dazu, dass die beiden Geschwister euphorisch die Sektgläser klirren und sich in der lebenslang gewohnten Harmonie selbstgefällig die Weinsäure auf der Zunge prickeln ließen. Bis schließlich Ulrich dann doch das einvernehmliche Schweigen durchbrach und – obgleich er sich wenig Neues erhoffte – vorsichtig fragte:

„Wie geht es Dir, meine Herzensgute?"

Es ging ihr gut. Es ging ihr immer gut, denn Agathe war gut. Gut an sich. A priori gut. Und wie konnte es dem Guten an sich jemals schlecht gehen? Dennoch litt Agathe an der Welt, litt am Schlechten, plagte sich mit dem Bösen. Krankheit, Hunger, Kälte, Not, Schmerz und Leid – wie sollte eine wie Agathe es sich in dieser Welt gut gehen lassen? Es ging ihr gut, aber niemals würde sie es sich gut gehen lassen, solange der Teufel das göttliche Werk zuschanden zu reiten versuchte. Und deshalb hatte Agathe an diesem denkwürdigen Tag ihren Entschluss gefasst: Ja, sie, Agathe, die zu gut für das Schlechte dieser Welt war, würde ihren Edelmut dem Elend dieser Erde opfern:

„Weil Tod auch Leben ist, will ich den Menschen beim Sterben helfen", erklärte sie ihrem geliebten Bruder mit diesen zurecht gelegten

Worten. „Morgen schon werde ich meine ehrenamtliche Arbeit in einem Sterbehospiz aufnehmen."

„Sterbehospiz?" Ulrich staunte. „Aber was willst du dort tun?"

„Ich bin eine Art Bahnhofsvorsteher am Zuggleis des Lebens: Wenn die Zeit zur letzten Fahrt gekommen ist, pfeife ich das Lied vom Tod", sagte Agathe mit gewichtiger Miene und nahm einen Schluck aus ihrem Sektglas.

Ulrich war sich der Bedeutung des Augenblickes bewusst und nickte angemessen schwermütig. Sie prosteten sich einvernehmlich zu. Und tatsächlich: Das Unglück, der sich erbarmende liebe Gott und der Fortgang dieser Geschichte wollten es, dass binnen weniger Monate die beiden liebenden Geschwister einen Ehemann aufspürten.

Professor Gottlieb Hagauer betrat die Bühne von Ulrichs bzw. Agathes Lebensgeschichte als ein vom nahen Tod gezeichneter Mann. Er war erst 34 Jahre alt, doch wegen einer unheilbaren Nervenkrankheit gaben ihm die Ärzte nur noch wenige Jahre zu leben.

Er galt als hochintelligenter Wissenschaftler, hatte sich bereits mit jungen Jahren durch außergewöhnliche Forschungsarbeiten in Biologie und Chemie international hervorgetan, hatte die Expertenwelt der Pharmazeutischen Biologie mit revolutionären Thesen bereichert und war gerade erst zum Professor berufen worden. Nach einem Gastvortrag an der Universität Oxford zum Thema „Protein Binding to Two-Dimensional Hydrophobic Binding-Site Lattices: Sorption Kinetics of Phosphorylase b on Immobilized Butyl Residues'" war er jedoch unerwartet und unvermittelt vom Podest gestürzt.

Die nachfolgenden medizinischen Untersuchungen brachten die unwiderrufliche und die Kollegen bestürzenden Diagnose. Man gab ihm noch maximal drei Jahre, bis ihn diese rasch voranschreitende, degenerative Erkrankung des Zentralnervensystems dahinraffen würde.

Die ersten Beschwerden zeigten sich bei ihm in Form von unkontrollierten Muskelzuckungen, die auch zu dem spektakulären Sturz von Oxford geführt hatten. Hagauer fühlte sich innerhalb kürzester Zeit wie alle Patienten dieser Krankheit kraftlos und in vielen Bewegungen stark eingeschränkt. Die motorischen Nervenzellen im Rückenmark und die Hirnnerven degenerierten bei ihm so rasch, dass die behandelnden Ärzte versuchten, ihn so schonend wie möglich darauf vorzubereiten, dass er vielleicht noch nicht mal seine aktuelle Arbeit über Xylosyltransferasen, eine neue Proteinfamilie der Glykosaminoglykan-Biosynthese, würde abschließen können.

Bald zeigten Hagauers Handmuskeln Lähmungserscheinungen. Seine allgemeine Muskelschwäche und die Lähmung seiner Gesichtsmuskulatur hatte seine Mimik bereits ausdruckslos und starr werden lassen. Seine Lippen-, Zungen-, Gaumen- und Kehlkopfmuskulatur war bereits ebenfalls eingeschränkt, er klagte über Schluckstörungen und litt unter seiner gestörten Artikulation.

Die Ärzte hatten ihn darauf hingewiesen, dass sich sehr bald Komplikationen ergeben würden, wenn aufgrund einer Lähmung der zum Schlucken benötigten Muskulatur Nahrungsmittel in die Luftwege gelangten.

Tragischerweise waren die Wahrnehmung Hagauers, sein Bewusstsein und seine intellektuellen Fähigkeiten in keinster Weise beeinträchtigt. Da er als Naturwissenschaftler über die nötigen Grundkenntnisse verfügte und zudem in der Lage war, sich schnell in verwandte Themenbereiche einzuarbeiten, machte er sich keine Illusionen, welche Stunde ihm geschlagen hatte.

Als die Arme und Beine vom Muskelschwund betroffen waren und Hagauer sich bereits nur noch in einem elektrischen Rollstuhl fortbewegen konnte, suchte er das Sterbehospiz auf, und zwar genau das Hospiz, in dem die herzensgute Agathe das Leid der Welt zu mindern versuchte.

Das Schicksal, das ja bekanntlich einen makabren Hang zur Ironie hat, und der liebe Gott, den ja schon bei Hiob häufiger mal die Eitelkeit und schlechte Laune zu gewisser Boshaftigkeit getrieben hatten, taten sich in diesem Moment zusammen, und so geschah es, dass sich Agathes Herz just in dem Augenblick für die große Liebe öffnete, als Hagauer in ihrem Beratungszimmer im Hospiz erschien.

Was sie sah, berührte sie im tiefsten Innern: Ein Mann mittleren Alters stieß mit seinem Rollstuhl, dessen rechte Bedienerführung er mit der linken Hand bediente, weswegen er die Arme seltsam verschränkt hielt, geschickt die Tür so weit auf, dass er in den Raum hineinfahren konnte, bevor die Tür wieder zurückfiel. Der durch den Muskelschwund geschrumpfte Körper steckte in einem – vermutlich einst maßgeschneiderten –, jetzt dicke Falten schlagenden, dunkelgrauen Anzug, der den vormals stattlichen Professor wie einen schmächtigen Knaben im Konfirmationsanzug des großen Bruders aussehen ließ. Das vom frühen Altern schon schütter gewordene Haar hatte irgendjemand mit einer großen Bewegung vom Seitenscheitel über das stellenweise bereits kahle Haupt gezogen. Seine kleinen Knopfaugen linsten durch eine viel zu große Brille mit tropfenförmigen Gläsern. Beim Versuch, zur Begrüßung freundlich zu lächeln, verzog der Besucher sein schmales Gesicht gequält und unter größten Schmerzen zu einem unbeholfenen Grinsen.

„Gott liebt Agathe", stammelte er unter größten Mühen, um dann erschöpft in sich zusammenzufallen. Die geradezu metaphysische Botschaft dieses übersinnlichen Propheten, der da vor ihr im Rollstuhl saß, erschütterte Agathe ins Mark.

Wieder einmal hatte ihre feinsinnige Wahrnehmung etwas erspürt, das jeder andere für etwas viel Profaneres gehalten hätte. Noch nicht einmal der Professor selbst hatte vermutlich eine Ahnung, welche bedeutungsvollen Worte gerade seinem Mund entfleucht waren. Der vernunftgeleitete, auf Logik bedachte Wissenschaftler Gottlieb Hagauer hatte eigentlich nur seinen Namen sagen wollen, um sich korrekt vorzustellen, bevor er sein Anliegen vortrug.

Doch da er ihn so stammelte, dass die einzelnen Silben teils verschluckt waren, teils doppelt erklangen, hatte Agathe ihre Mühe zu verstehen, was ihr der beeindruckende Fremde sagen wollte, aber dafür keinerlei Mühe zu erschließen, was ihr der auf merkwürdige Weise so ahnungsvoll Vertraute eigentlich zu verstehen geben wollte.

Ja, Gott liebte Agathe. Und weil er ihr diese Liebe durch den Geist eines geradezu Körperlosen offenbarte, spürte Agathe in ihrer tiefsten Seele, dass Hagauer nicht irgendein Mann war, sondern der Mann fürs Leben sein musste – egal wie kurz es noch sein mochte.

Gottlieb Hagauer hatte gegen eine Heirat nichts einzuwenden. Im Gegenteil: Als kühl kalkulierender Wissenschaftler hatte er sich in seinem noch absolut präzise arbeitenden Gehirn einen mathematischen Mehrwert von 72,34 Prozent errechnet, der durch eine Heirat (V_1) im Vergleich zu einer Nicht-Heirat (V_2) entstünde, und einen Mehrwert von 94,7 Prozent bei einer Heirat mit Agathe (V_3) im Vergleich zu einer Heirat mit irgendeiner anderen Person (V_1*).

Hagauer griff dabei auf die so genannte Erwartung-mal-Wert-Theorie (ExW) zurück, die zunächst einmal davon ausgeht, dass Menschen Ziele von unterschiedlicher Priorität haben (W). Zugleich haben Menschen Erwartungen, wie sicher eine Verhaltensweise zum Erreichen eines Ziels führt (E). Um aus den verschiedenen möglichen Verhaltensweisen (V_1, V_2, V_3 etc.) die ideale auszuwählen, errechnet der Mensch insgeheim das Produkt aus der persönlichen Wertigkeit des Ziels (W) und der geschätzten Sicherheit der Zielerreichung (E). Das Verhalten mit dem größten Produkt (ExW) wird dann ausgeführt.

Die Verhaltensweise V_1 bzw. V_1^*, also einfach irgendeine Person zu heiraten, hatte zwar einen hohen Wert, da Hagauer dadurch nicht nur seelische Zuwendung, sondern vor allem eine günstige und liebvolle Rund-um-Versorgung für den immer stärker verfallenden Körper sichern würde. Aber die Zielerreichung hielt er für ausgesprochen schwierig. Er war schon vor seiner Krankheit ein eher unattraktiver Mann gewesen. Mit der Krankheit glaubte er sich für den Heiratsmarkt völlig ungeeignet.

Die Verhaltensweise V_2, also einfach gar nicht zu heiraten, war in puncto Zielereichung natürlich scheinbar leicht zu erledigen, weil der kranke Professor ja im Grunde nichts tun musste; allerdings wären dann hohe Aufwendungen für seine Kranken-Versorgung auf ihn zugekommen. Der Wert dieses Ziels ging gen Null.

Die Verhaltensweise V_3, Agathe zu heiraten, entsprach in der Wertbemessung V_1, war aber außerdem, was die Zielerreichung anging, hoch zu bewerten, da Hagauer ohne große Mühe Agathes Zuspruch bekommen würde.

Man könnte sogar sagen, dass er – bevor er selbst davon wusste – Agathes Heiratsantrag annahm, einfach indem er durch seine Krankheit und die damit einhergehenden Sprachstörungen eine Antwort gab, die eigentlich keine sein sollte, ihn aber mehr oder weniger direkt zum Standesamt führen sollte:

Als er nämlich nach einem kurzen Augenblick der Kraftlosigkeit in Agathes Beratungszimmer den Kopf wieder hob, um sein Anliegen vorzutragen, begann er mit den Worten „Ja, ich will ...“. Im nächsten Moment schüttelten ihn erneut schwere Muskelkrämpfe, so dass es wiederum an Agathes einfühlsamen Wesen lag zu verstehen, wozu dieser beseelte Mann gerade so kurz und prägnant seine Zustimmung gegeben hatte.

Und da sie eine Frau war, die an die wortlose Verständigung zweier seelenverwandter Menschen glaubte, wusste sie, dass sein „Ja“ ihrem unausgesprochenen, aber umso intensiver gefühlten Eheversprechen galt.

Sie streckte dem Geliebten ihre Hand entgegen:

„Lassen Sie uns schweigen! Das Wort vermag Großes, aber es gibt

Größeres! Die wahre Wahrheit zwischen zwei Menschen kann nicht ausgesprochen werden. Sprechen Sie nicht! Ich habe das Gefühl, dass wir einander einen Augenblick des Lebens schenken, indem wir schweigen."

Hagauer errechnete in seinem blitzgescheiten Verstand in Blitzeseile, wie viele Augenblicke des Lebens er wohl geschenkt bekäme, wenn sie fortan schweigen würden, und beschloss fortan ganz ohne Worte an der Seite dieser Frau zu verbringen – in der kühl kalkulierten Hoffnung, jeden Augenblick des Schweigens in barer Lebensmünze ausgezahlt zu bekommen.

*

Schweigende Begegnung zweier Berggipfel

Im Frühjahr 1986 schritten oder besser rollten Hagauer und seine Frau vor den Altar, um ohne große Worte, aber mit der unendlichen Liebe Gottes ihre Ehe im Stillen und Schweigsamen segnen zu lassen.

Ulrich spielte den Trauzeugen. Schließlich war er mit der Vermählung mehr als zufrieden. Seine Parallelaktion hatte eines der geplanten Ergebnisse (Verlobung/Verheiratung) bereits mehr als ein Jahr vor dem geplanten Zieltermin erreicht. Und auch sonst gab es keinen Grund zur Klage.

Hagauer entsprach durch sein Professorengehalt und die damit einhergehende Verbeamtung dem anvisierten Vermögensträger. Er zeigte eine im Rahmen des Normalen maskuline Erscheinung, verfügte über akademische Ausbildung, gute Allgemeinbildung und gepflegte Umgangsformen. Somit konnte der Manager Ulrich – trotz all des spontanen Zweifels, der ihn unkontrolliert beschlich – hinter seine mess- und managebaren „Objectives", die ja allein für den Erfolg oder Misserfolg seiner Unternehmung entscheidend sein sollten, zufrieden kleine Häkchen malen.

Allein über die expansiven Pläne, die beiden geplanten Tochterunternehmen, machte er sich etwas Sorge, da er den Verdacht hatte, dass der Muskelschwund Hagauers auch dessen empfindlichste und für die Fortpflanzung unabdingbare Muskulatur betraf; aber der skeptische Manager sollte bald eines Besseren belehrt werden.

5

Graf Leinsdorf

Ausflug ins logisch-sittliche Reich

In jenem Frühjahr 1986, in dem er seine Schwester wie geplant unter die eheliche Haube brachte, stand Ulrich bereits mitten im Berufsleben – und zwar bei genau der Bank, die fortan bis zu seinem letzten Arbeitstag seinen Alltag bestimmen würde.

Dass er zu einer Bank gehen würde, um dort auf der Karriere-Autobahn Vollgas zu geben, war für ihn schon seit seinem ersten Studiensemester klar gewesen. Schließlich wollte Ulrich nach oben, an den Gipfel von Einfluss und Macht. In einer Bank würde er dafür die besten Voraussetzungen finden.

Als Kapitalverwalter des Staates steuerte eine Bank indirekt die Steuern und damit die politischen Machtmöglichkeiten. Als Geldgeber der Industrie bestimmte die Bank, welche Produkte eines Tages vom Fließband fallen würden. Als Dreh- und Angelpunkt des Handels nahm die Bank Einfluss auf die Marktplätze, und als Spar- und Darlehenskasse beherrschte die Bank selbst das Portemonnaie des kleinen Mannes. Und wenn Ulrich eines Tages an der Spitze einer Bank stehen würde, dann gäbe es zwischen ihm und dem allmächtigen Herrn nur noch einen winzigen Abstand, der sich mit einem Sockel aus wenigen Münzen schnell würde ausgleichen lassen.

Karriere bei einer Bank, das war Ulrichs klar vorgezeichneter Lebensweg. Warum es aber ausgerechnet die Borkenstein Privatbank sein würde, die ihm von Anfang an die Stufen des Aufstiegs und am Ende das Sprungbrett in den Tod bieten würde, ist auch im Nachhinein nur schwer zu erklären.

Ulrich hatte, wie er selbst immer gern seinen Einstieg bei BP, wie sich die Borkenstein Privatbank selbstbewusst abkürzte, beschrieb, wie alle anderen die gängigen Bewerbungsverfahren durchlaufen. Die dazugehörige – nicht in jeder Hinsicht vorteilhafte – Geschichte erzählte er desto lieber, je höher er die Karriereleiter erklomm. So kursierte ab Mitte der 90er Jahre ein detailverliebter Bericht in den Medien, wie der junge Spund im Bewerbungsverfahren der Bank, bei der er später so schnell die Karriereleiter erklimmen sollte, durch selbstbewusste Naivität seine Einstellung versehentlich sogar aufs Spiel gesetzt hatte:

Ulrich war auf seine schriftliche Bewerbung hin zunächst in einem halbstündigen Telefoninterview auf seine kommunikativen Fähigkeiten ohne persönlichen Kontakt gescreent worden. Im zweiten Schritt war er dann – offenbar hatten seine Stimme, sein Sprechtempo und seine schlagfertigen Antworten für Zufriedenheit auf der Arbeitgeberseite gesorgt – zu einem schriftlichen Prüfungsverfahren eingeladen worden.

Hier musste er unter Zeitdruck vor allem Logikaufgaben und fiktive Kundenfragen zu Finanzthemen beantworten, wie sie später in der Praxis auf ihn zukommen würden. 126 Aufgaben standen auf 54 Seiten. Eine Menge Stoff in verhältnismäßig wenig Zeit: Selbst in den sechs dafür angesetzten Stunden war nicht alles zu schaffen. Das jedoch war genau der Plan der Entwickler gewesen, die durch das vorprogrammierte Scheitern die feinen Unterschiede zwischen den besten Teilnehmern herausfiltern wollten.

Die durchschnittlich begabten Prüflinge schafften die Hälfte des Pensums. Die Guten schafften drei Viertel der Fragen. Nur einer – der Allerbeste – beantwortete alle Fragen, allerdings nicht alle bestens: Ulrich.

Der begabte Bewerber hatte bereits in den ersten Minuten der Prüfung seine Erfolgsaussichten überschlagen. Dabei hatte er zunächst schnell erfasst, dass er nicht tatsächlich sechs Stunden, sondern abzüglich der Störungen und Konzentrationspausen (dafür veranschlagte er fälschlicherweise zwanzig Prozent der Zeit, korrekt wäre dreißig Prozent gewesen, aber das würde er erst nach langjähriger Berufserfahrung wissen) nur 288 Minuten, also 4:48 Stunden Zeit hätte. Wenn er den gesamten Testbogen durcharbeiten wollte, müsste er – so rechnete er weiter – für jede Frage innerhalb von 2:17 Minuten eine Antwort gefunden haben.

In drei Testaufgaben ermittelte er dann mit kritischem Blick auf die Uhr, dass er bereits zum Lesen und Verstehen einer Frage und der vier möglichen Antworten im Durchschnitt 1:43 Minute brauchte. Zum Nachdenken und Abwägen blieben ihm also pro Aufgabe im Mittelwert 34 Sekunden.

Er beantwortete testweise sechs Fragen und ermittelte einen Durchschnittswert für die komplette Lösung einer Aufgabe von 2:56 Minuten, also 39 Sekunden mehr als er rein rechnerisch brauchen dürfte.

Wenn er präzise und solide Frage für Frage beantworten würde, bedeutete das demnach einen Zeitüberschuss von etwa 1 Stunde und 20 Minuten – oder andersherum – da ihm ja niemand Verlängerung geben würde –, dass er zum Abgabezeitpunkt etwa 35 Fragen, also mehr als 28 Prozent der Aufgaben, nicht beantwortet hätte. Im Umkehrschluss wären das 72 Prozent Erfolgsquote, was Ulrich zu wenig erschien, wenngleich realistischerweise niemand ein besseres Ergebnis einfahren könnte – quantitativ betrachtet jedenfalls.

Qualitativ würde sich das ohnehin schon wenig zufrieden stellende Ergebnis noch weiter verschlechtern, weil er – so selbstkritisch war Ulrich durchaus veranlagt – trotz Nachdenkens sicher nicht immer auf das richtige Ergebnis kommen würde. Er ging der Einfachheit halber von einer 75-prozentigen Trefferquote aus. Und damit hätte er – unter Berücksichtigung aller Faktoren – am Ende maximal 68 der 126 Fragen korrekt beantwortet.

Ulrich schüttelte den Kopf. Das schien ihm zu wenig. Er suchte nach Alternativen. Er zog folgende Fragen in Erwägung:

Wie hoch wäre die Wahrscheinlichkeit, bei dem Multiple-Choice-System durch zufälliges Ankreuzen die richtige Antwort zu geben? Und um wie viel schneller käme er hier zum Ergebnis?

Binnen fünf Minuten hatte er das Ergebnis und seine Folgen ermittelt:

126 Kreuzchen würden in knapp zehn Minuten gemacht sein. Nach den Gesetzen der Wahrscheinlichkeit – bei jeder Frage war die Chance 1:4, durch simples Raten die korrekte Antwort zu geben – wäre bei diesem Lotto-Verfahren 31mal die richtige Lösung angekreuzt.

31 richtig Antworten. Dieses Ergebnis war noch schlechter als das vorherige. Fazit: Auch das war nicht der richtige Weg.

Aber Ulrich gab nicht auf.

Und nach genau 42 Minuten Nachdenken und Rechnen hatte er das optimale Verfahren gefunden, um im vorgegebenen Maximum an Zeit, das ja im Grunde ein Minimum darstellte, das Maximum an Trefferquote zu erzielen: Er würde das auf Zufall basierende Lotto-Verfahren an den Anfang stellen und im zweiten Schritt durch schnelles vernünftiges Abwägen die Plausibilität der zufälligen Lösung überdenken, nicht aber tatsächlich alle möglichen Antworten gegeneinander abwägen.

Der Zufall gab ihm eine mit 25prozentiger Wahrscheinlichkeit richtige Antwort vor, zu der er nur „Ja“ oder „Nein“ sagen müsste. „Ja“ oder „Nein“ – das bedeutete selbst ohne Nachdenken eine 50prozentige Trefferquote. Wenn er nun im zweiten Schritt die Fragen nur lesen und dann schnell und spontan antworten würde, also die Antwort nicht dem Zufall überließe, sondern doch nachdächte, nur eben kurz und intuitiv, dann käme er vermutlich sogar auf 75 Prozent Trefferquote. Und wenn er jetzt die zufälligen 25 Prozent und die intuitiven 75 Prozent zusammenzog, käme er – zu einem perfekten Ergebnis entschlossen und in der Nervosität des Augenblicks – auf hundert Prozent Treffer. Na bravo! Das war's!

Und das Beste: Die Hundert-Prozent-Lösung würde binnen kürzester Zeit zu erreichen sein! Denn die dafür benötigte Arbeitszeit hatte sich Ulrich ebenfalls errechnet: Zehn Minuten Lotto-Verfahren plus 126 mal 1:42 Minuten zum Lesen und Verstehen plus 126 mal fünf Sekunden für die Schnellschuss-Überprüfung ergab – [x] = 600 sec + 126x102 sec + 126x5 sec – summa summarum 3:54 Stunden. Wenn er dann noch die für die anfänglichen Strategie-Überlegungen investierten 42 Minuten einbezog, hätte er – trotz der kalkulierten Pinkel-Pausen und Störungen von insgesamt 72 Minuten – immer noch einen Puffer von 12 Minuten.

„Heureka!“ soll er ausgerufen haben, als er seine Zahlenspielerei mit diesem Ergebnis abgeschlossen hatte. Er soll dann erst mal vergnügt eine Pause eingelegt haben, während alle anderen Prüflinge sich derlei natürlich verboten hatten und nervös durch den Fragebogen hetzten. Erst eine Viertelstunde später habe er dann sein von ihm selbst so genial erdachtes Verfahren angewandt, mit dem er ihm Zeitlimit tatsächlich alle Fragen beantwortet hatte – sehr zum Erstaunen der Prüfer.

Zu seinem eigenen Erstaunen und entgegen allen seinen Berechnungen hatte er aber doch nicht hundert Prozent der Fragen korrekt beantwortet, sondern – den versierten Mathematiker wird es nicht überraschen – nur 59 Prozent.

Ulrich selbst erzählte in späteren Jahren diese Geschichte – mit einem sympathischen Schuss Selbstironie – gern ausführlich und auch mit einer Vielzahl von Zahlen gespickt, um letztlich seinen Bericht mit immer demselben Witz abzuschließen:

„Ein Politiker, der einen Flug antreten muss, erkundigt sich bei einem Mathematiker, wie hoch die Wahrscheinlichkeit ist, dass eine Bombe im

Flugzeug ist. Der Mathematiker rechnet eine Woche lang und verkündet dann: >Die Wahrscheinlichkeit ist ein Zehntausendstel!< – Dem Politiker ist das noch zu hoch, und er fragt den Mathematiker, ob es nicht eine Methode gibt, die Wahrscheinlichkeit zu senken. Der Mathematiker verschwindet wieder für eine Woche und hat dann die Lösung. Er sagt: >Nehmen sie doch selbst eine Bombe mit an Bord. Die Wahrscheinlichkeit, dass zwei Bomben an Bord sind, ist dann das Produkt aus einem Zehntausendstel mal einem Zehntausendstel also eins zu Hundert Millionen. Damit können sie beruhigt fliegen!<“

Seine Zuhörer verstanden vielleicht nicht wirklich die Pointe dieser witzigen Risiko-Kalkulation, aber sie begriffen, was Ulrich sie begreifen lassen wollte: Nämlich, dass er so gut mit Zahlen umgehen konnte, dass ihm niemand mit Zahlen zu kommen brauchte – sie stimmten sowieso nicht. Damit griff er geschickt die latente Mathematikfeindlichkeit der rechnerisch unbegabten Masse auf und befriedigte doch zugleich die unvernünftige, aber tief verwurzelte Statistikgläubigkeit der Mehrheit der Bevölkerung. Zwei Fliegen mit einer Klappe. Sympathisch. Intelligent. Und vor allem mehrheitsfähig.

Auf dem Weg zu BP bewältigte Ulrich trotz des relativ schwachen Ergebnisses auch die zweite Stufe des Bewerbungsverfahren. Entweder hatte er bei den Prüfern Eindruck gemacht, weil er als einziger Prüfling alle Fragen beantwortet hatte, oder aber er hatte sie durch seine Zahlenkritzeleien auf den Prüfungsbögen neugierig gemacht. Jedenfalls wurde er, obgleich er bei Weitem nicht zu den besten Absolventen des schriftlichen Testes gehörte, nunmehr zu einem ganztägigen Assessment-Center eingeladen.

„Dabei kommt es nicht darauf an, antrainiertes Wissen wiederzugeben. Die Bewerber sollen ihre Persönlichkeit präsentieren“, hatte man ihm im Einladungsschreiben erklärt und ihn aufgefordert einen fünfminütigen Kurz-Vortrag vorzubereiten. Das Thema dazu könne man sich selbst aussuchen, man könnte beispielsweise über ein Hobby, die Diplomarbeit oder über ein Projekt aus dem Berufsleben berichten. Overheadprojektor, Tafel und Flipchart stünden ihm dabei zur Verfügung.

Nach kurzem Abwägen verschiedener Möglichkeiten – seine Hobbys schienen ihm nicht so spannend, dass er sie auf einen fünfminütigen Bericht ausdehnen könnte, seine Diplomarbeit war zwar spannend, wahrscheinlich aber nicht für Außenstehende, und Projekte aus dem Berufsleben hatte er noch keine vorzuweisen – entschied er sich, über ein literarisches Thema zu referieren. Das amerikanische Buch „The Dilbert Principle“ hatte ihn sehr amüsiert, aber ihm auch die Augen für die Arbeitswelt geöffnet. Diese Erfahrungen wollte er gerne in Form eines Kurzvortrags weitergeben.

*

Ungeachtet des Fehlens von Eigenschaften benimmt sich Ulrich tatkräftig und feurig

Zusammen mit elf anderen, etwa gleich alten Männern und Frauen saß er morgens um neun Uhr in einem nüchternen Seminarraum, in dem sich die strenge Sachlichkeit der puristischen Raumausstattung mit der natürlichen Holzmöblierung, der dezenten Farbigkeit (die Polster waren in Hellblau gehalten, die Rahmen der Pinnwände in sattem Sonnengelb) und den zwei raumhohen Grünpflanzen zu einem harmonischen Ganzen fügten, in dem der Mensch im Mittelpunkt steht und sich seine Persönlichkeit ebenso wie seine Kreativität frei entfalten kann.

Es war das erste Mal, das Ulrich in solch einem Raum saß. Von der Universität war er dreckige Linoleumböden, beschmierte, angebrochene und quietschende Klappstuhlreihen mit zu wenig Beinfreiheit und grelles Neonlicht gewohnt. In diesem schicken Seminarraum fühlte er sich bereits jetzt wie ein König, und erst mit den Jahren sollte er begreifen, wie unpersönlich und anti-individuell solche Seminarräume in Wahrheit waren. An diesem Tag aber war er geradezu glücklich und spürte im tiefsten Innern, dass er auf dem richtigen Weg war.

Engagiert setzte er sich auf die vordere Stuhlkante, als über das Thema „Taschengeld – Wie Kinder den Umgang mit Geld lernen“ diskutiert wurde. Unruhig rutschte er auf seinem Stuhl hin und her, als die Aufgabe – „Money-Monster mit Macheten“ – für die spätere Teamarbeit vorgestellt wurde. Eifrig sprang er vom Stuhl auf, als die Gruppe gemeinsam aus Wäscheklammern, Krepp- und Seidenpapier, Filz, Draht, Bindfaden und Christbaumkugeln ansprechende Marionettenfiguren basteln sollte. Und selbstgefällig lehnte er sich in seinem Stuhl zurück, während er den ersten Mitstreitern bei ihren Vorträgen lauschte.

Doch in all diesem raumbedingt siegessicheren Hochmut durchfuhr ihn plötzlich ein demütiger Gedanke: Würde das vom ihm gewählte Vortragsthema wirklich zum Anlass passen? Ja, schlimmer noch: Bewerber um Bewerber hatte im Kurzvortrag ein sachliches und anspruchsvolles Thema angesprochen und – zwar nervös, aber niveauvoll – mit seinem Wissen geglänzt. Der Reihe nach hatte jeder seinen Vortrag gehalten, kritisch beobachtet von den Prüfern, die allesamt Führungspersonen der Borkenstein Privatbank waren. Und eben angesichts dieser Prüfer beschlich Ulrich, je näher sein eigener Auftritt nahte, immer drängender diese eine Frage: Wenn die Prüfer hier alle Manager waren, würden sie sich dann nicht vom „Dilbert-Prinzip", das er vorstellen wollte, angegriffen fühlen?

Aber es war nun zu spät für eine Umkehr. Kurz bevor die Reihe an ihm war, schob sich Ulrich ein Kaugummi in den Mund, kaute es kurz und entschlossen durch und klebte es – mit einem geübten Griff für die anderen unsichtbar – unter den Tisch. Dann erhob er sich, stellte sich neben den Overheadprojektor und legte eine seiner drei vorbereiteten Folien auf.

Hinter ihm erschien an der Wand die Comic-Zeichnung eines untersetzten Ingenieurs mit weißem Kurzarm-Hemd, einer widerspenstigen, gestreiften Krawatte und stilsicheren weißen Socken: Dilbert, der in den USA längst zu einer Kultfigur geworden war.

„Mit dem Buch ‚The Dilbert-Principle'", begann Ulrich seinen Vortrag, „hat der amerikanische Zeichner Scott Adams ein Meisterwerk vorgelegt – ein unverzichtbares Handbuch für jeden erfahrenen Guerillakämpfer im Büro-Dschungel und jeden Studenten, der fernab der Realität im Hörsaal von einer Karriere träumt."

Einer seiner Mitstreiter lachte auf. Er wusste offenbar, was ihn erwartete. Ulrich schluckte, aber setzte dann unbeirrt fort:

„Dilbert ist ein moderner Held. Ein Mann mit edlen Qualitäten, der im Kampf gegen das Übel dieser Welt das wertvollste Gut eines Menschen aufs Spiel setzt: seine Karriere. Unermüdlich kämpft er tagtäglich gegen fiese Kollegen, unfähige Vorgesetzte und den inneren Schweinehund. Dass er den ungleichen Kampf langfristig verliert, kann ihn nicht abschrecken."

Ulrichs innere Anspannung wuchs, denn immer noch hatte – bis auf den einen Literaturkenner – niemand die Brisanz seines Vortragsthemas begriffen, aber diese Erkenntnis würde nicht mehr lange auf sich warten lassen.

„Dilbert ist ein Versager, der regelmäßig feststellen muss, dass Intelligenz in der Arbeitswelt nur sehr wenig praktische Verwendung findet. "

Tapfer schaute Ulrich in die Runde, bevor er die zweite Folie auflegte. Jetzt war die Comic-Zeichnung eines kleinen weißen Hundes mit runder Brille zu sehen:

„An Dilberts Seite steht der Hund Dogbert, der mit bemerkenswertem Erfolg abwechselnd jeden Beruf ausübt, der mit einem Minimum an Arbeit ein Maximum an finanziellem Gewinn verspricht. Der kleine weiße Hund mit der runden Brille, der sich bescheiden das Ziel der Weltherrschaft auf die Fahnen geschrieben hat, gibt in seinem Buch 'Build A Better Life By Stealing Office Supplies' dem gestressten Manager wertvolle Tips für das berufliche Überleben."

Ulrich blickte erneut in die Runde. Ihm war unwohl bei dem, was er jetzt sagen musste:

„Da der gemeine Manager selbst mit simplen Cartoons überfordert wäre, benutzt Dogbert den Imperativ, um dem Leser seine Management-Theorien einzubleuen und fordert ganz einfach blinden Gehorsam. Denn dieser ist ‚entschieden leichter als sämtliche Alternativen und ändert nichts an der Bezahlung'."

Während die anderen elf Mitstreiter vor Schreck fast erstarrt dasaßen und wenn nicht nervös auf der Unterlippe kauten, dann zumindest irritiert ihren Kugelschreiber strangulierten, saßen die Prüfer selbst ungerührt und ohne ihre Miene zu verziehen, auf ihren Plätzen. Also sprach Ulrich weiter:

„Nach dem großen Erfolg der Comic-Strips veröffentlichte schließlich das ‚Wall Street Journal' einen Artikel, in welchem Scott Adams sein Dilbert-Prinzip formulierte."

Wieder stockte Ulrich, denn jetzt kam, was ihn seine weitere Karriere kosten konnte:

„Das Dilbert-Prinzip lautet ganz einfach: Die Unfähigen werden dorthin versetzt, wo sie am wenigsten Schaden anrichten können – ins Management."

Schweigen. Stille. Niemand sagte ein Wort. Ulrich merkte, wie ihm die

Schamesröte ins Gesicht stieg. Doch dann brach jemand in schallendes Gelächter aus:

„Das ist genial!", prustete einer der Prüfer und klopfte sich die Schenkel. Es war, wie Ulrich später erfahren sollte, Graf Leinsdorf, der mit seinen 51 Jahren das älteste Mitglied der Prüfungsrunde war und als echte Autorität allseits respektiert wurde.

Durch sein beherztes Lachen war das Eis gebrochen. Plötzlich lachten alle, die Prüfer, die Prüflinge und auch Ulrich selbst kicherte amüsiert auf. Locker flossen ihm jetzt alle weiteren Sätze über die Lippen. Nach genau fünf Minuten kam er zum Schluss:

„In den USA ist Dilbert längst in die Geschichte moderner Managementlehren eingegangen. Der gewaltige Erfolg der Comic-Strips hat auch den Sprachgebrauch in den Unternehmen geändert: Ein Manager, dem es gelungen ist, eine Entscheidung unter totaler Ausschaltung von Logik und Realität zu treffen, darf sich rühmen, einen 'Dilbert' begangen zu haben. Ich vermute, die Entscheidung, heute hier diesen Vortrag zu halten, hätte Chancen dazuzugehören…"

Unter dem Gelächter und Applaus seiner Mitstreiter und anerkennendem Nicken der Prüfer nahm Ulrich wieder auf seinem Stuhl Platz. Eine Woche später trat er seinen neuen Job als Trainee bei der Borkenstein Privatbank an. Graf Leinsdorf wurde Ulrichs Mentor und würde sich in den nächsten 15 Jahren engagiert und selbstlos für seinen Zögling einsetzen.

*

Erste Einmischung eines grossen Mannes

Allein letztere Tatsache sollte einen jedoch skeptisch stimmen: Graf Leinsdorf hatte von seinen engsten Mitarbeitern den Beinamen „Graf Lies-Dorf" bekommen, was zur Häfte englisch war und durch die dezente Abweichung vom Original andeuten sollte, wie es der Graf mit der Wahrheit hielt. Die eleganteste Umschreibung seines Charakters war wohl „strategischer Kommunikator“, die plumpste „Lügengraf“. In jedem Fall ist wohl allseits unstrittig, dass der inzwischen verstorbene Graf – Gott habe ihn selig – die Wahrheit für etwas sehr Dehnbares hielt.

„Ob das Glas halb voll oder halb leer ist, ist nicht nur Ansichtssache“, erklärte der Graf seinem Zögling Ulrich eines Tages, „sondern auch eine Frage der Zielsetzung. Nehmen wir zum Beispiel eine Party: Wenn ich als Gast will, dass mir der Gastgeber von seinem Wein nachschenkt, würde ich das Glas als ‚halb leer‘ bezeichnen und durch die Negativbeschreibung an den Helferimpuls meines Gegenübers appellieren. Bin ich Gastgeber und fürchte, dass der Wein nicht für alle reicht, würde ich durch die Beschreibung ‚halb voll‘ an die höfliche Bescheidenheit des Gastes appellieren.“

Ulrich begriff: „Mit Sätzen, die scheinbar nur beschreiben, provoziert man Konsequenzen. Formulierungen lösen Handlungen aus. Worte machen Taten.“

„Genau. Kommunikation heißt, die sprachlichen Mittel optimal einzusetzen, um einen bestimmten Eindruck beim Gegenüber zu erzielen“, nickte der Graf seinem Schüler zu, und erklärte ihm auch die zugrunde liegende Moral:

„Das heißt aber nicht, dass man dabei dem anderen unbedingt Schaden zufügen will. Auch der Arzt, der seinem todkranken Patienten Hoffnung auf baldige Gesundung macht, lügt scheinbar; aber vielleicht provoziert er durch diese Lüge die Selbstheilungskräfte des Patienten, der wie durch ein Wunder plötzlich doch gesund wird – und schon wird aus der Lüge Wahrheit.“

„Ist das nicht bloß die Vermeidung einer Fehlprognose?“, fragte Ulrich skeptisch nach.

Der Graf schüttelte den Kopf: „Gerade dadurch, dass der Arzt lügt, riskiert er eine Fehlprognose. Denn nach seinen Erkenntnissen wird der Patient ja aller Wahrscheinlichkeit nach an der Krankheit sterben.“

„Das ist richtig“, stimmte Ulrich nachdenklich zu. „Der Arzt weicht einer wahrscheinlichen, aber bösen Wahrheit aus und formuliert eine unwahrscheinliche, aber schöne Hoffnung. Er beschönigt die Wirklichkeit.“

„Nennen Sie es, wie Sie wollen! Beschönigung, Täuschung, Schwindel, Untertreibung, Übertreibung – das sind alles Spielarten der Wahrheit. Kommunikation heißt, souverän und zielorientiert mit Worten umzugehen. Wer das Spiel der Sprache beherrscht, wird als Sieger hervorgehen.“

„Aber das ist doch Manipulation!“, rief Ulrich aus, halb entsetzt, halb begeistert von den Möglichkeiten, die sich ihm durch diese Erkenntnisse auftaten. Hatte er in den Begegnungen mit Batallionskommandeur von Bordwehr begriffen, dass die Menschen sowieso nur das hören, was sie hören wollen, so begriff er in diesem Moment, dass man sich diese besondere Art des menschlichen Gehorsams zunutze machen konnte. Durch geschickte Lügen würden die Menschen nicht das hören, was sie hören wollten, sondern das, was sie hören sollten.

„Meinetwegen ist es Manipulation", winkte der Graf ab. „Aber es geht nicht ohne: Sobald Sie die Welt mit Worten beschreiben, manipulieren Sie die Wahrheit. Sie grenzen Dinge voneinander ab, die sich nicht abgrenzen lassen. Wo zum Beispiel endet der Arm, wo beginnt die Hand? Die Grenzen sind fließend. Die Sprache ist es nicht."

„Sie meinen", fasste Ulrich erschüttert das eben Gehörte zusammen, „dass wir lügen, sobald wir den Mund auftun?"

„Nicht direkt", lächelte der Graf verschmitzt. „Ich meine, dass wir uns in Bezug auf die Wahrheit nicht fragen sollte, was wir **wie** sagen, sondern lieber, was wir **warum** sagen. Also welche Wirkung wir uns von unseren Worten erhoffen."

„Der Zweck heiligt die Mittel?"

„Wenn Sie so wollen", stimmte der Graf erneut zu. „Sprache ist lediglich ein Instrument. Darauf können Sie spielen wie auf einem Klavier. Je nach Stimmung und Effekt, den Sie bewirken wollen, spielen Sie Dur oder Moll, Triller, Läufe oder Akkorde, laut oder leise, schnell oder langsam. Oft muss man nicht gleich lügen, um eine Situation zu beeinflussen. Es reicht, ein paar Dinge einfach nicht zu sagen."

„Wie das?"

„Was um Himmels willen sagt man einer von Stolz geblendeten Köchin, die einen auffordert, ihr verkochtes oder versalzenes Essen zu beurteilen?", antwortete der Lehrmeister seinem wissbegierigen Schüler mit einer Gegenfrage.

„‚Sehr lecker' – aber das wäre eine plumpe Lüge", erwiderte Ulrich. Nach kurzem Nachdenken kam er auf eine zweite Antwort: „‚Interessant' – das lässt das wahre Urteil in seiner Doppeldeutigkeit offen."

Dann fiel ihm noch eine dritte Antwort ein: „Oder: ‚In der Küche gibt es viele kreative Überraschungen.'"

„Bravo. Die letzte Antwort ist eine besonders filigrane Ablenkungsstrategie“, lobte der Graf die schnelle Auffassungsgabe seines Zöglings. „Damit kann man dann schnell auf andere Köche oder Essenserlebnisse zu sprechen kommen, bevor die Köchin genauer nachfragen kann.“

„Deswegen muss man vor Gericht auch immer schwören, dass man die ganze Wahrheit und nichts als die Wahrheit sagt“, begriff Ulrich plötzlich den tieferen Sinn einer schon tausendmal gehörten Formulierung.

„Eben. Aber auch vor Gericht geht es nicht darum, wer Recht hat, sondern wer Recht bekommt. Recht wird dem zugesprochen, der sich glaubwürdig darstellen kann. Worte sind die Basis der Wahrheits-Findung und der Wahrheits-Erfindung“, triumphierte Graf Leinsdorf und beendete seine Lektion mit einem denkwürdigen Merksatz:

„Die Wahrheit ist immer nur das, was Sie die Leute glauben machen. Wenn Sie etwas werden wollen, sorgen Sie dafür, dass die Menschen Ihnen glauben, dass Sie es sein könnten.“

*

Seinesgleichen geschieht oder warum erfindet man nicht Geschichte?

Dass dieses Gespräch zwischen Graf Leinsdorf und unserem jungen Helden Ulrich stattgefunden hat, ist verbürgt – und zwar durch einen ehemaligen Kollegen Ulrichs, der aber anonym bleiben möchte, weil er unangenehme Konsequenzen fürchtet, wenn herauskäme, dass er diesen Dialog heimlich belauscht hat. Deswegen sind auch Zeitpunkt und Ort dieses folgenschweren Gespräches nicht weiter benannt, so dass niemand irgendwelche (richtigen) Rückschlüsse ziehen kann.

Dennoch: Was das Bewerbungsverfahren angeht, ist Skepsis angebracht. Dass zumindest die Geschichte aus dem eintägigen Assessment-Center in der bekannten Version nicht stimmen kann, werden spätestens die Verfasser wissenschaftlicher Sekundärliteratur feststellen, wenn sie für die Fußnote das Erscheinungsjahr von dem Management-Comic „The Dilbert

Principle“ eruieren: In den USA erschienen die ersten Dilbert-Strips ab 1989, in Deutschland erst 1997. Ulrichs Assessment-Center fand 1986 statt.

Hatte Ulrich etwa Visionen? Kannte er etwa die Comics schon, bevor sie selbst der Zeichner Adams überhaupt zu Papier gebracht hatte? War Ulrich in Wahrheit der Erfinder von Dilbert und Scott Adams nur sein Pseudonym? Nun, wahrscheinlich alles das nicht.

Vermutlich hat Ulrich – oder sein Mentor Graf Leinsdorf – sich diese hübsche Anekdote erst später ausgedacht, um seinen Lebenslauf etwas auszuschmücken, und bei der Dichtung auf die Wahrheit eines anderen zurückgegriffen – auf eine nachprüfbare Geschichte seines Freundes Arnheim.

Der hatte nämlich in seinen Studienjahren in einer Hausarbeit zu einem historischen Proseminar zum Thema „Frauen im Hellenismus“ eine eklatante Ungerechtigkeit aufgedeckt: So hatte er sich zunächst korrekt an die als wissenschaftlich anerkannten Texte der positivistischen Größen und Antikenforscher Willamowitz-Moellendorf und N.N. gehalten, aber bei der genaueren Lektüre festgestellt, dass die Herren Dinge behaupteten, die sie selbst in keinster Weise belegen konnte. So äußerten sie sich über den verwerflichen Charakter Kleopatras, ohne dass Arnheim erfuhr, aus welcher Tonscherbe sie diese Information abgeleitet hätten.

„Reine Projektion chauvinistischer Pseudowissenschaftler!“, hatte Arnheim sich aufgeregt. „Wenn das zitierfähige Wissenschaft ist, dann kann ich auch aus ‚Asterix & Obelix‘ zitieren.“ Was er dann tat. Schließlich hatten die Antikenforscher Underzo und Goscinny in vergleichbarer Gründlichkeit sprachlich und illustrativ belegt, dass Kleopatra eine ausgesprochen schöne Nase gehabt hat, was ja gut zu ihrem verwerflichen Charakter passte.

Akribisch führte Arnheim in den Fußnoten seiner Hausarbeit die Seitenzahlen der von ihm benutzten Quellen auf und zitierte ebenso oft wie Willamowitz-Moellendorf auch Goscinny. Die Dozentin hatte für diese subtile Form der kritischen Wissenschaftsbetrachtung weder Humor noch Verstand, und gab ihm die Hausarbeit mit einer empörten Notiz zurück: „Unwissenschaftlich!!!“ – Arnheim brach sein Geschichtsstudium ab.

Natürlich haben Asterix und Dilbert wenig gemeinsam, und auch ist der gedankliche Weg von einer wissenschaftlichen Hausarbeit zu einem Assessment-Center relativ weit, aber dennoch weisen die beiden Geschichten wesentliche Parallelen auf: Der Protagonist ist jeweils ein junger motivierter eifriger und begabter Jüngling, der alles richtig machen will. Eine Art

Till Eulenspiegel. In beiden Fällen gibt es eine witzige literarische Umgangsform mit einem seriösen Thema – Geschichts-Comic und Management-Comic. In beiden Fällen gibt es ein formalistisches Korinthen-Kacker-Gegenüber: einmal die streng wissenschaftlich denkende Professorin, das andere Mal die streng beurteilenden Testentwickler sowie die streng hierarchisch denkenden Führungskräfte und Mitprüflinge. Beide Mal stößt der sympathische, weil ja kluge und bemühte Held, auf einen oder mehrere unsympathische, weil dogmatische und lebensnegierende Bösewichte.

Die beiden Geschichten haben nur einen Unterschied: Ulrich siegt, Arnheim verliert. Was aber nichts daran ändert, dass beide diese Geschichten gern erzählt haben. Vermutlich weil sie damit jeweils einen Charakterzug ihrer selbst zur Schau stellen konnten, den sie für sehenswert hielten: Ulrich gab sich damit als siegreicher Dynamiker, der mutig gegen das Böse zu Felde zieht, ein moderner Drachentöter der Wirtschaft, ein Innovator, ein Querdenker, eine charismatische Führungskraft mit Rückgrat und Sachverstand, aber auch mit dem kleinen Quäntchen Bescheidenheit und Selbstironie, das die Souveränität eines geschäftstüchtigen Weltmannes erst perfekt macht.

Arnheim dagegen zeigte sich als gescheiterter Kämpfer wider die Unvernunft, als Aufklärer in einer unaufgeklärten Zeit, als mutiger Vor-Denker in einer geistlosen Hinter-Welt, kurz als verkanntes Genie, das erst noch zu entdecken war. Und er wurde entdeckt, doch dazu an anderer Stelle mehr.

Langer Rede kurzer Sinn: Vermutlich hat die rebellische Assessment-Center-Geschichte nie stattgefunden. Und selbst wenn sie stattgefunden hat, dann war Ulrich vermutlich nicht beteiligt. Denn in Ulrichs Personalakte waren weder ein Prüfungsbericht noch irgendwelche Testbögen aus dem Assessment-Center zu finden. Lediglich ein Lebenslauf aus dem Jahr 1985 mit Abiturs- und Hochschulzeugnis sowie einem Abstract der damals noch nicht publizierten Doktorarbeit waren in der Akte abgelegt.

Noch ein weiteres Indiz spricht für die Lügentheorie – und zwar gerade dadurch, dass es nicht existiert. Ein erfundenes Beweismittel beweist nicht, was bewiesen werden soll, sondern nur die Erfindung – es sei denn jemand findet es doch noch. Doch das ist mehr als zweifelhaft: Denn trotz gründlicher Überprüfung der BP-Seminarräume fand sich an keiner Stelle das Kaugummi, das Ulrich dort hingeklebt haben will. Und wer jemals bei der Feier zum zwanzigjährigen Schulabschluss seinen einstigen Sitzplatz auf

Spuren aus der Vergangenheit hin untersucht hat, weiß, wie lange Kaugummis als Beweisstücke des pubertären schlechten Benehmens erhalten bleiben.

Ulrichs Kaugummi fand sich nicht. Nun wird sich der kritische Leser fragen, warum sich jemand die Mühe machen sollte und ein so ekelhaftes Detail wie ein Kaugummi erfindet, das man in seiner Nervosität unter den Seminartisch eines renommierten Unternehmens klebt, wenn es dieses Kaugummi nie gegeben hat?

Na? Was meinen Sie?

Genau! Weil man durch dieses unscheinbare Detail der ganzen Anekdote eine Authentizität verleiht, die sie ohne dieses Detail niemals hätte.

„Das Authentische bedarf dringend der Inszenierung! Man glaubt etwas erst dann wirklich, wenn man in der Geschichte einen Fehler oder eine Schwäche entdeckt." Das ist natürlich ein Schaumschläger-Trick aus der Zauberkiste des Grafen Leinsdorf, der kurz und prägnant zu sagen pflegte:

„Die große Wahrheit wird erst durch kleine Lügen glaubwürdig."

Böse Zungen behaupten, Ulrich verdanke seinen Einstieg bei der internationalen Privatbank allein seinen familiären Beziehungen und damit letztlich Bankdirektor Leo Fischel, der bei seinen Kollegen in der Frankfurter Zentrale für den Sohn des Freundes – und den Vater seiner Tochter, wie er allerdings damals nicht wusste – Fürsprache gehalten hatte. Doch soviel für diese Variante sprechen mag, bislang hat sich niemand gefunden, der bestätigt hat – genauso wenig, wie sich irgendein Mitarbeiter der Borkenstein Privatbank an einen Dilbert-Vortrag im Assessment-Center erinnern kann. Aber die meisten „Beppos", wie die BP-Mitarbeiter sich selbst fast zärtlich rufen, äußern sich ohnehin nicht zu irgendwelchen Fragen. Man übt sich in Diskretion. Ganz im Stil des Hauses.

6

Prophet Meingast

Aus den Lebensregeln reicher Leute

Ulrichs Einstieg bei der Borkenstein Privatbank verlief geradlinig, wie es sich gehörte: Er wurde in das Segment des „Bereichsübergreifenden Einsteigerprogramms“ eingeteilt und durfte innerhalb dieses zwölfmonatigen Ausbildungsprogramms an verschiedenen anspruchsvollen Projekten in allen Geschäftsbereichen arbeiten – jedenfalls theoretisch.

Zuallererst lernte er jedoch die subtile Sprache des Erfolgs und erfuhr, wie man durch positive Unterstellungen und klar formulierte Erwartungen seine Mitarbeiter motiviert:

„Als Borkenstein-Mitarbeiter werden Sie dem hohen Leistungsniveau gerecht und verstärken die Bereiche selbstständig durch Ihr Interesse und Engagement“, bekam er zu hören, bevor er überhaupt irgendetwas getan hatte. Vorschusslorbeeren als Führungsprinzip der Borkenstein-Finanz-Elite. Bei BP lobte man auf diese Weise nicht nur die jungen Mitarbeiter, die „Baby-Beppos“, sondern auch die Kunden, denn auch die sollten erfolgreich sein:

„Die Basis für Ihren Erfolg ist eine individuelle und ganzheitliche Beratung. Dazu stellen wir Ihnen einen qualifizierten Ansprechpartner oder, je nach Komplexität Ihres Vorhabens, auch ein ganzes Team zur Seite.“

Bei BP wurde niemals etwas versprochen, was man nicht halten konnte, sondern alles gleich als Fakt beschrieben, was noch gar nicht eingetreten war.

„Wir beraten Sie gern, objektiv und unabhängig“, stand auf der Titelseite der BP-Imagebroschüre, die an „Kunden“ verteilt wurde – wobei unter dem Begriff „Kunde“ alle subsummiert wurden, ganz gleich ob sie jemals wirklich Kunde der Bank waren oder sein würden. Egal – wer das las, war gewissermaßen Kunde, ob er wollte oder nicht. In der Tat hatte sich nie irgendjemand beschwert, dass er als Kunde tituliert wurde, obwohl er gar keiner war. Vermutlich weil der Kunde bei BP immer auch ein König war, und das obwohl die Monarchie in Deutschland schon 1918 abgeschafft worden ist.

In Österreich waren 1919 ja auch alle Adelstitel abgeschafft worden. Dennoch war Graf Leinsdorf, obgleich er aus Österreich stammte, ein Graf und wurde überall auch als solcher betitelt.

„Schmeicheleien!“, belächelte der Graf solche sprachlichen Fehltritte und gab eine weitere seiner Lebensweisheiten der Wiener Art von sich: „Ehrlichkeit wird überbewertet. Nettigkeit ist viel wichtiger.“

Und da Ulrich skeptisch guckte, erklärte er:

„Verlogene Komplimente bauen Brücken zum Gegenüber. Jeder hört gern, dass er schön, klug und liebenswert ist. Niemand wird einem jemals vorwerfen, dass man ihn belogen hat, solange es eine nette Lüge war.“

Also beschwerte auch Ulrich sich nicht. Natürlich wollte er gern dem hohen Leistungsniveau der Bank gerecht werden und seine Tätigkeitsbereiche selbstständig durch sein Interesse und Engagement verstärken. Auch wenn er lange Zeit nicht begriff, wie er das tun könnte – denn vom Bankgeschäft selbst bekam er vorläufig rein gar nichts mit.

Das interne Intensivtraining, das ihm nunmehr zuteil wurde und das er „sicher erfolgreich absolvieren“ würde, wie man ihm freundlich schon im Einstellungsschreiben mitteilte, bestand aus einem mehrwöchigen Training. Freudig blickte er den „hochkarätigen, internationalen Spezialisten“ entgegen, die ihm „praxisnah und aktuell“ den Stand der Dinge präsentieren würden.

Tag um Tag saß er mit acht anderen „Baby-Beppos“ in dem ihm ja schon aus dem Assessment-Center bekannten Seminarraum und hörte langweilige Vorträge. Natürlich sagte niemand, dass die Vorträge langweilig waren, es beschwerte sich auch niemand, sondern man versicherte sich wechselseitig, wie wichtig das Auffrischen der alten Studienkenntnisse, wie erfreulich die Praxisnähe der Präsentationen sei, wo man von der Uni doch nur die blanke Theorie gewohnt sei, und wie aktuell all die Informationen wären.

„Aktuell“ war ja in der Tat ein strapazierbarer Begriff, und die moderne Vortragsweise mit Overheadprojektor entsprang garantiert dem 20. Jahrhundert. Praktische genormte Passepartouts um die Folien, so genannte

„Flipframes“, sollten verhindern, dass man in grelles Licht gucken musste. Die Folien selbst waren im so genannten Corporate Design gestaltet, das heißt: jede Folie sah irgendwie gleich aus – das machte man damals so. Ulrich war beeindruckt.

Dazu fiel ihm auf, dass die hochkarätigen Spezialisten durchaus aktuelle Kleidung trugen. Man hatte für die Trainingszeit den Dress-Code „sportlich-gepflegt“ ausgegeben, und so hatte sich niemand in den sonst so obligatorischen dunkelblauen Anzug geworfen, sondern alle erschienen betont locker in „Freizeit-Kleidung“, die sich vermutlich nicht nur Ulrich extra für dieses Intensivprogramm zugelegt hatte. Jeans hatte er sich nicht getraut, und der Adidas-Trainingsanzug, der zur Beschreibung „sportlich-gepflegt“ perfekt gepasst hätte, war wohl nicht gemeint gewesen.

Also trugen die Männer schwarze Bundfaltenhosen mit weißem Hemd und die Frauen unvorteilhaft geschnittene Stoffhosen in „Karottenform“ mit pastellblauem oder rosafarbenem Oberteil. Manche trugen darüber einen Blazer, um durch die zugehörigen faustdicken Schulterpolster die überbetonten Karotten-Hüften wieder in ein relativ harmonisches Gleichgewicht zu bringen. Hübsch war das Ergebnis nicht gerade, aber die Jacken und Blousons waren an allen möglichen und unmöglichen Stellen mit aufgesetzten Täschchen, Reißverschlüssen, Druckknöpfen, Ösen und Bändern versehen, um vom Gesamtbild großzügig abzulenken. Aus den kalten Wintertagen blieben Ulrich vor allem die beeindruckenden Pullover im Gedächtnis, die unterschiedlichste Strickarten in sich vereinigten und deren Verzierungen aus Perlen und Stickereien aufwändige Bildmotive darstellten.

Aber nicht nur die Kleidung war top-aktuell, auch die Haartracht entsprach dem Zeitgeist: Die Frisuren aller Teilnehmerinnen, aber auch der Teilnehmer waren geföhnt, das seitengescheitelte Haar fiel in schwungvollen Wellen über den Hinterkopf. Und ein Hauch von Denver-Clan und Dallas lag zudem in Duftform eines süßlichem Rasierwasser in der Luft. Die Herren hatten in „Aramis“ gebadet, die Damen bevorzugten „My Melody“ oder – je nach Alter – „Tosca“.

Mit der Praxisnähe hatte Ulrich größere Schwierigkeiten. Insgeheim hatte er wohl doch gehofft, bei seiner Arbeit mit Geld zu tun zu haben – obwohl er aus dem Wirtschaftsstudium wusste, dass man in der Wirtschaft über alles redet, nur nicht über Geld. Es ging um Vermögen, Umsatz, Rendite, Dividende, Ausschüttungen oder Erträge – jedoch nie um Geld.

Aber bei der Bank, dem traditionellen Geldhaus schlechthin, hatte er aller Vernunft zum Trotz anderes erwartet. Aber nein, es ging auch bei der Bank nicht um Geld, erst recht nicht bei der Borkenstein Privatbank.

„Man redet nicht über Geld. Man hat es“, erklärte Graf Leinsdorf seinem Zögling eines Tages geduldig.

Auch in dem Intensivprogramm ging es nicht um Geld, sondern um Finanzmathematik, Statistik und Derivate, um Steuern, Bilanzierung und Bilanzanalyse, um Internationale Rechnungslegung, Corporate Finance und Portfoliotheorien. Die Hälfte der hochkarätigen Spezialisten war seit Jahren nicht mehr im Beratungsgeschäft gewesen. Stattdessen fristeten sie als Dozenten für Bankwesen ihr Gnadenbrot in der Finanzwirtschaft. Die andere Hälfte kam zwar aus der Praxis, kam deswegen aber nicht oder wenigstens zu spät, um dann wieder früher zu gehen.

„Die Praxis ruft“, erklärte dann der jeweilige hochkarätige Dozent mit Blick auf die hochkarätige Uhr und vertröstete den hochkarätigen Nachwuchs in hochkarätigem Tonfall auf später: „Das werden Sie ja dann kennen lernen, wenn Sie soweit sind.“

*

Die Verbindung mit grossen Dingen

Die Intensität des Intensivprogramms bestand für Ulrich vor allem in der intensiven Unterforderung und in der intensiven Anforderung an Geduld und Genügsamkeit. Beschweren mochte er sich nicht, denn schon im Einstellungsschreiben hatte man ihm angekündigt:

„Wenn Sie eine ausgezeichnete Kondition mitbringen, werden Sie die Vorteile dieser Intensität schätzen und von ihr profitieren.“

Also versuchte er von der Langeweile zu profitieren. Er erinnerte sich an die Bundeswehrzeit und kaufte sich für die letzten sechs Monate des Intensivprogramms ein Maßband, das er am Tag 180 anschnitt. Und er lernte, was es zu lernen gab. Einen neuen Sprachcode nämlich, bei dem das Gesagte nicht unbedingt dem entsprach, was man dachte:

Man sprach von Tradition. Man sagte: „Seit Gründung im Jahr 1843 steht der Name Borkenstein als Qualitätsbegriff der Privatbank.“ Man dachte: „Die letzte Monarchie im Kapitalismus. Hier werden die Söhne qua Geburt zu Herrschern des Finanzimperiums.“

Man sprach von unternehmerischem Denken. Man sagte: „Wir sind eine Privatbank für den Unternehmer, für die unternehmerisch denkende Führungskraft und für ihre Familien.“ Man dachte: „Wir wollen nur Kunden, die viel verdienen. Denn mit einem kleinen Angestellten hat man viel Arbeit, aber wenig Umsatz.“

Man sprach von Exklusivität. Man sagte: „Wir arbeiten für Persönlichkeiten, nicht für Kontonummern.“ Man dachte: „Wir haben so wenig Kunden, dass wir sie beinahe an einer Hand abzählen können.“

Man sprach von Diskretion. Man sagte: „Als Privatbank zählt Diskretion zu unseren obersten Maximen. Gleichzeitig wollen wir dem Informationsbedürfnis der Öffentlichkeit gebührend Rechnung tragen. So viel Transparenz wie nötig, aber soviel Diskretion wie möglich – so lautet unser Grundsatz.“ Man dachte: „Wir sagen Euch nur, was wir sagen müssen, und das dann so, dass Ihr es möglichst nicht versteht.“

Man sprach von Konzentration aufs Wesentliche. Man sagte: „Wir verzichten bewusst auf Elemente des unpersönlichen, computerisierten Mengengeschäfts wie Giroverkehr.“ Man dachte: „Bei unserer technischen Ausstattung ginge das sowieso nicht. Und für die paar Kunden lohnt keine teure Software.“

Man sprach von Selbstbewusstsein. Man sagte: „Wir sind stolz darauf, dass es etwas Besonderes ist, Kunde der Borkenstein Privatbank zu sein.“ Man dachte: „Hoffentlich springen uns die wenigen letzten Kunden nicht auch noch ab, dann können wir dichtmachen.“

Ja, Ulrich begriff bald den Unterschied zwischen Gesagtem, Gemeintem und Gedachtem und verinnerlichte die hohe Kunst der eleganten Formulierung.

Außerdem begriff er, dass es nicht darum ging, irgendetwas Besonderes zu können, sondern vor allem in sich zu spüren, dass man etwas Besonderes war. Ambitioniert zum Beispiel. Kunden- und zielorientiert. Effizient, aber qualitätsbewusst. Und immer wieder erfolgreich.

Kurz: Das Intensivprogramm fruchtete. Ganz wie geplant:

„Der Erfolg der Borkenstein Privatbank hängt von sehr gut ausgebildeten Mitarbeitern ab, die mit großem persönlichem Engagement auf hohem Wissensstand selbstverantwortlich arbeiten, ihre Ideen einbringen sowie nachhaltige Lernbereitschaft und Veränderungsfähigkeit besitzen."

Niemand sonst zeigte solche Lernbereitschaft wie Ulrich, niemand sonst besaß diese Veränderungsfähigkeit. Noch Jahre später wurde Ulrich stets für seine Fähigkeit gerühmt, auf sich ändernde Umstände flexibel zu reagieren. Und also war Ulrich erneut der Musterschüler, der er sein sollte. Der perfekte Manager, der alle Eigenschaften perfekt erlernte, die er für den Erfolg und den unaufhaltbaren Aufstieg brauchte. Er eignete sich täglich besser für den Weg nach oben. Eigenschaftslos. Uneigennützig. Eigentlich nutzlos.

Was konnte er eigentlich? Die Sinnkrisen, die sich fast zwangsläufig einstellten, erschütterten Ulrich bis ins Mark. Konnte er wirklich was? Oder gehörte er zu denen, die nichts konnten, nichts wussten, nichts taugten – und trotzdem erfolgreich sein wollten?

Zum Glück gehörte zum Borkenstein-Intensivprogramm auch ein Sozial-Kompetenz-Training, und so begegnete Ulrich endlich Meingast, dem Propheten einer neuen Religion. Meingast war ausgebildeter Diplom-Psychologe und arbeitete als freier Trainer und Coach – unter anderem auch für BP.

„Wir weinen nicht, weil wir traurig sind. Wir sind traurig, weil wir weinen." Das war der erste Satz Meingasts, der Ulrich im Kopf hängen blieb. Dass sich der Zusammenhang von Gefühl und Handlung nicht nur in die eine, sondern auch in die andere Richtung denken ließ, war für Ulrich, der ja sein Gefühlsleben erst kürzlich komplett an seine Schwester Agathe delegiert hatte, ein vollkommen neuer und faszinierender Gedanke.

Ja, dachte er und folgte den Anweisungen des Trainers: Es kommen unterschiedliche Gefühle in mir auf, wenn ich die Arme verschränke und mich gekrümmt nach vorne beuge oder wenn ich die Arme in die Luft reiße und dabei auf den Fußballen trippele.

Ja, dachte er und stimmte den Ausführungen des Trainers zu: Die deutsche Sprache unterscheidet bei einem Gefühl nicht, ob es ein Zustand ist oder eine Handlung. Man sagt „Ich bin verliebt", als ob es ein Zustand wäre ähnlich zu „Ich bin ein Mensch"; aber man sagt auch „Ich habe mich verliebt", als ob es eine Handlung wäre ähnlich zu „Ich habe etwas getan", „Ich habe gegessen" oder „Ich habe mich verfahren".

„Es ist klar, dass sich ein Gefühl nicht irgendwo in der Welt, sondern im Innern eines lebenden Wesens bildet, und dass ‚Ich' es bin, der fühlt oder in der Erregung sich selbst fühlt", predigte Meingast aus der Bibel seiner Gefühlserfahrungen. „Aber die wenigsten wissen, dass wir die Gefühle selbst steuern können: Der Volksmund sagt, dass einem ein Schreck in die Glieder fährt. Genauso gut können wir aber sagen, dass auch die Glieder in den Schreck gefahren sind."

Meingast wartete in aller Ruhe ab, bis die jungen Seminarteilnehmer seinen komplizierten Gedanken gefolgt waren, um dann mit einem zweiten Bild sein erstes zu untermauern:

„Der Unterschied zwischen ‚starrem Schreck' und ‚schlotternder Angst' ist allein die körperliche Umsetzung oder besser die körperliche Voraussetzung. Es liegt allein an jedem selbst, ob er zittern oder erstarren möchte. Wir haben die Freiheit zu Gefühlen, aber die wenigsten nutzen sie aus!"

In Ulrich arbeitete jede Faser seines Gehirns. Das schien ihm phänomenal: Wenn man tatsächlich in der Lage war, über seine Gefühle selbst zu entscheiden – was hinderte einen dann am Glücklichsein? Und als wenn Meingast die Gedankengänge unseres Helden gehört hätte, sagte er:

„Was wollen Sie sein? Fröhlich? Glücklich? Erfolgreich?" Meingast schaute spannungsvoll in die Seminarrunde. „Seien Sie es einfach! Es liegt in Ihrer Hand!"

Der Prediger wäre kein echter Prediger gewesen, wenn er nicht mit einer Reihe von Wundern und Gleichnissen hätte glänzen können, die sein gerade formuliertes Gebot fundamental belegten. Meingast zog also Wort um Wort aus seiner Seminarwundertüte, blickte mit weit aufgerissen Augen einzelnen Teilnehmern tief in die Seele, berührte sie im Innersten, sprang vom Stuhl, lief erregt auf und ab, lehnte sich dann lässig wieder an die Tischkante, um schließlich mit einer abschließenden Analogie seinen Vortrag abzurunden:

„Ihre Innenwelt gleicht einer unbespielten Musikkassette. Sie können darauf einen Text aufnehmen, der sich im Hintergrund als Ihre Lebensmelodie entfaltet. Was das für Musik ist, entscheiden Sie – niemand als Sie selbst!"

Man spürte förmlich den inneren Kassettenrekorder und das Mikrofon, das sich dem Herzen entgegenstreckte. Welchen Text, welche Melodie würde man draufsprechen wollen? Die jungen Bankmitarbeiter folgten Meingasts Gedanken in die dunkelsten Gänge:

„Sie können sich ständig selbst einreden, dass Sie sich zum Beispiel nicht konzentrieren können, dass Sie diese Aufgabe nie bewältigen werden oder dass Sie ein Unglücksrabe sind."

Angewiderte Gesichter blickten auf ihren Trainer, damit er so schnell wie möglich dieses Grauen aus ihren Hirnen löschen würde: Lieber dumpfes Rauschen im Blut als dieser furchterregende Text auf der persönlichen Lebenskassette!

Meingast spannte seine Schüler auf die Folter und weidete sich am Gruselkabinett der angstbesetzten Phantasien:

„Das können Sie tun. Bespielen Sie Ihre Kassette mit negativen Gedanken. Und dann werden Sie bekommen, was Sie sich gewünscht haben: Sie werden keine Lust haben, scheitern und Misserfolg um Misserfolg einfahren."

Den Seminarteilnehmern lief ein Schauder über den Rücken. Wie schrecklich!

„Aber Sie können diese Musik auf der Kassette auch wieder löschen. Schreiben Sie sie notfalls auf ein Blatt Papier und zerreißen es dann. Das ist ein reinigendes Ritual, das uns von peinigenden Gedanken befreien kann."

Die Jung-Banker kritzelten insgeheim ein ganzes Büchlein voll und warfen es ins Gedankenfeuer. Hell loderten die Flammen auf, als Meingast seinen Zuhörern den Wind der neuen Heilslehre um die Ohren blies:

„Reden Sie sich ein, dass Ihnen die Aufgabe Spaß macht, dass sie ganz schnell erledigt ist und dass alles ein Kinderspiel ist. Auch wenn Sie im Moment nicht daran glauben. Die Kassette Ihres Unterbewusstseins wird Ihnen diese Erfolgsmelodie solange vorspielen, bis Ihnen diese Gedanken in Fleisch und Blut übergegangen sind."

Und nach einer kleinen Kunstpause legte er ein letztes Zündholz nach, um die Begeisterung der noch zaudernden Jung-Banker endgültig zum Entflammen zu bringen:

„Der Erfolg stellt sich dann ganz von selbst ein. Sie müssen ihn nur wollen und sich selbst zu—trauen." Dabei machte er eine künstliche Pause zwischen der Vorsilbe „zu" und dem Verb „trauen", so dass selbst der Langsamste in dem Kreis begriff, dass es nur eine Art Mutprobe war, glücklich und erfolgreich zu sein.

Zum Nacharbeiten gab Meingast seinen frisch gebackenen Erfolgsschülern einen „Inventurbogen“ mit, wie er ihn nannte, damit sie überprüfen konnten, ob sie den Erfolg wirklich wollten. Am nächsten Tag sollten nur diejenigen wieder zum Seminar erscheinen, die mindestens vier der Fragen mit „Ja“ beantwortet hatten. Die anderen hätten einen Tag frei.

Der Inventurbogen bestand aus sieben Fragen:

1. Hätten Sie gern mehr Erfolg? (sowohl beruflich wie privat)	Ja	Nein
2. Möchten Sie gern effizienter ans Ziel kommen?	Ja	Nein
3. Sind Sie an einer Systematik interessiert, die Ihnen das Bewältigen unbekannter Aufgaben erleichtert?	Ja	Nein
4. Möchten Sie gern so auftreten können, dass Ihr Publikum begeistert und fasziniert ist?	Ja	Nein
5. Möchten Sie gern kreativer sein?	Ja	Nein
6. Würden Sie gern, als Nebenprodukt Ihres Erfolges, besser tanzen können?	Ja	Nein
7. Möchten Sie gern in der Lage sein, Leidenschaft so intensiv und positiv zu erleben, dass Leiden im negativen Sinne des Wortes kaum noch möglich ist?	Ja	Nein

Unter dem „Inventur“-Kasten, der plakativ mit der Überschrift „Kleine Inventur“ gekennzeichnet war – wie würde erst die „Große Inventur“ aussehen? – wurde der Lagerarbeiter im staubigen Gefühlskeller freundlich in die Freiheit des Unglücks entlassen, wenn er denn unbedingt wollte:

„Übrigens: Falls Sie alle Fragen ehrlich verneinen konnten – Gratulation!“

Gratulation? Wie großzügig dieser Meingast sein konnte. Er wies den Weg zum Glück und Erfolg, aber zwang niemanden, ihn zu gehen. Beeindruckend!

Ulrich stellte sich für einen Augenblick vor, was das wohl für ein Mensch wäre, der alle Fragen negierte: Nein, ich will weder mehr Erfolg noch effizienter ans Ziel kommen! Ich will mein Publikum nicht begeistern oder faszinieren, und auch unbekannte Aufgaben nicht leichter bewältigen!

Ich hasse Kreativität. Tanzen habe ich noch nie lernen wollen. Und Leidenschaft im negativen Sinne reicht mir zum Leben völlig aus! …

Obgleich Ulrich also klug genug war, um zu erkennen, dass niemand ernsthaft auf die sieben Fragen „Nein“ antworten würde und dass hier der Leser mit Hilfe plumper Suggestionen auf den Pfad der Ja-Sagerei geführt werden sollte, sagte er: „Ja!“ – „Ja!“ – „Ja!“– „Ja!“ – Ja!“ – „Ja!“ – „Ja!“

Denn ganz gleich, ob Meingast mit simplen Rhetoriktricks arbeitete oder nicht. Wo er Recht hatte, hatte er Recht! Jeder war seines Glückes Schmied, und Ulrich würde das Eisen seines erfolgreichen Lebens schlagen, solange es noch frisch und heiß aus der Glut kam!

Es war dieser Tag, an dem Ulrich den Glauben entdeckte. Nicht den Glauben an irgendeinen Herrn Jesus, an Gott oder an ein goldenes Kalb, nein, Ulrich entdeckte den Glauben an sich selbst – und Meingast wurde sein Prophet.

*

Eine Abschweifung:

Müssen Menschen mit ihrem Körper übereinstimmen?

Am nächsten Tag saßen alle Jung-Banker wieder auf ihren Plätzen und schauten Meingast erwartungsvoll an. Freundlich lächelnd begrüßte der Prophet seine Gemeinde und dankte ihnen, dass sie sich selbst so ehrlich vor die Frage gestellt hätten, ob sie den Erfolg wollten oder nicht.

„Offenbar wollen Sie den Erfolg. Das freut mich. Und damit haben wir eine gute Grundlage, um miteinander die Straße zum Erfolg zu beschreiten.“ Damit war für Meingast der Inventurbogen erledigt. Mit keinem weiteren Wort ging er auf die „Kleine Inventur“ ein und niemals erfuhr Ulrich, ob es eine „Große Inventur“ auch gab und wie sie aussah.

Ulrich hatte gefürchtet (oder hatte er es gehofft?), dass jeder im Einzelnen erläutern musste, warum er eine Frage mit Ja oder Nein beantwortet hatte. Jetzt aber befiel ihn Erleichterung, denn genauso wie ihn zunächst überrascht hatte, dass wirklich alle wieder anwesend waren, hatte ihn die Furcht befallen, dass vermutlich alle ebenso wie er selbst zu jeder Frage „Ja" gesagt hatte. Dies wäre ihm aber als grausige Wahrheit erschienen, denn im Innersten spürte er und wollte er spüren, dass er der einzige war, der die volle Punktzahl im Bingo des Erfolgswillens erreicht hatte.

Am meisten erstaunt hatte ihn, dass auch die unsympathische Zicke auf dem Eckplatz, diese Blondine namens Clarisse, die allzu offensichtlich mit dem ebenfalls dümmlichen Kollegen Walter anbandeln wollte, wieder auf ihrem Platz saß.

Beide wirkten nicht wirklich so, als wollten sie jemals Erfolg haben. Aber selbst wenn – sie würden es nicht schaffen, dessen war sich Ulrich sicher. Niemand wollte den Erfolg so sehr wie er selbst – und es war wie im Kino: „Highlander – Es kann nur einen geben!" Ganz oben würden die Sitzplätze knapp werden. Und für die beiden war da kein Platz.

Meingast riss ihn aus den frevelhaften Gedanken. Wieder hatte der Prophet offenbar direkt ins Herz seines Jüngers geblickt und sagte passend zu Ulrichs Gedanken:

„Wie oft machen wir uns über andere lustig, verurteilen sie und denken schlecht von ihnen?"

Ulrich fühlte sich ertappt.

„Das sollten Sie nicht tun! Denn so wie wir andere Menschen behandeln – sei es tatsächlich oder nur in Gedanken –, werden wir selbst behandelt. Jeder böse Gedanke schlägt auf uns selbst zurück."

Meingasts Gemeinde schaute verunsichert auf den Propheten: Folgte jetzt etwa das Gebot der christlichen Nächstenliebe und dann womöglich das Gebot der Demut und Bescheidenheit: „Du sollst nicht begehren deines nächsten Hab und Gut"?

Aber die alles begehrenden Jung-Banker konnten sich schnell wieder entspannen: Meingast verkündete eine kapitalistische Variante von Nächstenliebe, bei der die Rendite-Kalkulation der Investition voraus ging.

„Wenn Sie sich über andere Menschen lustig machen, dann gehen Sie in der Regel auch davon aus, dass es andere Menschen mit Ihnen genauso machen. Und schon fühlen Sie sich verunsichert. Viel angenehmer und für Ihr Selbstbewusstsein wohltuend ist es, wenn Sie sich und andere Menschen mit derselben positiven Einstellung und einem liebevollen Blick betrachten. Sie werden bald spüren, dass auch Sie geliebt werden."

Statt des Imperativs „Liebe den Nächsten wie dich selbst!“ war dies nunmehr eine Art moralischer Tauschhandel mit Sonderangebotscharakter: „Zwei zum Preis von einen: Liebe und du wirst geliebt werden!“

Meingast brachte das Gebot auf die simple Formel „Ich bin okay, du bist okay“, erzählte noch die eine oder andere Geschichte und führte in kleinen Rollenspielen vor, wie leicht die Stimmung eines anderen aufzubessern war, nur indem man ihn anlachte oder freundlich behandelte.

Am Ende des Tages war es Ulrich so, als wenn Clarisse und Walter seine ältesten Freunde wären. Ja, er fand es richtiggehend okay, dass die beiden sich füreinander interessierten.

Sollten sie doch das Glück der Liebe miteinander finden und sich vom Karrierepfad nach oben abbringen lassen. Es war ja sowieso nicht Platz für alle in der Chefetage. Im Grunde war es geradezu reizend von den beiden, ihren Hormonen freien Lauf und ihm den Vortritt zu überlassen. Früher wäre er angewidert gewesen, jetzt durchströmte ihn eine Art von mitfühlendem Gönnertum, wenn er die beiden betrachtete.

Er stellte sich vor, wie sie nach der Arbeit daheim am Klavier saßen und vierhändig romantische Lieder spielten, wie Gehör, Blut, Muskeln willenlos von dem gleichen Erlebnis hingerissen wurden, wie die sich neigenden und biegenden Töne ihre Leiber in harmonische Nähe zwangen und auf den Bruchteil der Sekunde genau sich Heiterkeit, Trauer, Angst und Zorn, Lieben und Hassen, Begehren und Überdruss durch und in die beiden von Seufzern erschütterten Körper ergossen.

Aus dem Zustand der Erregung, in den Ulrich durch diese neue und phantastische Grundeinstellung geraten war und in der er nicht nur unendliche Sympathie für Clarisse und Walter empfand, sondern auch Lust bislang unbekannten Ausmaßes am eigenen Leib für sich selbst spürte, wurde er nur ungern gerissen. Aber erneut formulierte Meingast exakt die passende Antwort auf Ulrichs innerste Gedanken:

„Selbstbewusstsein braucht als Basis die Selbstakzeptanz. Nur wer sich selbst annehmen kann und zu sich selbst steht, hat Selbstbewusstsein und wirkt selbstsicher nach außen.“

Irgendjemand stellte die im Prinzip berechtigte Frage, ob das nicht ein Zirkelschluss sei, aber Meingast quittierte den Einwurf dankbar mit einem Lächeln, das mancher auch als arrogant bezeichnet hätte:

„Machen Sie sich keine Sorgen, wenn Ihnen diese Übung unmöglich erscheint. Es fällt tatsächlich sehr vielen Menschen unglaublich schwer, sich selbst etwas Nettes zu sagen oder gut zu sich selbst zu sein."

Alle Blicke richteten sich auf den Ketzer in den eigenen Reihen, der sich gerade als Schwächling der Selbstliebe geoutet hatte. Meingast sprach ihm Trost zu:

„Denken Sie immer auch an all das, was Sie gut können. Sie sind in Ihrer Art einzigartig und es ist gut, dass es Sie gibt."

Dann drehte sich Meingast wieder den anderen zu:

„Sich selbst zu mögen, ist eine Grundvoraussetzung für ein zufriedenes und glückliches Leben. Und mehr noch – sich selbst zu lieben, ist die Basis dafür, auch andere lieben zu können."

Ulrich, der die Absolution für seine erregten Gedanken dankbar entgegennahm, lauschte erwartungsvoll der nun folgenden Hausaufgabe:

„Selbstannahme können Sie im Alltag üben und praktizieren. Setzen Sie sich vor einen Spiegel, in dem Sie sich gut sehen können. Schauen Sie sich selbst in die Augen und sagen Sie sich ‚Du bist ein wundervoller und wertvoller Mensch – ich mag Dich.' Und Sie werden spüren, wie die Liebe zu sich selbst Ihren gesamten Körper durchflutet."

Gleich am selben Abend saß Ulrich im Badezimmer auf dem kalten Fußboden und erlebte, was ihm der Prophet geweissagt hatte. Mit Blick in den Spiegel sprach er die gepredigten Worte und – voll erneuter Liebe für das Klavier spielende Paar Clarisse und Walter – durchströmte ihn das wunderbare Gefühl der positiven Leidenschaft für den Nächsten und sich selbst: Ja, er würde schaffen, was er sich vorgenommen hatte. Er würde im Steilflug nach oben steigen. Nach ganz oben. Auf den Höhepunkt von Macht und Erfolg.

Zuckend ergoss er den Saft der Selbstakzeptanz auf den Badvorleger und ging auf wundersame Weise entspannt wie nie zuvor zu Bett.

Den dritten Trainingstag mit Meingast begann Ulrich mit einem beseelten Lächeln. So nah war er der Glückseligkeit noch nie zuvor gewesen, und Meingast würde ihm den Weg ins Karriere-Paradies weisen. Das war so sicher wie das Amen in der Kirche.

Meingast kam zum liturgischen Schlussteil seines Gottesdienstes, indem er den Baby-Beppos noch Tipps für den steinigen Weg ins Reich von ewigem Reichtum und unendlicher Allmächtigkeit gab.

„Bauen Sie sich eine Erfolgsspirale! Wenn Sie positiv und selbstbewusst wirken, baut das positive Feedback anderer Menschen Ihr Selbstbewusstsein weiter auf."

Meingast hob beschwörend die Hände: „Arbeiten Sie an Ihrer Ausstrahlung!"

In aller Ruhe erklärte er der Reihe nach, welche Faktoren hierbei zu berücksichtigen waren:

„Körpersprache: Achten Sie ab sofort auf die Körpersprache anderer Menschen und auch auf Ihre eigene. Welche Haltung, Mimik und Gestik wirkt offen und positiv, welche unsicher und verschlossen?"

Ulrich drückte das Kreuz durch, setzte sich aufrecht und lächelte seinen neuen Herzensfreunden Clarisse und Walter freundlich zu. Sie begegnetem seinem Blick mit wohlwollendem Nicken.

„Sprache: Verschaffen Sie sich mit einer wohlklingenden und kräftigen Stimme Gehör. Das gibt Ihnen Sicherheit. Ihre Stimme können Sie mit Hilfe eines Logopäden oder innerhalb eines guten Rhetorikkurses trainieren."

Ulrich räusperte sich, erinnerte sich an peinigende Auftritte in der Schulkantorei und beschloss, einen Rhetorikkurs zu besuchen.

„Kleidung, Frisur und Äußeres: Tragen Sie das, worin Sie sich wohl fühlen. Wählen Sie Kleidung und eine Frisur, die Ihren Typ unterstreicht. Passen Sie sich Ihrem Umfeld nur insoweit an, dass es nicht vollkommen unpassend ist."

Ulrich überlegte, was das konkret bedeutete. Was war er für ein Typ? Jung, dynamisch, erfolgreich – das stand fest. Aber wie kleidete sich so jemand insoweit passend, dass es nicht vollkommen unpassend war? Die Gratwanderung zwischen Konformität und Originalität schien ihm im höchsten Maße schwierig und gefährlich. Er beschloss, sich bei einem professionellen Typberater neu einkleiden zu lassen. Dort bekäme er sicher auch einen Tipp, was die Frisur anging.

Meingast war am Ende angekommen. Er griff ein letztes Mal in seine Wundertüte der Lebensweisheiten und sprach den Schlusssegen:

„Entscheidend ist, dass Sie sich so annehmen, wie Sie sind. Dann können Sie damit starten, sich zu verbessern, damit Sie so auftreten können, wie Sie sich das wünschen."

*

Wirf alles, was du hast ins Feuer, bis zu den Schuhen

In den folgenden Wochen vollzog der Musterschüler Ulrich allabendlich die Spiegelübung der Selbstakzeptanz und spürte, wie dabei auch seine Zuneigung zu Clarisse und Walter Tag für Tag wuchs.

Der Besuch beim Typberater kostete ihn in Folge mehr als ein Monatsgehalt, im Kleiderschrank fanden sich nunmehr zahlreiche Variationen von dezent modischen, aber seinem Typ angemessenen dunkelblauen Herrenanzügen. Er erfuhr, dass er nicht nur jung, dynamisch und erfolgreich, sondern auch ein „Sommertyp" war und ihm die Farbe Blau ausgesprochen gut zu Gesicht stand.

Auch der Rhetorikkurs brachte ihn auf die Spur seiner selbst. Die Videoaufnahme seines Spontanvortrages und das Feedback der anderen Teilnehmer zeigten ihm, dass er lernen musste, seine Nervosität in den Griff zu bekommen.

„Lassen Sie sich selbst freien Lauf!", hatte der Rhetoriklehrer ihn aufgefordert und ihm anschließend erklärt, was er damit meinte: Langsamer sprechen, mehr Modulation in die Stimme, mehr Gestik, mehr Mimik – Ulrich spürte, dass er in Wahrheit ein brillanter Redner wäre, wenn er es nur zuließe. Also übte er nicht nur die Selbstakzeptanz vor dem Badezimmerspiegel, sondern auch das freie Reden – und mit der Zeit wurde er immer mehr er selbst: sprach langsam, modulierte in der Stimme, gestikulierte mehr und auch seine Mimik unterstrich immer häufiger, was er sagte.

Jetzt, wo Ulrich endlich so war, wie er war, wollte er daran arbeiten zu werden, was er sein wollte. Er erinnerte sich an das Versprechen, das ihm die Borkenstein Privatbank zu Beginn des Intensivtrainings gemacht hatte:

„Durch das Coaching eines erfahrenen Mitarbeiters richten wir unser Augenmerk auf Ihre individuellen Stärken und Schwächen. "

Coaching eines erfahrenen Mitarbeiters, das bedeutete für Ulrich: Graf Leinsdorf. Den würde er nunmehr bitten, ihm offenes Feedback zu geben: Was waren Ulrichs Schwächen? Das würde er ihn ganz direkt fragen. Und der Graf würde ihm – ganz wie es seine Art war – eine relativ ehrliche Antwort geben. Die Ulrich jedoch zunächst nicht verstand.

„Wie – eine Brille?“ Ulrich schüttelte irritiert den Kopf. „Aber ich brauche doch gar keine Brille!“

„Doch“, widersprach Graf Leinsdorf. „Sie brauchen eine Brille. Vielleicht nicht, um zu sehen, was vor Ihnen liegt, aber um zu sehen, was vor Ihnen liegen könnte!“

„Ach so, Sie sprechen in Metaphern“, erkannte Ulrich und blickte den Graf fragend an: „Wofür wollen Sie mir die Augen öffnen?“

„Dank Ihrer bemerkenswerten Intelligenz fällt es Ihnen leichter, Sätze im übertragenen Sinne zu verstehen als im eigentlichen, nicht wahr?“ Graf Leinsdorf verhüllte in seinem österreichischem Dialekt und eleganten Formulierungen, was der Volksmund direkt und unvermittelt mit etwa den Worten ausgedrückt hätte: „Ich meine, was ich sage. Hör doch einfach zu!“

Aber da Graf Leinsdorf nie meinte, was er sagte, beziehungsweise nie sagte, was er meinte, verpackte er in einem Kompliment, was eigentlich eine Kritik war.

Ulrich hörte das Lob, aber spürte den Vorwurf – und als Musterschüler, der er war, motivierte ihn genau diese Ambivalenz der gräflichen Worte zu noch mehr Anstrengung. Seine nächste Frage sollte seine gepriesene Intelligenz unter Beweis stellen, aber zugleich den Eindruck korrigieren, er habe jemals irgendetwas falsch verstanden. Nein, Fehler sollte es in Ulrichs Leben keine geben! Nach kurzem Nachdenken fand er eine Formulierung, die die metaphorische und die eigentliche Bedeutungsebene des Dialogs geschickt miteinander verknüpfte:

„Welche Zukunftsaussichten hätte ich denn mit einer Brille auf der Nase?“

Graf Leinsdorf lächelte. Er hatte verstanden. Erneut formulierte er ein kritisierendes Kompliment als Antwort:

„Nun, mit Ihrer Intelligenz und Schlagfertigkeit haben Sie große Chancen, in diesem Unternehmen nach ganz oben aufzusteigen. Erst recht mit internationalen Erfahrungen im Rücken. Diese Intelligenz sollte man Ihnen ansehen, genauso wie man Ihnen Ihr kosmopolitisches Denken anmerken sollte.“

Der Graf sprach in Rätseln. Doch da Ulrich inzwischen das Prinzip der sprachlichen Täuschungsmanöver kannte, wusste er, dass er nur Lob und Kritik in einem speziellen Hör-Sieb voneinander trennen musste, um zu verstehen, was Leinsdorf ihm wirklich sagen wollte. Eifrig sortierte das

Finanz-Aschenputtel die Verbal-Erbsen aus der Asche des Mentoren – die guten ins Töpfchen, die schlechten ins Kröpfchen. Dabei arbeitete sein Hirn auf Hochtouren. Wenn er keine Antwort fände, wäre alles vergebens. Er hätte keine Kleider und er könnte den Wohlstandswalzer der Schönen und Reichen nicht mittanzen, man müsste sich seiner schämen. Wo stand bloß der Haselnussbaum, zu dem er treten und rufen würde: „Bäumchen, rüttel dich und schüttel dich, wirf Gold und Silber über mich."

Dann endlich begriff er: Wenn er auf der Hochzeit der Wirtschaftskönige mittanzen wollte, dann musste man ihm nicht nur – durch die Brille – seine Intelligenz ansehen, die ihm der Graf offenbar attestierte, sondern er musste auch Auslandserfahrungen vorweisen können, die ihm bislang fehlten und was der Graf offenbar bemängelte. Der Haselnussbaum stand in den Borkenstein-Niederlassungen in London, Singapur und New York. Gleich morgen würde er sich um Versetzung bemühen.

7

Moosbrugger

Haus und Wohnung des Managers ohne Eigenschaften

Als Ulrich im Frühjahr 1987 seine neue Stelle als Assistent der Geschäftsführung beim Londoner Borkenstein-Ableger „BP & Cie. Securities (U.K.)“ antrat, war er stolzer Besitzer einer randlosen Metallbrille – natürlich mit Fensterglas, aber das wusste ja niemand. Die Brille hatte sich für Ulrich schnell als ein wertvolles Rhetorik-Accessoire entpuppt, mit dem er sein Gestik-Repertoire um ein Vielfaches erweitern konnte. Außerdem wurde er dank der Brille – und den ersten Anzeichen von Geheimratsecken des allmählich schütter werdenden Haares – nunmehr von Fremden nicht mehr auf „Mitte 20“ – „Was studieren Sie denn?“ – geschätzt, sondern auf „Mitte 30“ – „Und wo arbeiten Sie?“

Diese plötzliche Reifung genoss Ulrich sehr, denn sie bestätigte, was er – in Analogie zu Gottfried Kellers „Kleider machen Leute“ – in der modernen Variante von Graf Leinsdorf gelernt hatte: „Blendwerk macht erfolgreich“.

Von der Stadt London sah Ulrich so gut wie gar nichts, obwohl er zwei Jahre dort lebte. Die meiste Zeit verbrachte er im 14. Stock des „Tower 42“ in der City of London, einem 183 Meter hohen Gebäude mit insgesamt 43 Etagen. Es war das höchste Gebäude der Stadt, und wenn es nicht einer der unteren Stockwerke gewesen wäre, in denen Ulrich den Fahrstuhl verließ, hätte er sich schon jetzt am Gipfel seines Aufstiegs geglaubt.

Das Gebäude war großartig. Voller Ehrfurcht schaute er jeden Morgen die glitzernde Fassade empor, bevor er durch das eherne Stahlgerippe von Eingangsportal schritt – ja, egal wie müde er war, sobald er das Gebäude erreichte, ging er nicht mehr, sondern schritt wie eine Durchlaucht von Borkensteins Gnaden. Glitzernd reflektierten die Fenster und Stahlstreben das Sonnenlicht. Bei klarem Wetter wirkte der Turm wie ein Silberpokal, der sich selbstbewusst dem Himmel emporstreckte.

Nachts, wenn Ulrich mit der U-Bahn in sein von BP in schlichtem, zeitlosem Standard möbliertes Ein-Zimmer-Appartement fuhr, überragte der Turm durch die automatische Lichtregulierung wie ein gigantischer, mit Lametta und Kerzen geschmückter Christbaum die umstehenden Hochhäuser. Ulrich war stolz, dass er hier arbeiten durfte.

Wenige hundert Meter entfernt lag die Bank of England, das Mekka der Moneymedaner, das Jerusalem der Peanuts-Pilger. Ulrich schauderte bei der Vorstellung, dass die meisten der Männer, die mit ihm morgens aus der U-Bahn traten, zu dem internationalen Fußballteam gehörten, das Tag für Tag den Milliarden-Dollar-Ball ins Tor zu schießen versuchte. Schreiend und brüllend wie im Stadion drängten sich Hunderte von Brokern in bunten, knallig-roten, -grünen, -gelben Jackets auf dem Parkett der Terminbörse. Immer nur wurde gebrüllt, immer nur hampelten die schreienden Männer mit erhobenen Armen herum, spreizten zwei oder drei Finger ab, ballten die Faust, tippten mit dem Finger an die Stirn – endlos. Das Gebrüll war unerträglich, und niemals fiel ein Tor. Statt dessen gab es auf großen Tafeln die minütlich ermittelte Rangliste der Börsen-Bundesliga. Order-Zettel flogen wie Konfetti durch die Luft. Es war wie ein Karneval der Geld-Kavaliere, nur dass hier mit einer einzigen Handbewegung nicht Bonbons, sondern Bonds unters Volk geworfen wurden, Futures, Optionen oder Arbitrages in einem Wert von 259 Milliarden Dollar – täglich.

Wenn Ulrich morgens um 6.30 Uhr an der Liverpool Street Station aus der U-Bahn stieg, dann badete er in diesem Abglanz des Geldes. Er spürte die Hitze der Geldgier, die giftigen Dämpfe der Finanz-Dienstleister, die sich in dem Lava-artigen Strom aus schwarzen und grauen Trenchcoats glitzernd und glühend über die City of London ergossen. Auf weniger als einer Quadratmeile ballten sich über 500 Banken, fast 200 Anlagefirmen und Büros, in denen die Bücher etwa 1,5 Billionen Dollar Kredite enthielten. Es war ein wunderbares Gefühl, inmitten von so viel Geld seine wertvolle Lebenszeit zu verbringen, die andere im Kino, beim Sonnenbaden oder mit anderen Nichtigkeiten verplemperten.

Aber eigentlich und bei Licht betrachtet waren die zwei Jahre, die Ulrich in London verbrachte, die Hölle. So herrlich das Gebäude sein mochte, seine Arbeit war es nicht.

Als Assistent der Geschäftsführung hatte er die Drecksarbeit seines Chefs, des Londoner „Ober-Beppos", zu erledigen: Protokolle schreiben, Termine vorbereiten, Akten nach brauchbarem Zahlenmaterial durchforsten, Daten zusammentragen, die sein Chef dann – ohne ihn – vor Geschäftspartnern präsentierte, und immer auf Abruf bereitstehen.

Er war eine Stunde da, bevor sein Chef das Büro betrat, um den Tag vorzubereiten. Er ging eine Stunde, nachdem sein Chef das Büro verließ, um den Tag nachzubereiten. Er war der Buhmann, wenn irgendetwas schief lief. Er war der Sündenbock, wenn sein Chef irgendeinen Fehler machte. Er war der Punchingball, wenn sein Chef seine Aggressionen loswerden musste. Er war der Kofferträger, wenn der Chef beim Kundenbesuch Verstärkung brauchte, der Privatsekretär, wenn der Chef zum Geburtstag seiner Frau ein Geschenk benötigte, und der Chauffeur, wenn sein Chef in einer Bar einen Cocktail zu viel getrunken hatte.

Der „Ober-Beppo" zeichnete sich ansonsten dadurch aus, dass er der neuen Managementtheorie des „Minuten-Managers" anhing, die darin bestand, dass man mit jedem seiner Mitarbeiter eine Minute am Tag sprach. Der Chef setzte das konsequent um: Er sprach mit jedem Mitarbeiter eine Minute – nicht weniger, aber eben auch nicht mehr. Bei 58 Mitarbeitern, die die Londoner Borkenstein-Filiale zählte, bedeutete das 58 Minuten Gespräche – den Rest seiner Arbeitszeit verbrachte der Chef hinter der verschlossenen Bürotür.

Das Minuten-Management war gewissermaßen die konsequente Fortführung des Management-by-Objectives, denn nach Ansicht von Kenneth Blanchardt, dem Erfinder des Minuten-Managements und auch nach Ansicht von Ulrichs Chefs reichte eine Minute für eine effizientes Zielsetzungs- oder Feedback-Gespräch völlig aus: Es gab das 1-Minuten-Ziel, das 1-Minuten-Lob und die 1-Minuten-Kritik. Alles andere war „überflüssiges Gequatsche", fand jedenfalls der Londoner Ober-Beppo.

Damit niemand der Versuchung nachgab zu fragen, was er den ganzen Tag hinter der verschlossenen Tür eigentlich machte, erklärte der Ober-Beppo bei jeder Weihnachtsfeier wieder, was er bei seinem Guru Blanchardt in den USA gelernt hatte:

„Leider wird dem Denken oft ein zu geringer Stellenwert beigemessen. Auf vielen Schreibtischen in Amerika steht der Spruch: ‚Sitz nicht einfach nur da – tue etwas.' Ich würde den Satz umdrehen: ‚Tue nicht einfach etwas – sitz nur da.' Wir müssen uns gezielt Zeit reservieren, um Dinge zu durchdenken und dann eine Strategie und einen Plan zu entwerfen, an dem wir auch festhalten."

Und damit niemand auf falsche Gedanken kam, schob er dann immer sehr schnell nach:

„Das gilt selbstverständlich nur für die Führungskräfte!"

Und falls doch irgendeiner der Mitarbeiter wenigstens nach ausführlicheren Informationen zu fragen wagte, donnerte er: „Wir werden hier nicht fürs Reden bezahlt, sondern fürs Arbeiten!"

Lesson learned. Ulrich hielt still und durch.

Ulrich wartete – innerlich aufs Äußerste gespannt – auf den Moment, in dem er seinen Chef überholen würde. London und der 14. Stock im Tower 42 war nur eine Zwischenstation auf dem Weg nach ganz oben. Hier würde er nur solange bleiben, bis er mit genug Zeit im Rücken seinen leicht britischen Akzent plausibel erklären könnte. Den gewöhnte er sich zügig an, ebenso wie zahlreiche englische Ausdrücke, durch die er bereits jetzt etwas manieriert seine Telefon-Gespräche mit seinen Kollegen in Deutschland würzte.

Niemand sollte sein kosmopolitisches Denken anzweifeln! Er würde eines Tages der Mann von Welt sein, dem nur wenige auf Augenhöhe durch die randlosen Brillengläser gucken könnten!

So egal wie im London und die britische Lebensart im Prinzip waren, so gleichgültig waren ihm eigentlich auch Nelson Mandela und die südafrikanische Anti-Apartheidsbewegung. Doch als Ulrich erfuhr, dass ganz Europa gebannt nach London schaute, weil dort im Wembley-Stadion zur Feier des 70. Geburtstags ein Benefiz-Konzert für den berühmtesten Häftling der Welt stattfinden würde, bemühte er sich um eine Eintrittskarte zu dem Rockkonzert – koste es, was es wolle. So kam es, dass er am 11. Juni 1988 zwischen Tausenden von musikbegeisterten Zuschauern im Londoner Fußballstadion saß und das Programm bis zum Ende verfolgte, als Eric Clapton mit den Dire Straits „Brothers in Arms" spielte.

Musik bedeutete Ulrichs eigentlich nichts, obgleich er irgendwann einsah, dass man damit eine Menge Geld verdienen könnte, wenn man die richtigen Titel (also radio-tauglich) mit den richtigen Bands (also postertauglich) an die richtigen Kunden (also fanclub-tauglich) verkaufte.

Die politische Dimension des Konzerts war ihm ebenfalls nicht bewusst, und zum Glück verstanden die wenigstens, die sich als Teil eines übermächtigen Weltgewissens für die Freilassung des schwarzen Bürgerrechtlers engagierten, dass es hier in gewisser Weise auch um einen Kampf gegen die kapitalistische Gesellschaftsform ging.

Deswegen war es in all den Jahren von Ulrichs Aufstieg auch kein Hindernis, wenn er über die profunde Erfahrung von internationaler Solidarität für die Menschenwürde berichtete, wie sie ihm damals im Wembley-Stadion zuteil geworden sei. In der Regel wurde er lediglich beneidet, dass er dieses historische Konzert live miterlebt hatte und nicht wie zwanzig Millionen andere nur via TV.

*

Moosbrugger

Ansonsten nahm Ulrich aus London nur sehr wenig Wissen mit: Wenn die Rede auf seine Zeit in UK kam, ließ er in den Smalltalk immer nur belangloses Zahlengeplauder einfließen. Zum Beispiel, dass London über sieben Millionen Einwohner hatte und nochmal elf Millionen in der Umgebung lebten, dass die Stadt sich über 1.500 Quadratkilometer erstreckte und etwa 1.100 Hochhäuser in ihr standen.

Und auch von den Menschen, die Ulrich in London kennen lernte, blieb niemand übrig, fast niemand außer einem: Moosbrugger, jener berühmt-berüchtigte Börsianer, der wenige Jahre später Prinz Charles und Lady Diana aus den Schlagzeilen der Boulevardpresse verdrängen sollte.

Ulrich und Moosbrugger waren keine Freunde, aber doch hatten sie – so wenig sie auch sonst gemeinsam hatten – eines gemeinsam: ein Geheimnis.

Seine Karriere als Banker hatte Moosbrugger erst wenige Jahre zuvor begonnen. Er stammte aus einfachen Verhältnissen, sein Vater war Stuckateur und alle seine Schulkameraden hatten den von den Eltern vorgezeichneten Weg eingeschlagen und arbeiteten als Maurer, Verkäufer oder Handwerker. Nur Moosbrugger war es gelungen, nach dem Schulabschluss – und durch den mutigen Wechsel von Deutschland nach England – bei Coutts & Company einen Job zu bekommen, dem Bankhaus, das auch die Konten des Königshauses verwaltete.

Da auf diese Weise der Stallgeruch des Adels an ihm haftete, wurde er ohne viel Federlesens auch ohne Hochschulabschluss bei der elitär denkenden Borkenstein Privatbank aufgenommen, als er sich nach zwei Jahren, in denen er nur Schecks gezählt und gebündelt hatte, nach beruflichen Alternativen umblickte. Bei BP erhielt er eine Ausbildung in der Abwicklungsabteilung für Future- und Optionsgeschäfte in London.

In dieser Zeit lernten sich Ulrich und Moosbrugger kennen. Sie waren grundverschieden, verschiedener konnte man kaum sein. Zwar träumten beide von Karriere und Reichtum, aber im Unterschied zu Ulrich wusste Moosbrugger, was er mit dem vielen Geld anstellen würde. Schon damals gab er häufig mehr aus, als er besaß – denn wenn er am Wochenende aus der dunkelgrauen City of London nach Watford in den Nordwesten Londons zu seinen Freunden fuhr, dann war er mit seinem Jahreseinkommen von 20.000 Pfund der einzige, der sich als knapp Zwanzigjähriger schon eine eigene Wohnung leisten konnte. Von dort aus zog er mit seiner Clique am Wochenende durch die Kneipen und Diskotheken und ließ die Sau raus. Besäufnisse, Orgien, Spritztouren über Land – das war sein eigentliches Metier.

Gelegentlich prahlte er von wilden Abenteuern, erzählte zum Beispiel wie er und seine Freunde sich nach dem Besuch eines Fußballspiels in einer Disco splitternackt ausgezogen hätten, als wäre es die normalste Sache der Welt. Sein Freund Steve hatte zudem die Angewohnheit sich von hinten an Mädchen heranzupirschen, seinen Schwanz aus der Hose zu holen und ihn sanft einer von ihnen in die Hand zu drücken. Solche Abenteuer endeten oft in Schlägereien, und so manche zertrümmerte Kneipeneinrichtung ging auf Moosbruggers Konto. Doch der lachte nur darüber.

Unter der Woche gab sich der wilde Jungspund zivil und träumte davon, eines Tages die bunte Uniform eines Börsensoldaten tragen und mit Gebrüll in die Wertpapier-Schlacht ziehen zu können. Aus seinem Blitzkrieg würde er Schätze und Trophäen nach Hause bringen, die er am Wochenende dann doppelt und dreifach in Partys verpulvern würde. Doch diesen Traum sollte er sich verderben – jedenfalls bei der Borkenstein Privatbank.

Es hatte eines Tages der Londoner Ober-Beppo auf einer Geschäftsreise in der britischen Provinz unerwartet Zwischenstation gemacht: Plötzlich fuhr er den Wagen, in dem Moosbrugger und Ulrich auf der Rückbank saßen, in einen dunklen Hinterhof und grinste seine beiden Mitarbeiter an: „Lust auf Poppen?"

Sie standen auf dem Parkplatz eines Bordells. Doch während Moosbrugger die gönnerhafte Einladung selbstverständlich annahm, lehnte Ulrich sie dankend ab – er würde sich eines Tages bei anderen Arten von Höhepunkten eine andere Art von Befriedigung holen.

Tapfer ertrug er die hämischen Macho-Blicke: Mochte man ihn für prüde und verklemmt halten, er war nicht der Typ für einen schnellen Bordellbesuch zwischendurch. Man verzieh ihm, schließlich trug er eine Brille. Die polierte Ulrich die folgenden anderthalb Stunden, in denen er im Auto auf die beiden anderen wartete, um sie dann – schließlich war er der einzige, der keinen Alkohol getrunken hatte – ins Hotel zu chauffieren.

Die Verbrüderung zwischen dem Ober-Beppo und Moosbrugger,die sich durch den gekauften Ko-Koitus einstellte, hatte jedoch für Moosbrugger unerwartet negative Konsequenzen. Denn der BP-Chef bereute in den darauffolgenden Wochen seine Großzügigkeit und Offenheit gegenüber den Mitarbeitern und versuchte, sich beider zu entledigen. Immerhin war er ja nunmehr durch das peinliche kleine Geheimnis, das sie teilten, in höchstem Maße erpressbar.

Offenbar fürchtete er Moosbrugger mit seinem angeberischen Großmaul mehr als Ulrich in seiner verbissenen Verschwiegenheit. Jedenfalls dauerte es nicht lange und Moosbrugger – mittels substanzloser Leerarbeiten und durch wiederholte bösartige Sticheleien vom Chef gemobbt – sah ein, dass er bei Borkenstein keine weiteren Aufstiegschancen mehr hatte.

Er rief einen Headhunter an und zwei Monate später wechselte er zu einer kleinen, aber feinen Bank. Im Juli 1989 begann er bei der ältesten Merchantbank der Welt – bei „Herings“ – in Singapur als Abwicklungsexperte für den Future- und Optionshandel. Herings hatte dort einen Sitz an der Singapore International Monetary Exchange – kurz Simex – erworben, aber nie genutzt. Die rund siebzig asiatischen Herings-Mitarbeiter vergaben Kredite, handelten mit Aktien, analysierten die regionalen Märkte und verwalteten Fonds – aber von Futures verstand keiner von ihnen etwas. Das sollte sich ändern.

*

Moosbrugger tanzt

Moosbrugger hatte nun die verantwortungsvolle und chancenreiche Aufgabe, den Börsensitz in Singapur zu aktivieren. Zusammen mit jungen einheimischen Händlern beobachte er den Nikkei-225-Index, der sich ähnlich wie der Dow-Jones-Index an der Wall Street aus den Kursveränderungen der wichtigsten Aktien errechnete, nur eben nicht aus den amerikanischen, sondern aus den japanischen Aktien.

Die Arbeit Moosbruggers war im Grunde relativ einfach. Sein Kollege Fernando in Tokio beobachtete die Entwicklung der Kurse in Osaka, dem Zentrum für den Handel mit Nikkei-Futures. Währenddessen beobachtete Moosbrugger in Singapur die verschiedenen lokalen Märkte. Sie waren telefonisch über eine Standleitung miteinander verbunden und gaben sich fortlaufend die verschiedenen Kursstände durch. Sobald eine Differenz auftrat, kauften sie am einen und verkauften sogleich wieder am anderen Handelsplatz.

Das Geld war auf diese Weise schnell verdient. Die Kurse durften sich nur während des eigentlichen Geschäftsvorganges nicht verändern: Informationen austauschen, dem lizenzierten Händler die entsprechende Order durchgeben plus die Zeit, die wiederum der Händler brauchte, um die Order umzusetzen. Es ging um Sekunden. Wenn alles glatt ging, hatte man innerhalb von kürzester Zeit Futures gekauft, wieder verkauft und zwischendrin einen Gewinn von ein paar tausend Dollar eingestrichen. Blitzschnell verdientes Geld.

Moosbrugger schloss am Anfang etwa 4.000 Kontrakte täglich, das waren zwischen der Eröffnung der Börse um acht Uhr morgens und dem Gong, der um Viertel nach zwei den Börsenschluss einläutete, im Schnitt zehn Kontrakte pro Minute. Nach kurzer Zeit hatte er sich mit seinem Kollegen Fernando so gut eingespielt, dass sie etwa 20.000 Kontrakte täglich abschlossen – fünfzig pro Minute, fast jede Sekunde einer.

Das Risiko, dass etwas schief gehen könnte, war gering, solange die beiden schnell agierten. Allerdings war denkbar, dass ein anderer Händler genau das Gleiche vorhatte und einen Bruchteil der Sekunde schneller war. Dann änderten sich die Kurse, Moosbrugger und Fernando kauften zu anderen Bedingungen als geplant und schlimmstenfalls mussten sie sogar einen Verlust einstreichen. Blitzschnell verlorenes Geld.

In diesem bizarren Handelsgewitter vereinten sich die Blitze der schnellen Geschäfte mit dem donnernden, ohrenbetäubenden Gebrüll der Händler, die in ihren bunten Jacketts in allen Farben des Regenbogens irgendwann, wenn der Tag sich dem Ende neigte, erschöpft einen Regen von Orderzettel niederprasseln ließen.

Moosbrugger genoss diese geldschwüle Atmosphäre in der Börse der immer heißen und schwülen Weltstadt. Sein Erfolg machte ihn schon nach einem Jahr zum heiß-begehrtesten Mitarbeiter der Herings-Bank. In der Weihnachtsfeier im heimischen London wurde auf die Niederlassung in Singapur verwiesen, die einen Gewinn von fast fünfzig Millionen Dollar gemacht hatte – das war etwa die Hälfte des Herings-Gesamtgewinns. Moosbrugger war der aufgehende Stern am Herings-Himmel und hatte sich dadurch auf der Weihnachtsfeier einen Extra-Applaus verdient.

Die Begeisterung in der heimischen Zentrale rührte auch daher, dass man sich dort weniger für die einzelnen Geschäftsvorgänge interessierte als dafür, was auf dem Gewinn-und-Verlust-Konto unter dem Strich übrig blieb. Denn von dem Profit der Firma hing unmittelbar ein Großteil der Gehälter ab. Bei Herings hatte man nämlich – die konsequente Umsetzung von in Wirtschaftsbüchern theoretisch erfolgreich durchgerechneten Mitarbeiterbeteiligungsmodellen – ein komplexes Prämiensystem eingeführt, das dazu führte, dass die Hälfte des Jahresgewinns als Bonuszahlung an die Angestellten ausgeschüttet wurde. Da das Verhältnis zwischen Fixum und Bonus, je höher man die Karriereleiter aufstieg, immer weiter auseinander klaffte und Direktoren zum Beispiel fast 75 Prozent ihres Gehaltes erfolgsabhängig bekamen, galt ihr Augenmerk ausschließlich dem reinen Gewinn.

Dank dieses Gewinnstrebens wurde Moosbrugger schnell der Liebling aller Direktoren. Er verdiente ihr Gehalt. Da fragte keiner, wie er das eigentlich machte. Doch wer Moosbrugger kannte, hätte sich denken können, dass diese sagenhaften Ergebnisse, die er da ablieferte, nicht mit rechten Dingen entstehen konnten. Doch das wollte von denen, die davon profitierten, lieber niemand wissen.

*

Ulrich wird durch den General von allem unterrichtet, was er versäumt hat

Einer jedoch beobachtete das ahnungsvoll und bald auch wissend aus nicht allzu großer Ferne: Ulrich. Er hatte das Glück gehabt, dass er von seinem Londoner Chef nicht gemobbt, sondern weggelobt worden war, und war im selben Sommer zufällig ebenfalls in Singapur gelandet. Er war zum „VicePresident & Generalbevollmächtigten Singapore“ ernannt worden, das heißt, er leitete die BP-Asien-Niederlassung. Was allerdings besser klang, als es war:

In den Borkenstein-Hochglanzbroschüren war immer von innovativen Geschäftsmethoden, ihren beispiellosen Erfahrungen und ihrem wertvollen Kundenbestand in Fernost die Rede gewesen. Als Ulrich im Oktober 1989 in Singapur an der BP-Adresse in der Temasek Avenue ankam, fand er im 48. Stock des Temasek Towers noch nicht mal ein ordentliches Büro vor. Die Borkenstein-Filiale war eine höhere Form von Briefkastenfirma: Man hatte einfach einen Lagerraum angemietet, indem sich ein heilloses Durcheinander von Papieren und Akten gesammelt hatte, verwaltet von einer jungen Bürofachkraft, die überhaupt nicht verstand, was sie da eigentlich vor sich hatte.

BP hatte in Singapur für seine Kunden relativ viele Aktienzertifikate gekauft, aber sie aufgrund der ungeordneten Verhältnisse nicht an die Kunden weiterleiten können. Das heißt: Man hatte im Auftrag der Kunden bereits Geld investiert, aber dem Kunden im Gegenzug noch kein Geld abknöpfen können, weil man die bestellte Ware gar nicht ausliefern konnte. Mit anderen Worten: Der ungeordnete Papiermüllhaufen, der so aussah, als könne man daraus maximal ein Osterfeuer entzünden, war umgerechnet etwa hundert Millionen Dollar wert.

Die nächsten Monate saß der zum VicePresident beförderte Ulrich wie ein Schulbub vor seiner Strafarbeit – und forstete in dem stickigen, fensterlosen Raum die meterhohen Wertpapierstapel Blatt um Blatt durch. Er fand heraus, welcher Kunde welche Aktie geordert hatte, suchte das entsprechende Zertifikat heraus und fuhr dann zum Kunden, um bei ihm das Geschäft endlich abzuschließen und das Geld einzusammeln.

Während draußen über dreißig Grad Hitze und eine Luftfeuchtigkeit von achtzig Prozent herrschten, beherrschte Ulrich sich selbst, blieb cool und wartete auf den Tag, wo sich die Tortur gelohnt haben würde. Im heißen Schmelztiegel der asiatischen Kulturen verpasste er sogar das Ende des Kalten Krieges in Europa. Abgeschnitten vom Rest der Welt erfuhr Ulrich nur zeitverzögert von der Öffnung der Grenzen zwischen Ost- und Westeuropa.

Vielleicht war er deshalb so sehr von jenem denkbar merkwürdigen Anruf überrascht, der ihn am 15. November 1989 in seinem Appartement in Singapur erreichte:

„Ulrich, sind Sie es?", hörte er eine Stimme ins Telefon rufen, die ihn irgendwie an ganz alte Zeiten erinnerte. „Wie gut, dass ich Sie erreiche. Ich habe Sie überall gesucht. Wo stecken Sie denn bloß? Halten Sie sich bereit. Es kann sein, dass wir Sie hier ganz bald brauchen, Mann!"

Immer noch grübelte Ulrich, wer ihm da derart dringlich ins Ohr brüllte, als es ihm beim nächsten Satz siedend heiß einfiel:

„Die Russen kommen! Jetzt ist es soweit. Sie kommen, aber ganz anders als erwartet", brüllte Stumm von Bordwehr aufgeregt ins Telefon. „Die haben sich für die Guerilla-Taktik entschieden. Und schicken uns nun unsere angeblichen Alt-Verwandten aus dem Osten, die uns eines Alltags heimtückisch im Supermarkt überwältigen sollen."

Zunächst hielt Ulrich das alles für einen Scherz. Doch als der ehemalige Bundeswehrvorgesetzte auch nach vielen weiteren Sätzen nicht zu lachen begann, begriff er, dass von Bordwehr die Sache genauso ernst meinte, wie er sie ernst nahm.

„Einen zweiten Prager Frühling hätten die sich nicht erlauben können. Dann hätte es geknallt. Also haben die jetzt einfach die Grenzen aufgemacht, und nun werden wir von den Kommunisten erst übervölkert, dann unterwandert. Das ist die neue Strategie. Und die Idioten hier begrüßen die angeblichen Revoluzzer mit Bananen – dass ich nicht lache!" Aber von Bordwehr lachte nicht.

Ulrich lachte auch nicht. Ulrich dachte nach.

„Und das Schlimmste: Jeder Ossi bekommt 25 DM so genanntes Begrüßungsgeld. Damit bewaffnet ziehen die Deppen durch unsere Ramschläden und kaufen, was sonst keiner mehr haben will. Auf diese Weise werden die Kommunisten unser Land in spätestens zehn Jahren in die schlimmste Wirtschaftskrise des Jahrhunderts getrieben haben, weil nur noch Plunder hergestellt wird!", prophezeite von Bordwehr und jammernd fuhr er fort:

„Diese roten Socken glauben einfach alles, was ihnen die Werbung verspricht. Das Grauen, Ulrich, das Grauen! Wir müssen Widerstand leisten. Das ist unsere letzte Chance, uns vor der subversiven Unterwanderung unserer Wohlstandsgesellschaft durch die heimliche Rote Hausfrauen-Armee zu retten!"

Ulrich zögerte. Wie sollte er reagieren? Er musste Zeit gewinnen. Er brauchte mehr Informationen. Er täuschte Störungen in der Telefonleitung vor und vertröstete den alten Bundeswehr-Vorgesetzten auf einen späteren Rückruf. Dann legte er unvermittelt auf. Der Kommandant sollte denken, das Gespräch sei unterbrochen worden.

Wenige Tage und viele Telefonate später war er auf dem aktuellen Stand der politischen Ereignisse in Deutschland und hatte auch erfahren, dass von Bordwehr mittlerweile zum Leiter des Planungsstabes im Bundesministerium der Verteidigung aufgestiegen war. Ganz schlimm konnte es also um seinen Geisteszustand nicht gestellt sein.

Darum entschied Ulrich, den General bei Laune zu halten, sich aber mehr oder weniger elegant aus der Affäre zu ziehen. Am 24. November 1989 schrieb er ein Fax an den General mit folgendem Text:

„Sehr verehrter Herr General,

für Ihre telefonische Benachrichtigung über die aktuelle weltpolitische Lage und die Auswirkungen auf unser geliebtes Heimatland danke ich Ihnen sehr. Gemäß meinem soldatischem Treueschwur möchte ich Ihnen versichern, dass ich dem Vaterland im Ernstfall selbstverständlich und ohne Verzögerung zur Verfügung stehe. Bis dahin halte ich hier gewissermaßen Wachstellung an der Fern-Ost-Front."

Damit der General das zwischen den Zeilen gesetzte und ironisch überzeichnete Augenzwinkern nicht persönlich nahm, beendete er das Schreiben nicht mit der üblichen Grußformel und schlichten, aber freundlichen Grüßen, sondern etwas pathetisch mit der Formel „In alter Verbundenheit". Dann kritzelte er schwungvoll seinen Namen darunter und schob den Brief durch das Faxgerät.

Weil er in den darauf folgenden Wochen und Monaten nichts mehr vom General hörte, vergaß er den Vorfall bald wieder, zumal in Singapur selbst gerade spannendere Dinge passierten.

*

Der Manager ohne Eigenschaften besteht aus Eigenschaften ohne Männlichkeit

Sein Ex-Kollege Moosbrugger hatte ihn Anfang Dezember angerufen und um Hilfe gebeten:

„Ulrich, ich weiß, dass du nicht unbedingt große Stücke auf mich hältst. Aber trotzdem bist du gerade der Einzige, dem ich mich anvertrauen kann."

Ulrich stritt höflich alle Antipathien ab und fragte, was denn passiert sei und inwiefern er helfen könne.

„Na ja", wand sich Moosbrugger ungewohnt uncool, „ich bin etwas hart am Wind gesegelt. Und da haben sich einige Verluste angesammelt, die ich aber sicher in der nächsten Zeit wieder ausgleichen werde."

„Ich verfüge über kein Geld, das ich verleihen könnte, ich ordne hier nur BP-Papiere" , unterbrach Ulrich, als er ahnte, was Moosbrugger als nächstes sagen würde.

„Nein nein", wiegelte der jedoch ab. „Darum geht es nicht. Ich brauche jemanden, der mit mir auf Kneipentour geht."

„Und da fragst du ausgerechnet mich?", schüttelte Ulrich den Kopf, klemmte sich den Hörer zwischen Kopf und Schulter und nahm seine Brille von der Nase, um sie mit einem Hemdzipfel zu polieren.

„Komm schon, Junge! Ich kenne dich!" Und obwohl Moosbrugger nicht sah, was Ulrich gerade tat, grinste er in den Hörer: „Du brauchst jetzt gar nicht affektiert die Brille zu putzen. Wer eine Fensterglasbrille trägt, hat es garantiert faustdick hinter den Ohren!"

„Lassen wir das!" Ulrich fühlte sich ertappt. „Was hast du vor? Ein paar mehr Informationen brauche ich schon."

Moosbrugger willigte ein, alles zu erklären, allerdings nur in einem persönlichen Gespräch.

Sie trafen sich am Nachmittag des darauf folgenden Tages in der Nähe vom Temasek Tower in der Lobby des Raffles Hotels. Moosbrugger bewegte sich wie selbstverständlich in der luxuriösen Kolonialnostalgie des legendären Hotels. Er war die Umgangsformen des Grandhotels offenbar gewohnt, steuerte zielstrebig den Bar & Billiard Room an und bedeutete dem indischen Barmann, ihnen zwei Gin Tonics zu mixen. Die Klimaanlage ließ Ulrich frösteln, der ungewohnt scharfe Alkohol benebelte seine Sinne, so dass er nicht sicher wahr, ob das, was Moosbrugger ihm nun eröffnete, eine skurrile Art von Aprilscherz des erfolgreichen Emporkömmlings war oder wirklich wahr.

23 Millionen Pfund – diesen Betrag habe Moosbrugger bei den Börsengeschäften der vergangenen Monate verloren. Ein Verlust, von dem in London aber niemand irgendetwas wüsste und auch niemand jemals etwas erfahren dürfe. Moosbrugger versicherte, er habe sich daran nicht persönlich bereichert, sondern nur diverse Fehler seiner Mitarbeiter vertuscht, die er aber unbedingt wieder ausbügeln wolle.

„Wie kann das gehen? 23 Millionen Pfund Verlust – und keiner weiß davon?", fragte Ulrich ungläubig.

„Du weißt, dass im schnellen Optionsgeschäft auch mal Fehler passieren. Jemand missversteht ein Handzeichen und kauft eine falsche Menge oder zum falschen Preis oder er kauft statt zu verkaufen."

Ulrich nickte. „ Ja, das kommt vor."

„Solche Fehler muss die Bank tragen, denn der Kunde will natürlich nicht durch unsere Fehler Nachteile haben. Wenn wir einen Fehler nicht ausbügeln können, buchen wir ihn auf dem so genannten Fehlerkonto – ganz gleich ob es ein Verlust oder – was ja auch sein kann – ein Gewinn ist."

„Logo. Komm zur Sache."

„Durch einen Zufall gibt es bei uns ein zweites Fehlerkonto, das nie genutzt worden ist. Als eine meiner Mitarbeiterinnen Bockmist gemacht und 20.000 Pfund in den Sand gesetzt hat, habe ich den Fehlbetrag verschwiegen, um sie zu decken, und den Verlust einfach auf das inoffizielle Fehlerkonto gebucht."

„Und die übrigen 22.980.000 Pfund?"

Moosbrugger rieb sich nervös das Kinn: „Diese Sache mit den 20.000

Pfund ist schon ein Weilchen her. Immer wenn ein Fehler passierte, haben wir das Konto 88888 aktiviert, so dass wir irgendwann ein Minus von sechs Millionen hatten."

Sprachlos nippte Ulrich an seinem Gin Tonic.

„Doch wir hatten Glück. Ich besorgte mir durch verschiedene Ausreden aus der Londoner Zentrale größere Geldmengen, die ich in diverse Optionsgeschäfte steckte – zum Teil waghalsige Spekulationen, aber es klappte. Zum Jahresende war das Konto wieder ausgeglichen. Und niemand war geschädigt."

„Wo ist dann das Problem?", fragte Ulrich ungeduldig, obgleich ihm klar war, dass sich Moosbrugger mit seinen Geschäften am Rande der Illegalität bewegt hatte.

„Nun, dieses Jahr lief es nicht ganz so gut. Ich habe durch unglückliche Umstände verdammt viel Geld verloren. Das Schlimme ist, dass sich das Unglück in einer Spirale immer weiter nach oben bewegt hat. Wie ein Roulettespieler, der seine Verluste durch Verdoppeln des Einsatzes wettmachen will, musste auch ich die Deals permanent verdoppeln. Ich konnte die anfänglich kleinen Verluste nur durch immer waghalsigere Manöver ausgleichen. Und wenn dann irgendetwas schief ging… – tja, jedenfalls hat mich jetzt der Markt bei den Eiern gepackt."

„Und jetzt stehst du mit 23 Millionen in der Kreide und weißt nicht mehr, wie du raus kommen sollst?" Ulrich ahnte, woher der Wind wehte.

„Nein, ich sagte doch schon am Telefon, ich brauche kein Geld. Das organisiere ich mir aus London. Denen haben ich schon unter den blödsinnigsten Vorwänden Geld aus den Rippen geleiert. Solange ich Gewinne einfahre, ist ihnen fast egal, wie viel Spielgeld ich zum Einsatz brauche." Moosbrugger grinste, weil ihn die Vertrauensseligkeit der Londoner Kollegen offensichtlich amüsierte, aber ihm auch das Zutrauen schmeichelte. Er schlug sich belustigt auf die Schenkel, als ihm seine Möglichkeiten bewusst wurden:

„Wir haben ein organisatorisches Chaos ohne Ende. Ich muss an vier verschiedene Chefs berichten, mein direkter Chef sitzt in Singapur, zehn Stockwerke über mir. Aber er interessiert sich nicht für das Optionsgeschäft. Ich bin täglich bei ihm, aber wir reden nur über Fußball – ich platziere für ihn die Fußballwetten. Dann gibt es noch einen Chef in Tokio und zwei in London, aber die wollen nur die 'Objectives', die harten Ergebnisse sehen –

und die liefere ich ihnen. Alles kein Problem!“ Moosbrugger lachte.

Doch unvermittelt kniff er die Lippen zusammen: „Ich habe ein viel schlimmeres Problem.“

Ulrich zog erstaunt die Augenbrauen hoch. Er konnte sich kaum ein schlimmeres Problem vorstellen, als 23 Millionen Pfund organisieren zu müssen.

„Jim Banson, einer unserer Risk Manager aus London, kommt nach Asien. Er ist ab Dienstag bei uns in Singapur.“

Ulrich atmete tief durch. Er begriff: Jetzt würde Moosbrugger nicht von der Börse an den Eiern gepackt, sondern von den bankeigenen Kontroll-Systemen. Über den halben Erdball hinweg mochte man geheime Konten führen können, aber direkt vor Augen mussten die eklatanten Unstimmigkeiten auffallen. Moosbrugger nickte, als er sah, dass Ulrich verstand, was die Stunde geschlagen hatte.

„Die einzige Chance, die ich im Moment sehe, ist den Kerl so sehr abzulenken, dass er nicht mehr genau hinguckt“, erklärte Moosbrugger.

„Und jetzt soll ich mit ihm durch die Kneipen ziehen, damit ihm die Zahlen vor den Augen verschwimmen, wenn er verkatert davor sitzt?“ Der Plan Moosbruggers schien Ulrich nicht besonders ausgeklügelt. Er schob sich ein Kaugummi in den Mund. Der Pfefferminzgeschmack würde vielleicht sein Gin-Tonic-vernebeltes Gehirn durchlüften und ihm eine bessere Idee zufliegen lassen.

„Es ist meine einzige Chance. Du musst mir helfen! Wenn er jetzt das Konto 88888 entdeckt, sind wir alle unseren Job los und Herings hat das Geld für immer verloren. Wenn er es nicht entdeckt, hole ich das Geld wieder rein und sobald das Konto gedeckt ist, lasse ich für immer die Finger davon. Versprochen!“

Ulrich war fasziniert davon, wie wenig Moosbrugger tatsächlich an persönlicher Bereicherung interessiert war, sondern offenbar wirklich nur irgendwelche Fehler vertuscht hatte und sie jetzt wieder ausbügeln wollte. Wenn er ihn recht verstand, dann verlangte er sogar, dass man seine Tat nicht als Schwindel oder Betrug ansah, sondern als eine Art karitativen Dienst an seinen Kollegen und an seiner Bank.

„Ulrich, hör zu. Es ist nicht viel, um was ich Dich bitte. Jim Banson ist nur vier Tage in Singapur. Dienstag wird er ohnehin durchhängen, weil er im Jetlag steckt. Wenn wir in dann noch jeden Abend durch die Kneipen schleppen, wird er am Freitag froh sein, wenn er den Flieger erwischt. Das heißt, es bleiben nur zwei Tage, an denen er theoretisch in die Bücher schauen kann."

„Schon klar." Ulrich kaute nachdenklich auf seinem Kaugummi herum. „Aber warum ziehst du nicht mit ihm allein durch die Kneipen?"

Jetzt grinste Moosbrugger wieder, entweder weil ihm sein Plan so gut gefiel, dass er sich die eitle Freude daran nicht verkneifen konnte, oder weil es ihm peinlich war, seine Überlegungen gegenüber Ulrich ausplaudern zu müssen:

„Nun. Du erinnerst dich an den Abend, als wir mit dem Ober-Beppo im Bordell waren ..."

„Ich war nicht im Bordell!", unterbrach Ulrich.

„Eben, genau das, deine brave Unschuld hat den Alten erst richtig geil gemacht. Er wollte es dir und vor allem sich selbst beweisen, dass er nicht so ein verklemmtes Weichei ist wie du."

„Verklemmtes Weichei?" Ulrich zuckte zusammen, derartige Beschimpfungen direkt ins Gesicht war er nicht gewohnt.

„Na ja, so hat er dich damals genannt. Und klar, mit deiner Brille gibst du dir ja auch bewusst das Image des schöngeistigen Intellektuellen, der du ja in Wahrheit gar nicht bist." Moosbrugger zeigte eine psychologische Wahrnehmungsfähigkeit, die man bei seinem ansonsten ja eher plumpen Auftreten gar nicht vermutet hätte. Sie entsprang vermutlich einer bauernschlauen Intuition und hatte ihn geradewegs zu der Idee geführt, Ulrich in das Ablenkungsmanöver gegen den Risk Controller einzubeziehen:

„Wenn du dabei bist, wird der Kerl doppelt so viel saufen wie sonst, um sich gegen deine solide Art und Ausstrahlung heldenhaft abzugrenzen. Jedenfalls werde ich ihn dazu ermutigen, und er wäre der erste, der so einer Art von Männlichkeitsprobe widerstehen könnte." Moosbrugger lachte jetzt schallend. Die 23 Millionen schienen ihn wirklich nicht besonders zu belasten.

„Und was, wenn ich mitsaufe?", fragte Ulrich. Ihm ließ das „verklemmte Weichei" keine Ruhe, wenngleich er bislang geglaubt hatte, auf die Anerkennung eines Kerls wie Moosbrugger verzichten zu können.

„Noch besser!", grölte Moosbrugger vor Lachen und nahm kein Blatt vor den Mund: „Wenn selbst du anfängst zu trinken, wird das Mr. Kontroletti doppelt zum Saufen motivieren! Junge, du hast so eine grundsolide Ausstrahlung ...“ Er stockte einen kurzen Moment: „Sorry, du magst eine Menge phantastische Eigenschaften haben, aber als Mann machst du keine besonders gute Figur!“

Moosbrugger klopfte Ulrich aufmunternd auf die Schulter. „Aber es gibt Wichtigeres im Leben!“

„Okay“, sagte Ulrich und klebte sein Kaugummi unter den Barhocker. „Ich spiele mit.“

Er wusste selbst nicht, warum er Moosbrugger in seinem Börsenroulette mittels psychologischer Kriegsführung eine Spielzeitverlängerung verschaffen wollte. Auf gewisse Weise war es wohl tatsächlich nichts als Hilfsbereitschaft gegenüber einem Ex-Kollegen. Ulrich würde sich nichts zuschulden kommen lassen, wenn er mit dem Risk Manager durch die Kneipen zog. Auch war er nicht verpflichtet, Moosbruggers Sünden irgendwem zu beichten, schließlich arbeiteten sie bei verschiedenen Firmen. Aber sein Hauptmotiv war wohl weniger die Fürsorge eines Gentlemans als die Eitelkeit eines ehrgeizigen Karrieristen, der nicht nur in Schreiben und Rechnen eine Eins bekommen wollte, sondern auch in Sport und Kunst.

*

Vorwärts zu Moosbrugger

Am Dienstag drauf lernte Ulrich also das Nachtleben von Singapur kennen. Sie starteten im Hard Rock Café und zogen dann zum Boat Quai, wo eine Kneipe neben der anderen lag. Sobald der Drink in der einen ausgetrunken war, gingen sie für den nächsten eine Tür weiter. Ulrich, der das harte Trinken nicht gewohnt war, hielt sich an Bier und Cola-Rum, während Moosbrugger und sein Londoner Gast Margaritas und Daiquiris wie Wasser in sich hineinschütteten.

Moosbruggers Plan ging auf: Jim Banson tauchte am nächsten Tag nicht vor zwölf Uhr im Büro auf, hielt sich den schmerzenden Kopf, trank Kaffee und fragte nur, in welche Bar sie abends gehen würden.

Mittwochnacht starteten sie im Business-Class-Ausgehviertel Clarke Quay und endeten am frühen Morgen im Zouk, der In-Disco mit billigeren Preisen für die Damen, weswegen es dort umso mehr davon gab.

Donnerstagnacht steigerte Moosbrugger die Dosis ein weiteres Mal und schleppte den ungeliebten Gast durch sämtliche Oben-ohne-Bars der New Bugis Street, bis der nicht mehr stehen konnte. Banson war so begeistert, dass er das Wochenende dranhing und erst am Montag weiterreiste – offiziell um die Prüfung in aller Gründlichkeit zu Ende führen zu können.

Doch die Strapazen hatten sich gelohnt. Moosbrugger hielt am Ende einen Prüfbericht in der Hand, der perfekt seinen Vorstellungen entsprach:

„Der Erfolg der Handels- und Arbitragegeschäfte von Herings Singapur beruht zum Großteil auf der einzigartigen Stellung von Herings an der Simax und an den japanischen Derivate-Märkten. Aufgrund der guten Koordination zwischen den Büros, der einzigartigen Schlagkraft und des klaren Kommunikationsvorsprungs kann Herings zwischen den Märkten Arbitrage betreiben und bei begrenztem Verlustrisiko von kurzfristigen Marktbewegungen profitieren. Nichts deutet darauf hin, dass sich Hering durch Verstöße gegen die Simex-Regeln oder den Aufbau von Positionen über die Limits hinaus einen unfairen Vorteil verschafft."

Moosbrugger strahlte, als er Ulrich zur Feier des Sieges zum Essen ins Li Bai einlud. Während sie sich das Gericht „Monks jumps over the Wall", eine Suppe aus Haifischflossen, Seegurken, schwarzen Pilzen und Abalone, schmecken ließen, erklärte er, wie er in den folgenden Monaten durch geschickte Optionsgeschäfte die 23 Millionen wieder reinholen würde.

Ulrich interessierte das wenig. Für ihn war die Sache erfolgreich abgeschlossen, als Moosbrugger beim Dessert fast nebenbei den ersehnten Satz der Anerkennung fallen ließ:

„Dass du so trinkfest bist, hätte ich dir ehrlich gesagt nicht zugetraut!"

Ulrich löffelte unbeteiligt die Stückchen von buntem Wassereis, die in roten Bohnen, Mais und Rosinensirup badeten. Moosbrugger zwinkerte ihm zu:

„Ich hatte ja geahnt, dass hinter dem Fensterglas ein ganz schön ausgebuffter Kerl steckt!"

8

Leona

Die Versuchung

Ulrich brauchte zwei Jahre, bis er für BP die brachliegenden Hundert-Millionen-Papiere geordnet und in bares Geld umgewandelt hatte. Dann durfte er noch ein Jahr in Singapur bleiben und nunmehr tatsächlich die Geschäfte leiten, bis er 1992 den nächsten wesentlichen Karriereschritt machte.

Er war erst 32, als er auf den wichtigsten Posten jenseits des Vorstandes in Frankfurt berufen wurde: „VicePresident & Generalbevollmächtigter USA" war sein neuer Titel. Von New York aus – natürlich aus dem World Trade Center, 76. Stock – koordinierte er das komplette Bankgeschäft mit den amerikanischen Industriekunden. Eine immense Verantwortung, aber für Ulrich natürlich genau die Herausforderung, die er suchte.

Er war jetzt der jüngste Top-Manager der BP-Bank, wenn nicht des deutschen Bankwesens überhaupt. Und wie zu erwarten war: Ulrich rechtfertigte das in ihn gesetzte Vertrauen. Er sanierte die zum Konzern gehörende US-Filiale und rückte wenige Jahre später 35-jährig in den Vorstand von BP auf.

In diesen knapp vier Jahren in den USA entdeckte Ulrich die Zeit und vor allem das Tempo. Mit Vorliebe überlistete er die Zeit und jettete mit der Concorde über den Atlantik. Meistens pendelte Ulrich zwischen New York und Frankfurt, aber immer wieder flog er auch nach Chicago, San Francisco, Paris, London oder Singapur. Dabei ließ er seine Flugzeiten so geschickt legen, dass sein Tag tatsächlich 25 Stunden hatte – die gewonnene Stunde investierte er in seine Karriere.

Er versuchte 16 Stunden und länger am Tag, nichts als zu arbeiten. Drei, maximal vier Stunden Schlaf pro Tag reichten ihm, der gefürchtete Jetlag, die bleierne Müdigkeit nach einem Transatlantikflug machte ihm nicht zu schaffen. Jedenfalls redete er sich das ein:

„Das liegt wohl an den Genen", sagte er betont locker, und wenn ihm doch mal ein Gähnen entfleuchte, machte er die in unzähligen Meingastschen Seminaren angeeigneten Effizienzübungen:

Er schloss die Augen und zählte konzentriert von zwanzig rückwärts bis eins – und spürte dann intensiv den Alpha-Wellen nach, die das Gehirn jetzt produzierte. Falls das nicht half und er immer noch müde war, zählte er nochmal, diesmal vorwärts. Und spätestens dann war es meistens soweit: Im entspannten Alpha-Zustand blätterte Ulrich durch die Fachmagazine der Industrien, las die „European Railway Review" genauso wie das Fachblatt für „Die Deutsche IndustrieNorm", den „Instandhalter" und die Fachzeitschrift für „Schwermetall".

Die Arbeit war sein Leben, sein Leben war Arbeit. Das einzige Private, was er sich gelegentlich gönnte, waren kurze Stippvisiten bei seiner Schwester Agathe und ihrem Mann Hagauer, der wider alle ärztlichen Prognosen dem Kampf mit dem Tod standhielt. Seine Lebenserwartung galt weiterhin als kurz. Hagauer litt unter Amyotrophischer Lateralsklerose (ALS), einer normalerweise rasch voranschreitenden, degenerativen Erkrankung des Zentralnervensystems unbekannter Ursache. Doch obgleich dieser unheilbare Muskelschwund bei ihm bereits 1984 diagnostiziert worden und er schon seit 1986 an den Rollstuhl gefesselt war, lebte er noch und auch seiner wissenschaftlichen Karriere hatte die Krankheit nichts anhaben können. Er kommunizierte nur noch über einen Sprachcomputer und wurde künstlich ernährt, da er aus eigener Muskelkraft weder sprechen noch schlucken konnte.

„Wenige Monate noch", hüstelten die zuständigen Ärzte der fragenden und verzweifelten Ehefrau verschämt zu. Doch Monat um Monat, bald Jahr um Jahr hielt sich Hagauer in dem debilen Rollstuhl-Zustand, den ihm die Krankheit noch zum Leben ließ. Und Agathe blieb wacker an seiner Seite, was Ulrich bei seinen Besuchen erfreut zur Kenntnis nahm. Die Parallelaktion blieb demnach von Erfolg gekrönt. Hier konnte er entspannen.

Die Industriekunden dagegen stellten höchste Ansprüche, vor allem was körperliche Präsenz anging. Anders als die Investment-Broker, die ja im Prinzip nur mit Zahlen operierten und mit Seifenblasen jonglierten, waren die Industriellen gewohnt, mit Handfestem und Greifbarem umzugehen. Sie glaubten nur, was sie sehen und anfassen konnten. Wirtschaft war für sie etwas, das Gewicht hatte, Krach machte und schlecht roch. Tat es das nicht, war es nicht lukrativ. Geld musste stinken, sonst war es nicht echt oder nicht verdient.

Dieser andere Business-Stil war für Ulrich zunächst mehr als ungewohnt. Er war durch die Frankfurter BP-Schule, die Londoner Aufbaujahre im Hintergrund des britischen Ober-Beppos und die Ärmelschoner-Jahre in Singapur tendenziell verweichlicht. Der amerikanische Way of Business schien ihm zu grob, zu primitiv, zu einfach.

Beinahe hätte er aufgegeben. Fast hätte er in New York das Handtuch geschmissen. Zu fremd fühlte er sich inmitten dieser Welt von Menschen, die mit Hosenträgern und hochgekrempelten Ärmeln scheinbar direkt vom Acker in die Fabrik gezogen waren, um dort das große Geld zu verdienen, und die von Dinge redeten, die er nicht verstand.

Im Vergleich zum Dasein als Self-Made-Millionär, der er nie sein würde, schien ihm Tellerwäscher die einzige Alternative, die ihm angemessen war. Wie sonst sollte er mit seinem asiatisch verbrämten Oxford-Englisch inmitten dieser kaugummikauenden Handarbeiter auf Managementebene Schritt halten? Das mehrtägige Sauftraining mit Moosbrugger hatte ihm zwar eine Ahnung davon gegeben, was Mann-sein bedeutete, aber gegen die o-beinigen Business-Cowboys der Vereinigten Staaten würde er selbst nach jahrelangem Spare-Ribs-Training nicht Stand halten.

Ulrich rutschte in die tiefste Persönlichkeitskrise seines Lebens. Zum Glück kamen zwei Dinge zusammen, die ihn retteten, bzw. zwei Personen: Meingast und Graf Leinsdorf.

*

Die Umkehrung

Meingast erschien nicht persönlich in New York, aber Ulrich begegnete seinem Geist allerorten. Um aus seinem psychischen Tief herauszufinden, hatte Ulrich sich entschlossen, Seminare zur Krisenbewältigung zu besuchen, wobei ihn aufgrund der Komplexität seiner Lebensproblematik eine Vielzahl von Themen interessierten. Ulrich besuchte also eine Vielzahl von Seminaren.

Meingast erschien ihm dabei in verschiedensten Körpern, als junger aalglatter Schnauzbartträger im Seminar für Selbstvermarktung, als ruhiger Meditationslehrer im Seminar für Stressbewältigung, als dynamischer Trainer mit Halbbrille im Kurs für effizientes Lesen, als verständnisvoller Moderator im Workshop für Konfliktbewältigungsstrategien.

Es hatte einige Zeit gedauert, bis Ulrich begriffen hatte, dass es sich bei all den Menschen, denen er begegnete, um Variationen seines Propheten handelte, der als gottgesandter Engel in die Welt der Wirtschaft hinabgestiegen war, um den Reichtum der ewigen Allmacht zu verkünden. Aber an dem Tag, als Ulrich dies erkannte, öffnete er sich für die zahlreichen weisen Botschaften, die ihm die vielen Meingast-Erscheinungen weise sagten.

Ulrich entdeckte die gewichtigen Management-Weisheiten, er entdeckte die Grundsätze wissenschaftlicher Betriebsführung, den Wohlstand der Nationen, die nationalen Wettbewerbsvorteile, das Geheimnis und die Kunst des japanischen Managements, die fünfte Disziplin, die Bedürfnispyramide, die Praxis des Managements sowie die vier Schlüsselstrategien erfolgreichen Führens. Ulrich bediente bald im Schlaf die Gebetsmühlen seiner Geldreligion, beherrschte Mind-Mapping, Brainstorming, Dezentralisierung, Diversifikation, Empowerment, Change Management und das Peter-Prinzip. Er konnte das Alphabet der Kosten-Nutzen-Analyse rückwärts aufsagen und Cross Selling selbst in einer scharfen C-Kurve herunterdeklinieren. Er hatte das Pareto-Prinzip verinnerlicht, verband souverän die Wertschöpfungskette mit dem Sieben-S-Modell und kämpfte bei der zweiten Revolution in der Autoindustrie an vorderster Front.

Ulrich absolvierte binnen kürzester Zeit das ultimative Fitnessprogramm an den Trainingsmaschinen der Wirtschaftsgurus und legte sich dadurch ein beeindruckendes Paket an Management-Muskeln zu, die er spielen lassen konnte wie kaum jemand sonst. Ulrich war mit einem Mal ein Erfolgs-Terminator der Erfolgs-Terminologie, die er jedoch – inzwischen vollständig amerikanisiert – vollkommen unakademisch und unreflektiert von sich gab.

Zum krönenden Beweis seiner volksnahen Leadership-Qualitäten verzichtete er im fortgeschrittenen Stadium in jeglichen Unternehmensdarstellungen und in allen Geschäftsberichten auf die Nennung seines Doktortitels. Ja, mehr noch: Es war ausgerechnet der promovierte Betriebswirt Ulrich, der sich im Gesamtunternehmen der Borkenstein Privatbank ab 1995 dafür stark machte, dass in dem weltweit führenden und von Alters her elitär denkenden Bankhaus der Doktortitel nicht länger zur Ansprache dazu gehörte.

Ein Detail, das bald auch die schreibende Zunft als Kuriosum entdeckte, das es zu feiern galt. Plötzlich wurden die ersten Fachjournalisten auf das junge Wirtschaftstalent aufmerksam. Man lobte seine Innovationskraft, seinen Mut, Dinge anzupacken und zu verändern und sein Arbeitstempo:

„Der Mann ist schnell, schnörkellos, international", pries ein Artikel seine herausragenden Eigenschaften als Manager. Ein anderer Artikel war sicher, dass er „schon jetzt einer der Großen unter den deutschen Spitzenmanagern" sei.

Ulrich blühte auf und entdeckte Amerika als das Land der unendlichen Möglichkeiten, das es ja war, und er begriff, dass seine schon immer vorhandene Leidenschaft für Kaugummi kein Zufall sein konnte:

„Das liegt an den Genen", sagte er nunmehr lässig kauend, wenn er deswegen von irgendwem schräg angeschaut wurde. Die Assimilation an den amerikanischen Business-Stil verlief glatter als erwartet. Irgendwann war es soweit, und Ulrich erklärte mit stolzgeschwellter Brust: „Ich bin Amerikaner mit deutschem Pass!"

*

Leiden einer verheirateten Seele

Der zweite Retter aus der Lebenskrise, Graf Leinsdorf, kam persönlich nach New York gereist, um mit Ulrich über seine weitere Zukunft zu reden – wobei tatsächlich offen war, ob er über seine oder seine Zukunft reden wollte, also über Ulrichs oder über die des Grafen. In jedem Fall stand Ulrich noch am Anfang seines umfangreichen Body-&-Brain-Building-Prozesses und bedurfte klärender Worte durch seinen Mentor, der natürlich inzwischen schon lange keiner mehr war.

Graf Leinsdorf war mittlerweile aufgestiegen in den Vorstand der Borkenstein Privatbank, und kümmerte sich inzwischen hauptberuflich um das, worum er sich immer schon nur gekümmert hat – um den schönen Schein. Er war der Sonderbeauftragte für Unternehmenspräsentationen, tingelte von Empfang zu Empfang, hielt Vorträge, konferierte mit anderen Repräsentanten ähnlich wichtiger Unternehmen und übernahm diverse Aufsichtsrat- und Beiratsmandate in der Industrie. Zu seinen Aufgaben gehörte die Kontaktpflege zum Bundesverband der Deutschen Industrie BDI, dem Bundesverband Deutscher Banken, dem Arbeitgeberverband und anderen Organisationen. Darüber hinaus war er designierter Vorstandssprecher der Borkenstein Privatbank, einen Posten, den er spätestens im Juli 1994 antreten würde.

Während der Jahre in Singapur und auch jetzt in den USA hatte Ulrich von seinem einstigen Mentor nichts mehr gehört, aber wie er nunmehr feststellte, hatte der Graf seinen Werdegang sehr genau verfolgt.

„Sie schlagen sich gut, junger Freund, alle Achtung!", sagte er anerkennend, als er eines Tages im Februar 1994 in Ulrichs New Yorker Büro auftauchte.

„Man hört nur Gutes von Ihnen. Ihre schnelle Auffassungsgabe, Ihr Fleiß und Ihre Intelligenz sind von großem Vorteil. Sie haben Ideen, können analysieren und zeigen ein gesundes Maß an Kreativität, ohne die vorgegebenen hierarchischen Strukturen in Frage zu stellen. Sehr gut!"

Ulrich freute sich, vom Grafen derart gelobt zu werden, suchte aber in alter Gewohnheit nach der in den Sätzen versteckten Kritik.

„War ich an irgendeiner Stelle zu unvorsichtig? Habe ich mit überzogenen Vorstellungen irgendwo über die Strenge geschlagen? Ist irgendjemand kompromittiert?", fragte er nervös nach.

„Nein, gar nicht!", wehrte der Graf ab, „wie kommen Sie denn darauf? Hören Sie, Sie machen das alles großartig. Ich wüsste wenig, das Sie besser machen könnten..."

Wenig. Ulrich hatte es gehört: Der Graf wusste wenig, was Ulrich besser machen konnte. Also gab es etwas, das optimierbar war.

„Frei raus!", ermutigte Ulrich den Grafen, seine Kritik offen zu äußern. Er hatte eh nichts zu verlieren. Vielleicht würde ihm der Graf endlich die Wahrheit sagen, dass er ohnehin keine Chancen hatte, jemals an die Spitze der Wirtschaft aufzusteigen. Vielleicht aber würde er durch den schmeichelhaften „Liesdorf" endlich den Weg finden, sich am eigenen Schopf aus dem amerikanischen Gefühlsschlamassel herauszuziehen.

„Es gibt Gerüchte in Frankfurt", begann der Graf vorsichtig. „Hinter vorgehaltener Hand wird gemunkelt, sie könnten ein Problem mit Frauen haben. Neulich hat sie jemand in kleinem informellen Kreis sogar schon als ‚Homo' diffamiert."

Damit hatte Ulrich nicht gerechnet. Diese Offenbarung des Grafen verschlug ihm die Sprache. Als erster Soldat des Unternehmens hatte er sich betrachtet, als Asket im Dienste der Borkensteins, als Mönch im Nadelstreif-Gewand der Finanzreligion – und nun hörte er, dass man ihn als schnöde Schwuchtel betrachtete! Er war geschockt.

Und dann schossen plötzlich jede Menge Fragen durch seinen Kopf: Hatte Moosbrugger etwa derlei Gerüchte schon gekannt, als er ihn in Singapur zu der Kneipentour eingeladen hatte? Hatte er ihn etwa gar nicht als Biedermann, sondern als verklemmten Homo dabei haben wollen, für den Fall, das der Risk Manager ebenfalls zum Verein der männerliebenden Gesellen gehörte? Und florierte das Gerücht womöglich schon seit den Londoner Zeiten und war vom britischen Ober-Beppo in die Welt gesetzt worden, um den missliebigen Zeugen der eigenen Lustfehltritte durch Diffamierung aus dem Weg zu räumen?

„Ich habe keine Ahnung, was mit Ihnen los ist", hörte er den Grafen jetzt sagen, „aber Sie sollten in jedem Fall zusehen, dass Sie demnächst heiraten. Ansonsten ist Ihre Karriere bald am Ende."

„Aber ...", setzte Ulrich verzagt zu seiner Verteidigung an. Der Graf unterbrach ihn abrupt:

„Mich interessiert nicht, welche sexuellen Vorlieben Sie haben oder was Sie mit wem wo und wie treiben. Aber als Ihr Mentor fühle ich mich verpflichtet, Ihnen in aller Offenheit zu sagen, dass man es sich bei der Borkenstein Privatbank als Führungskraft nicht erlauben kann, mit 34 Jahren noch unverheiratet zu sein! Das ist nicht normal, Herr Doktor!"

Vor allem der nachgeschobene und in aller Schärfe ausgesprochene Titel traf Ulrich wie ein Wurfgeschoss. Jetzt hatte er sich all die Jahre über im Schnellverfahren das komplette Banken-ABC angeeignet, hatte an seinem äußeren Erscheinungsbild gearbeitet, an seiner inneren Einstellung gefeilt – und alles Herumdoktorn sollte jetzt daran scheitern, dass er seinen kleinen Patienten tot gestellt hatte? Er konnte es nicht fassen!

„Meine Schwester ist verheiratet", brachte er hastig hervor.

Der Graf lachte lauthals auf. „Das ist absurd, mein Lieber! Sie können nicht ernsthaft Ihre Schwester ins Feld führen, wenn es um Ihre Ehre geht, oder?"

Da Ulrich nun ja ohnehin schon am Rande eines Zusammenbruchs stand und ihn der Wortwechsel aufs Schwerste mitnahm, verlor er nunmehr vollständig die sonst so bemüht aufrecht erhaltene Contenance und fiel in klägliches Jammern. Unter Tränen berichtete er dem Grafen von seiner Begegnung mit Diotima, von seinen Überlegungen zum Management by Objectives und der Verheiratung seiner Schwester mit Professor Gottlieb Hagauer.

„Sehen Sie, ich habe mein Liebesleben delegiert, damit es mir nicht im Wege steht. Ich dachte, das wäre die perfekte Lösung", schloss er seinen langen Bericht über die gelungene geschwisterliche Parallelaktion.

Der Graf rieb sich das Kinn, fuhr sich den Hals entlang und lockerte dann seine Krawatte.

„So etwas in der Art hatte ich mir gedacht", antwortete er zögerlich. Dann sah er Ulrich lang in die Augen.

„Sie wollen nie wieder lieben?", fragte er und schaute Ulrich weiterhin eindringlich an. Der schüttelte bloß den Kopf.

„Nie wieder", murmelte er.

„Und wie steht es mit Sex?", fragte der Graf nun in ungewohnter Deutlichkeit.

„Zeitverschwendung", winkte Ulrich ab und fand wieder zu seiner alten Souveränität zurück. „Triebabbau lässt sich ohne Frauen schneller und einfacher lösen. Ich bin bekanntlich ein Anhänger von Maßnahmen mit hoher Effizienz."

„Ich weiß", seufzte der Graf nunmehr und fügte hinzu: „Da haben Sie mir wohl einiges voraus."

„Wie meinen?"

„Nun, obwohl ich viele Jahre älter bin als Sie, ist es mir bislang nicht gelungen, meine Hormone unter Kontrolle zu bringen", entgegnete der Graf bedauernd. „Ich feiere zwar nächstes Jahr meinen sechzigsten Geburtstag und bin seit dreißig Jahren verheiratet. Meine beiden Söhne und meine Tochter sind volljährig und stehen bereits im Berufsleben. Demnächst werde ich vermutlich Großvater. Aber der Liebe kann ich nicht entsagen."

„Aber das ist doch erfreulich", erwiderte Ulrich. „Wer kann schon auf so viele Ehejahre zurückblicken und spricht immer noch von Liebe?"

„Meine Ehe, lieber Freund", der Graf war jetzt unerwartet vertraulich, „ist schon seit vielen Jahren nur noch eine Fassade der Harmonie. Meine Frau und ich gehen schon lange getrennte Wege. Sie hat ein Verhältnis mit ihrem Golflehrer, und ich amüsiere mich mit wechselnden Liebschaften."

Jetzt war es Ulrich, dem die Krawatte zu eng wurde. So viel Offenheit war er nicht gewohnt – weder in Geschäftsbeziehungen, noch sonst im Leben. Dass der Graf ein ambitionierter Kulissenschieber war, wusste er seit je her, aber ihn erstaunte, dass der ambitionierte Lügengraf derart unvermittelt – quasi nebenbei – damit herausrückte, was hinter den Kulissen wirklich passierte.

„Warum erzählen Sie mir das?", fragte er verdattert.

„Nun, ich danke Ihnen für Ihre Offenheit. Und ich möchte mich durch Ähnliches bei Ihnen revanchieren", vertuschte der Graf zunächst durch routiniert formulierte Höflichkeiten sein eigentliches Anliegen. Dann aber bedachte er sich eines anderen, kratzte sich an der Wange und rückte mit der Sprache raus: „Nein, das ist es nicht allein. In Wahrheit hatte ich ungefähr geahnt, was Sie mir erzählen würden, wenn auch nicht eine Geschichte dieses Kalibers erwartet. Und ich habe eine Idee mitgebracht, die vielleicht von Vorteil sein könnte – für uns beide."

Langsam fiel bei Ulrich der Groschen. Der Graf verfolgte also eigene Interessen und hatte den ganzen Dialog gezielt eingefädelt, um zum richtigen Zeitpunkt seinen Vorschlag unterbreiten zu können. Das war typisch für das Verhandlungsgeschick des Borkenstein-Diplomatie-Altmeisters.

„Was haben Sie vor?", stammelte er unsicher.

„Keine Sorge, Sie werden davon profitieren, und ich habe ein Problem weniger. Eine klassische Win-Win-Situation!", versprach der Graf und legte Ulrich beruhigend die Hand auf die Schulter. „Aber was halten Sie davon, wenn wir die Details beim Essen besprechen?"

*

Leona oder eine perspektivische Verschiebung

Ein halbe Stunde später saßen die beiden Borkenstein-Manager in einem Restaurant beim American Diner vor einem großen Teller mit Salat, Pommes und einem fetten Rindersteak. Nach und nach erfuhr Ulrich die komplette Lebensgeschichte des Grafen.

Karl Friedrich Hieronymus Graf Leinsdorf war als letzter Nachfahre eines mittelalterlichen Kreuzritters und kühnen Kämpfers auf dem Gut Leinsdorf an der Wien geboren worden. Als seine Eltern starben, kam der junge Knabe in ein Kloster, das er aber schon als 13-jähriger wieder verließ, um als Page am Adelshof des Prinzen Anton Ulrich von Braunschweig in den Dienst zu treten.

Der Prinz verbrachte den größten Teil seiner Zeit in Russland, wo er sich um die Hand der blutjungen Prinzessin Anna Leopold bemühte – erfolglos. Die Braut fand den Möchte-gern-Bräutigam weder schön noch gut genug: Er war klein von Wuchs, stotterte beim Reden, sprach eher wirr als klar und knauserte mit Komplimenten. Dagegen verliebte sie sich in dessen Pagen, und der junge Graf Leinsfeld verliebte sich in die Prinzessin. Aber aufgrund von machtpolitischen Verstrickungen, in denen das Habsburger Königshaus eifrig mitmischte, war klar, dass die beiden diese Liebe nicht und niemals leben durften.

Die Prinzessin sollte schließlich mit dem todkranken baltischen Kronprinzen Karl Ludwig verheiratet werden, um ihm kurz vor seinem Ableben noch einen Erben und damit den Balten einen Thronfolger zu schenken. Anna jedoch, die ihre romantische Sehnsucht zum geliebten jungen Grafen nicht erfüllen konnte und den baltischen Kronprinzen verachtete, suchte mit zarten 17 Jahren den Freitod.

„Das es so etwas heutzutage noch gibt", rief Ulrich aus, bevor er sich staunend die nächste Gabel mit Ketchup-Pommes in den Mund schob.

Der Graf, nunmehr krank vor Liebeskummer und Trauer um die verstorbene Geliebte, meldete sich als 18jähriger freiwillig beim Militär. 1955 ging er mit der schwarzafrikanischen Fremdenlegion in den südlichen Sudan, um an der Seite der Schwarzen gegen die Araber für eine demokratische Republik zu kämpfen. In diesen Kriegsjahren entkam er manches Mal nur knapp dem Tod. So wurde er einmal, als er auf dem Kamel gegen die feindlichen Truppen anritt, dermaßen knapp von einer Luftmine verfehlt, dass er erst, nachdem er hundert weitere Meter geritten war, bemerkte, dass sein Kamel am Hinterteil getroffen war und nur noch auf den beiden Vorderläufen galoppierte.

Obwohl ihm fast egal war, wofür er sein Leben geben würde, hatte er doch gemeint, in einem Glaubenskrieg der christlichen Bevölkerung mitzukämpfen. Nach sieben Jahren Krieg und Völkermord erkannte er jedoch, dass es nicht um Religionsfreiheit oder Menschenrechte, sondern schlicht um Öl,

Wasser und Bodenschätze ging. Die Trauer über die verlorene Geliebte wich nunmehr der Verbitterung über die Boshaftigkeit und Habgier der Welt.

„Hatten Sie denn gar keine Hoffnung mehr?“, fragte Ulrich mitfühlend und schnitt ein Stück von seinem Steak ab.

Der Graf zuckte die Achseln, nahm einen Schluck kalifornischen Wein und seufzte wortlos. Dann setzte er seinen Bericht fort.

Als 25-Jähriger kehrte er nach Europa zurück und machte eine Ausbildung zum Bankkaufmann bei der Wiener Creditanstalt. Doch auch hier erfuhr er bald den Unterschied zwischen dem äußeren Schein und dem wahren Sein.

„Sie müssen nur mal in die Zentrale der Creditanstalt am Schottenring gehen.“ Die Stimme des Grafen schallte laut und energisch durch das Lokal. „Das ist eine wunderschöne Jugendstilhalle, die heute wie einst zu den prachtvollsten Gebäudeausstattungen der Jahrhundertwende gehört. Doch wenn sie nur zweimal um die Ecke biegen, und mit dem alten Paternoster in eines der oberen Geschosse fahren, sehen Sie den maroden Zustand des ganzen Hauses. Sozialistischer Architektur-Realismus in Hochform! Hellgrün gestrichene Wände, von denen der Putz bröckelt, stinkende Toiletten mit gelbem Urinstein und die Angestellten machen ihre Pause auf den zugigen, langen Fluren. Das hält niemand lange aus.“

Ulrich blickte kurz nach links und rechts, aber niemand schien sich daran zu stören, dass der Graf in seiner Empörung die Stimme erhoben hatte. Also lauschte er der weiteren Erzählung.

Die katholisch geführte Borkenstein Privatbank gab dem jungen entfesselten Grafen, der nunmehr gebrochen von der Liebe, zerstört durch den Krieg und desillusioniert von der Creditanstalt war, eine neue geistige Heimat.

„Ich hatte vereinzelt beruflichen Kontakt zu den Beppos. Und war jedesmal sehr beeindruckt. Egal mit wem ich zu tun hatte, sie waren alle adelig, gebildet und hielten die alten geistig-moralischen, familiären und gesellschaftlichen Werte des hohen Standes aufrecht. Die Frage war nur, wie ich diese letzte Burg des Anstandes würde erobern können.“

Der Graf fand eine so einfache wie originelle Lösung: Er flog quasi auf einer Mozartkugel über die hohen Mauern der Borkenstein Privatbank direkt auf den Stuhl eines leitenden Angestellten. Der Hersteller der Echten Salzburger Mozartkugeln war nämlich Kunde der Creditanstalt – „und zwar eine der größten Kanonen", wie der Graf süffisant anmerkte – und als die Geschäftsführung aus Unzufriedenheit über den Service des Wiener Geldhauses sich nach einer anderen Hausbank umsah, sprang der Graf im Hui auf die gen Borkenstein abgeschossenen Finanz-Kugeln, in der Absicht sich mit dem lukrativen Kunden im Gepäck in das renommierte Bankhaus hineintragen zu lassen. Der Plan gelang.

„Und seither sitze ich bei Borkenstein fest. Zwar waren mir bei dem waghalsigen Luftritt nicht unerhebliche Bedenken zu Kopfe gestiegen, aber zuvor hatte ich mir nicht ausreichend Gedanken gemacht, wie ich – wenn ich erstmal drin wäre – jemals wieder aus der BP-Festung herauskommen könnte. Nun, heute bin ich ein Gefangener der moralischen und wirtschaftlichen Feste BP."

„Heißt das, Sie würden Borkenstein gern verlassen, wenn Sie könnten?" Ulrich konnte nicht glauben, was er hörte.

„Manchmal schon. Vor allem, wenn ich mir die Opfer anschaue, die ich bringen muss, um auf dem Gipfel von Ruhm, Macht und Reichtum stehen zu dürfen." Der Graf blickte in sein Glas und schwenkte den Wein. „Ich hatte gehofft, irgendwann einmal ruhig und sorglos leben zu können. Im selben Jahr, wie ich bei BP anfing, lernte ich meine Frau kennen. Wir heirateten, zogen in ein schönes Haus in den Taunus und bald kamen auch die drei Kinder."

Für einen kurzen Moment zog ein Lächeln über das Gesicht des Grafen, doch dann verdüsterte sich seine Miene gleich wieder.

„Nach und nach brach das Leben außerhalb der Bank weg. Es war ein schleichender Prozess. Mein ganzes Privatleben war irgendwann nur noch eine leere Hülse, meine Frau, meine Kinder, mein Haus. Es hatte und hat nichts mit mir zu tun. Aber ich kann es nicht aufgeben. Ohne die Familie verliere ich BP. Die Bank ist mein Leben. Ich bin die Bank, die Bank bin ich."

Ulrich knüllte seine Papierserviette zusammen und legte sie auf den leer gegessenen Teller. Das klang ja geradezu depressiv, was der Graf da von sich gab. Zugleich fühlte er sich bestätigt: Das Dilemma des Grafen entsprang ja der Zerrissenheit zwischen Familie und Beruf. Genau diese Qual der Wahl hatte Ulrich für sich ausgeschlossen, indem er völlig auf ein Privatleben verzichtete und sich ausschließlich dem Beruf widmete.

Doch eines verstand Ulrich nicht: Ausgerechnet der Graf, der mit seinem Liebesleben so voll und ganz gescheitert war, empfahl ihm eine baldige Hochzeit. Merkwürdig. Noch ergab die Geschichte des Grafen keinen Sinn.

„Sie werden mich jetzt vielleicht für unglücklich halten", vermutete der Graf nach einem kritischen Blick auf Ulrich. „Aber ich bin es nicht. Nicht mehr."

Dann fuhr er seinen Bericht fort.

Auf dem Höhepunkt seiner Karriere und dem Tiefpunkt seines Privatlebens lernte der Graf in einer Frankfurter Nachtbar eine junge Russin namens Leona kennen, die ihn an die russische Prinzessin seiner Pagen-Jugend erinnerte.

„Sie hatte die gleichen tiefblauen Augen und denselben sinnlichen Mund. Ich bin sicher, sie entstammt dem gleichen Adelsgeschlecht wie meine geliebte Prinzessin Anna."

Leona war eigentlich eine musikalisch begabte Künstlerin, doch aufgrund ihrer schwierigen Lebensumstände sang sie nicht an der Oper, sondern bloß in einer abgetakelten Nachtbar in Frankfurt-Sachsenhausen und verdiente sich notdürftig ihren Lebensunterhalt. Bei Licht betrachtet sah sie sich manches Mal sogar dem Vorwurf der Prostitution ausgesetzt, und der Graf räumte ein, dass man sie durchaus als Prostituierte bezeichnen könnte, allerdings nur wenn man eine Frau, die sich als Ganzes für Geld an einen Mann verkaufte, als „Gemahlin" – und eine Frau, die bloß ihren Körper gegen Geld eintauschte, als „Prostituierte" bezeichnete. Leona jedenfalls übte sich in dieser strittigen Angelegenheit in größter Sachlichkeit und hatte das, was manche ihrer Zeitgenossinnen nur als gelegentliche Ausschweifung praktizierten, zu ihrer alltäglichen Profession gemacht.

Wie auch immer, die Liebe des Grafen entbrannte in bislang ungekannter Weise und er beschloss, die Prinzessin ohne Stammbaum aus ihrem Sachsenhausener Dornröschenschloss zu befreien. Er kaufte ihr ein Appartement im Westend Frankfurts, meldete sie bei einem ordentlichen Deutschkurs an, kleidete sie neu ein, zahlte ihr ein üppiges monatliches Taschengeld und führte mit ihr in aller Heimlichkeit ein wunderbares Liebesleben. Zwei Jahre lief alles perfekt.

„Leona ist jetzt 19. Und sie will Kinder. Aber wenn Leona auch eine vollkommen sachliche Auffassung der sexuellen Frage besitzt, so hat sie doch ihre Moral. Als traditionell denkende Katholikin will sie keine unehelichen Kinder."

Ulrich nickte dem Kellner, der die Teller abräumte, freundlich zu und gab ihm zu verstehen, dass sie beide gern noch eine Tasse Kaffee trinken würden. Dann wandte er sich in betonter Sachlichkeit dem Grafen zu:

„Das heißt, dass Sie sich scheiden lassen müssen. Und das belastet Ihr Gewissen?“

Der Graf zündete sich ein Zigarillo an und paffte ein paar Kringel in die Luft, während Ulrich ein Kaugummi aus dem Zellophan wickelte und zwischen die Zähne schob.

„Schlimmer, viel schlimmer“, stöhnte der Graf und ließ den Kopf in die Arme sinken. „Scheidung bedeutet meinen Tod. Leona wäre Witwe, meine Kinder wären Waisen.“

„Aber wieso?“ Ulrich verstand den Zusammenhang nicht.

Der Graf hob den Kopf wieder und blickte seinen jungen Kollegen verzweifelt an: „Kennen Sie Alfred Herrhausen?“

„Nun, nicht persönlich“, entgegnete Ulrich, „aber ich weiß, dass er als Vorstandssprecher der Deutschen Bank vor ein paar Jahren von Terroristen ermordet worden ist.“

„Angeblich!“, rief der Graf, „angeblich waren es Terroristen. Aber ich sage Ihnen: Ich weiß, wer es wirklich war!“

Der Kellner brachte den Kaffee und stellte scheppernd die Tassen auf den Tisch. Als er fort war, flüsterte der Graf beschwörend:

„Bis heute ist nicht geklärt, wer hinter dem Attentat auf Herrhausen steckt. Und auch in zwanzig Jahren wird es niemand wissen, weil es niemand wissen will und niemand wissen darf. Aber ich weiß es! Die ganze Logistik ist viel zu perfekt für die Stümper von der RAF. Solche Technik beherrschen die Buben doch gar nicht. Sowas lernt man höchstens beim Militär, wo die Kerle nicht waren, weil sie den Dienst verweigert haben, oder man lernt es beim Geheimdienst.“

Ulrich schaute sich unsicher im Lokal um, diesmal weil er Sorge hatte, dass der Graf durch sein Flüstern auf sich aufmerksam machte – und zwar Zuhörer, die fürs heimliche Lauschen bezahlt wurden. Er fühlte sich wie in einem Spionagefilm. Welcher war der dritte Mann in diesem Dialog?

„Aber, Graf Leinsdorf, wollen Sie etwa behaupten, der deutsche Geheimdienst habe Herrhausen ermordet?“

„Ich behaupte gar nichts!“ Der Graf schlürfte ungehörig seinen heißen Kaffee. „Aber ich weiß, dass Deutsche-Bank-Boss Hermann Josef Abs, der alte Kathole, auf jeden Fall verhindern wollte, dass Herrhausen sich scheiden ließ, um seine zweite Frau zu heiraten. Herrhausen aber ließ sich nicht abbringen, er hat sogar seinen Rücktritt aus dem Vorstand angeboten. Aber sein Rücktrittsgesuch wurde von den anderen Vorstandsmitgliedern nicht angenommen. Angeblich war alles okay. Man gab sich modern und aufgeschlossen. Kurze Zeit später war Herrhausen tot."

Ulrich starrte in seine Kaffeetasse. Dann brummte er: „Glauben Sie wirklich, dass da ein Zusammenhang besteht? Wenn ich nicht irre, lagen zwischen der Scheidung und der Ermordung mehr als zwölf Jahre..."

„Na und?", fuhr der Graf von seinem Stuhl auf, „ich will auch in zwölf Jahren nicht in meinem Auto in die Luft gejagt werden!"

Um den Graf nicht weiter zu erzürnen, ersparte Ulrich sich die Bemerkung, dass in zwölf Jahren der Graf über siebzig Jahre alt sei und vielleicht froh wäre, wenn ihm irgendeine höhere Instanz den mühseligen Gang durchs Altersheim ersparen würde. Stattdessen sagte er:

„Was gedenken Sie also zu tun?"

„Ich muss einen Ehemann für Leona finden, der damit den hohen moralischen Vorstellungen Leonas ebenso genügt wie ich, der ich ohne Scheidung den hohen moralischen Vorstellungen von Borkenstein genügen muss und werde", sagte der Graf in größter Nüchternheit. „Natürlich beides nur zum Schein. In Wahrheit bleibt alles so, wie es ist."

„Ja, aber wer sollte sich denn zu solch einem Kammerspiel bereit erklären?", fragte Ulrich verwundert.

Krachend ließ der Graf seine flache Hand auf der Tischplatte landen. „Nun seien Sie doch nicht so begriffsstutzig, Ulrich! Sie natürlich! Wer denn sonst?"

„Ich???" Ulrich wäre beinahe hintenüber vom Stuhl gefallen. Zum Glück saß er auf einer typischen American Diner-Bank, von der man selbst nach einer Überdosis Ketchup nicht fallen konnte.

„Ich?", wiederholte Ulrich, als er langsam die Fassung wiedergewann, „Sie meinen, ich soll Ihre Leona zum Schein heiraten, damit Sie mit ihr Kinder zeugen und großziehen können, obwohl Sie weiterhin mit Ihrer Ehefrau verheiratet sind?"

„Perfekt. Ich wusste, dass Sie über eine verdammt schnelle Auffassungsgabe verfügen", strahlte der Graf nunmehr in der gewohnten Souveränität. „Ich denke, dass Sie auch entscheidungsstark und schnell entschlossen sind, wie es sich für einen Top-Manager gehört."

„Aber warum sollte ich das tun?"

„Muss ich Ihnen wirklich noch die Vorteile aufzählen?" Der Graf runzelte die Stirn. „Aber wenn Sie wollen." Der Graf spreizte den Daumen: „Erstens: Sie wollen Karriere machen. Das wird nicht gehen, wenn Sie nicht bald Ihre sexuelle Normalität durch eine Heirat unter Beweis stellen."

„Zweitens", der Graf streckte auch den Zeigefinger aus. „Sie wollen richtig Karriere machen. Dann lesen Sie mal die Lebensläufe von Vorstandsmitgliedern irgendwelcher Unternehmen. Die sind alle nicht nur verheiratet, sondern haben auch stets Kinder – und zwar immer drei. Also beten Sie zum Herrgott, dass ich noch in der Lage bin, drei Kinder zu zeugen!"

„Und drittens", der Graf spreizte nunmehr auch den Mittelfinger ab: „wollen Sie nie wieder lieben, sondern sich ganz auf Ihren Beruf konzentrieren, damit Sie nicht nur richtig, sondern absolute Top-Karriere machen können. Wie wollen Sie das alles unter einen Hut bekommen, wenn nicht mit meinem Vorschlag?"

„Und woher wollen Sie wissen, dass ich die Ehe mit Leona nicht eines Tages wirklich vollziehe?"

Ulrich wusste, dass das eine idiotische Frage war. Er hatte diese russische Mätresse bislang ja noch nicht mal gesehen. Aber ein anderer Einwand fiel ihm im Moment nicht ein, und er wollte auf keinen Fall das Gespräch ohne Widerspruch ausklingen lassen. Der Vorschlag des Grafen schien ihm so wagemutig, dass er darüber in Ruhe nachdenken wollte – bevor er irgendeine Entscheidung fällen würde.

Der Graf lächelte vielsagend. „Weil ein Mann mit Ihren Eigenschaften sein Wort hält und Sie mir vorhin glaubhaft versichert haben, dass Sie Sex für Zeitverschwendung halten. Warum sollten Sie extra nach Frankfurt jetten, um sich ausgerechnet mit meiner Geliebten von Wichtigerem abhalten zu lassen?"

„Eine Ehe bedeutet aber auch eine Vielzahl von Verpflichtungen", wandte Ulrich nun ein. „Was, wenn Ihre Leona krank wird oder die Kinder kriminell oder Sie aus irgendwelchen Gründen kein Interesse mehr an der Dame haben? Dann muss ich sämtliche Kosten tragen. Warum sollte ich mich darauf einlassen?"

„Weil Sie finanziell nur Vorteile haben werden. Zum einen weil Sie ohne dieses Modell niemals die Karriere machen, die Sie sich erträumen. Und zum anderen, weil ich Sie in mein Testament einbeziehen werde und Ihren

Anteil an der nicht geringen Erbschaft schon jetzt bei einem Notar hinterlegen werde, der Ihnen monatlich einen angemessenen Betrag auszahlt, den Sie wiederum an Ihre Frau Gemahlin weiterleiten. Natürlich alles unter dem höchsten Siegel der Verschwiegenheit."

Der Graf hatte den Plan offenbar bereits bis ins letzte Detail durchdacht. Ulrich rieb sich die schmerzende Stirn. War das alles vielleicht nur ein schrecklicher Albtraum?

„Denken Sie drüber nach", empfahl der Graf, für den das Diner jetzt beendet war. „Aber lassen Sie sich nicht allzu viel Zeit. In Frankfurt brodelt die Gerüchteküche und Leona verweigert sich mir, bis ich eine Lösung gefunden habe. Mit anderen Worten: Der Druck ist enorm!"

Mit diesen Sätzen stand er vom Tisch auf und griff seinen Mantel. Dann wandte er sich nochmal Ulrich zu:

„Und bedenken Sie: Ich weiß mindestens so viel über Sie, wie Sie über mich! Also machen Sie jetzt keinen Fehler!"

Dann verließ er das Restaurant. Ulrich saß noch eine gute halbe Stunde in Gedanken versunken da, zahlte die Rechnung, klebte sein Kaugummi unter die Tischplatte und ging dann wieder ins Büro.

9

Sektions- und Agenturchef Tuzzi

Weitere Entwicklung

Ulrich und Leona heirateten am 17. Juli 1994 im kleinsten Kreis vor dem Frankfurter Standesamt. Als Trauzeuge waren Graf Leinsdorf und Ulrichs Schwester Agathe angetreten – letztere übrigens im fünften Monat schwanger. Der Graf nahm seine Rolle als Trauzeuge so ernst, dass er sämtliche Texte Ulrichs synchron mitsprach, so dass der Standesbeamte irgendwann amüsiert fragte, ob der Graf nicht vielleicht selbst die Braut ehelichen wolle. Es gab ein kurzes pikiertes Schweigen im Amtsaal, dann wurde die Behörden-Zeremonie fortgeführt.

Die kirchliche Trauung wurde direkt im Anschluss in einer katholischen Kapelle in Niederursel im Taunus vollzogen. Erneut nahm Graf Leinsdorf engagiert daran Anteil. Dieses Mal bezog Ulrich allerdings einen strengen Blick vom Pfarrer, als er laut und deutlich auf die alles entscheidende Frage mit „Ja!" antwortete. Der Pfarrer war ein alter Klosterschüler und kannte Leinsdorf von Kindstagen an. Offensichtlich wusste er auch um die Hintergründe dieser Eheschließung und verurteilte Ulrichs unverfrorene Lüge vor dem Altar Gottes.

Am 4. November 1994 brachte Agathe gesunde Zwillinge zur Welt, einen Jungen und ein Mädchen. Man war allseits erleichtert, dass die schlimme Krankheit des Vaters sich nicht ausgewirkt hatte und keines der beiden Kinder behindert auf die Welt gekommen war. Die Eltern tauften die beiden auf die Namen Ulrike und August. Gottlieb Hagauer erwies sich trotz Rollstuhl und fortschreitender Lähmung als fürsorglicher Vater, wenngleich er sich weiterhin – allen krankheitsbedingten Behinderungen zum Trotz – fast ausschließlich seiner Forschung widmete.

Am 23. Februar 1995, zwei Tage vor seinem 27. Geburtstag, verschwand Moosbrugger spurlos aus Singapur und hinterließ ein Defizit von mehr als 600 Millionen Pfund. Ulrich war beeindruckt: Von 23 auf 600 Millionen binnen weniger als drei Jahren! Moosbrugger war ein Wachstum von fast 3.000 Prozent gelungen – wer konnte das schon von sich behaupten?

Am 24. Februar meldete die Herings Bank Konkurs an. Im Londoner Unterhaus wurde lauthals darüber verhandelt, wie man zukünftig verhindern wolle, dass ein skrupelloser Investmentbanker ein britisches Unternehmen in den Ruin treiben könne. In den Boulevardzeitungen wurde das Königshaus befragt, weil auch die Queen bei der Traditionsbank Herings als ‚König Kunde' Geld verloren hatte.

Am 2. März 1995 wurde Moosbrugger am Frankfurter Flughafen verhaftet. Der Geld-Massenmörder sah aus wie ein harmloser Tourist: Jeans, T-Shirt, Basecap. Die Welt war geschockt: In dieser harmlosen Gestalt steckte der schlimmste Verbrecher der britischen Bankgeschichte. Er wurde in Handschellen seinen Richtern vorgeführt.

Am 1. April 1995 brachte Leona einen Jungen auf die Welt. Die Eltern nannten ihn Karl.

Am 1. September 1995 wurde Ulrich stellvertretendes Mitglied des Vorstandes der Borkenstein Privatbank, kehrte wieder an den Hauptsitz nach Frankfurt zurück und war nunmehr zuständig für den Bereich New Business & Marketing.

*

Heimweg

Gemeinsam mit seiner Frau und dem Sohn zog Ulrich in eine prachtvolle Villa in den Taunus, ganz in die Nähe des Grafen, mit dem er fortan nicht nur beruflich eng zusammenarbeitete, sondern auch privat eine intensive Freundschaft pflegte. Sie fuhren gemeinsam in den Urlaub, beide Männer natürlich in Begleitung ihrer Ehefrauen, und erlaubten sich sogar den Luxus, einen privaten Golflehrer mitzunehmen, und das erstaunlicherweise sogar dann, wenn sie in den Skiurlaub nach Kitzbühl reisten.

Die Gerüchteküche brodelte auf Hochtouren, manch üble Nachrede vermutete Gruppensex oder Partnertausch im Stil der Swingerclubs, aber nachweisen ließ sich nichts. Immer wurden korrekt zwei Doppel- und ein Einzelzimmer gebucht, immer reisten die Paare und der Golflehrer separat an.

Ulrich vollbrachte die Kunst, sich hundertprozentig im Job zu engagieren und trotzdem ein offensichtlich glückliches Privatleben zu führen: Seine Frau Leona bekam Jahr für Jahr ein Kind. 1996 wurde Friedrich geboren, 1997 Hieronymus.

Dass bei allen drei Söhnen der Graf bei der Namensgebung Pate gestanden hatte, ließ wiederum die Gerüchteküche aufbrodeln. Manch besonders kritische Zeitgenosse behauptete sogar, die Söhne Leonas hätten mehr Ähnlichkeit mit dem Grafen als mit Ulrich. Doch die nicht mehr ganz jungen Eltern traten sehr harmonisch und überzeugend mit den Kindern in der Öffentlichkeit auf, so dass sämtliche böse Nachrede im Keim erstickt wurde.

Doch trotz der zeitraubenden privaten Aufgaben blieb Ulrich der ehrgeizige Manager, der er immer gewesen war. Mit demselben Eifer, mit dem er die Industriekunden in den USA zufrieden gestellt hatte, stellte er sich nunmehr auch seinen neuen Aufgaben. Statt um die Welt zu jetten, pendelte er nunmehr durch den osteuropäischen Raum. Denn das New Business fand in diesen Jahren vor allem in Prag, Budapest, Warschau, Bukarest und St. Petersburg statt. Die Industrie entdeckte die lukrativen Standortvorteile des einstigen Ostblocks, und Ulrich entdeckte die Ost-Industrie als lukrative Kreditkunden. Alle Beteiligten zählten dabei auf die zahlreichen staatlichen Fördermaßnahmen und Subventionen, die den Aufbau Ost vorantreiben sollten und zumindest den Aufbau West insofern vorantrieben, als die westlichen Unternehmen wussten, wie und wann man die Ost-Subventionen beantragen musste.

Das Tempo, das Ulrich vorlegte, war enorm. Innerhalb weniger Jahre baute er in allen östlichen Hauptstädten Borkenstein-Niederlassungen auf und akquirierte an die hundert mittelständische Unternehmen, die durch die neuen Ostmärkte auf Expansionskurs gingen und sich dabei durch die Borkenstein Privatbank finanziell beraten ließen. Der Erfolg zog bald den Ruhm nach sich.

Die Financial Times rühmte ihn als einen Manager, „dessen Dynamik viele Vorstandskollegen ins Taumeln bringt“. Die FAZ formulierte ihre uneingeschränkte Bewunderung: „Er hat immer mehr als ein Geschäft in der Pipeline. Er ist voller Überraschungen.“ Und auch das Handelsblatt staunte: „Er ist ein kühler Stratege. Entscheidungen aus dem Bauch heraus sind bei ihm nicht nur wegen seiner schlanken, sportiven Erscheinung schwer vorstellbar.“

Dass die Journalisten auf ihn aufmerksam wurden, geschah nicht von ungefähr. Die Redakteure hatten Ulrich vor allem deswegen als lohnende Geschichte für ihre Magazine entdeckt, weil der aufsteigende Top-Manager sich inzwischen professionelle Beratung in die Bank geholt hatte, wozu es eine pikante Vorgeschichte zu erzählen gibt:

Als Vorstandsmitglied war Ulrich nicht nur für den Aufbau der Neugeschäfte in Osteuropa zuständig, sondern auch für das bei Borkenstein etwas ungeliebte Metier ‚Marketing'. Der Bereich war bei BP schon aus der Tradition heraus ungelitten: Marketing war Werbung, und Werbung war laut und marktschreierisch. Derlei vorlautes Gehabe hatte man jedoch als quasiblaublütiges Geldinstitut nicht nötig. Auf einen Vorstand Marketing hätte man bei BP gut und gerne verzichtet, aber leider ging das nicht. Als florierendes Unternehmen hatte man nunmal einen Vorstand Marketing, und schließlich musste sich selbst die Borkenstein Privatbank den Gepflogenheiten der wirtschaftlichen Oberschicht anpassen – wenngleich natürlich nur insoweit, dass man nicht vollkommen unpassend war.

So kam es, dass Ulrich als Marketingbeauftragter keine besonderen und in jedem Fall keine besonders anstrengenden Aufgaben hatte. Weder galt es große Plakat- oder Anzeigenkampagnen in die Welt zu setzen, noch brauchte BP eine zielgruppenspezifisch aufgefächerte Kundenansprache im Marketing-Mix, noch hätte BP sich durch TV- oder Radio-Spots an die breite Öffentlichkeit wenden wollen. Marktforschung, Marktpsychologie oder Markenpenetration waren Fachbegriffe, die man bei BP nicht kannte.

Nein, Ulrichs Job als Marketingvorstand bedeutete im Grunde nichts anderes als die Druckerei-Aufträge abzuzeichnen, in denen Überweisungsformulare, Sparbücher oder andere alltägliche Geschäftspapiere geordert wurden.

So ließ er mehr oder weniger aus Langweile und allein zu seinem Amüsement etwa vierteljährlich irgendwelche renommierten Werbeagenturen zum so genannten „Pitch" antanzen. Sie sollten ihm in solchen Wettbewerbspräsentationen wahlweise ihre Ideen für einen kompletten Imagerelaunch der Bank oder auch nur für eine kleine Printkampagne vortragen.

Natürlich sah keine Agentur dafür jemals Geld und natürlich versicherte jede Agentur, dass sie normalerweise niemals auch nur einen Finger rühren würde, ohne sich dafür bezahlen zu lassen; aber dieses Mal würde man da eine Ausnahme machen, immerhin sei Borkenstein ja nicht irgendwer und da die Bank ja bislang über wenig Marketingerfahrung verfüge, wolle man sich da mal großzügig zeigen. Man ginge aber davon aus, dass man hinterher nicht über jede Zeile des Marktingbudgets verhandeln müsse …

Ulrich nickte oder schüttelte den Kopf, je nachdem, was gerade von ihm verlangt wurde, wartete auf den großen Präsentationstermin, lehnte sich an diesem Tag X bequem in seinem schwarzen Chefsessel zurück und ließ sich einige Stunden lang unterhalten. Die bunten Charts –„damit Sie wissen, was wir uns gedacht haben" –, die Layouts der knalligen Anzeigen – „alles selbstverständlich erst im Entwurfsstadium" –, die reißerischen Slogans – „nur Erstversionen, alles nur Erstversionen" – die eleganten Rohtexte – „noch ganz grob" – und die netten kleinen Gimmicks – „nur so als Idee" – lenkten ihn von seinem Leben ab, das ihm derzeit sonst wenig Nettes zu bieten hatte.

Er liebte diese Präsentations-Shows der Werber, wenngleich er wusste, dass er niemals auch nur ein Komma von deren hundert Seiten starken Konzeptpapieren realisieren würde. Die kleinen bunten Shows waren wie Kinovorstellungen, in denen vom Drehbuchautor bis zum Kameramann alle nur um die Diva Ulrich herumwirbelten und Geschichten erfanden und erzählten, in denen er der Held und zugleich der einzige Zuschauer war. So etwa musste sich Sonnenkönig Ludwig XIV. gefühlt haben, wenn er in Versailles selbst die Hauptrolle einer lebenslangen Machtinszenierung spielte und den kompletten Hofstab als Statisten und das gesamte Schloss als Kulisse einer barocken Welturaufführung ins Gedächtnis der Menschheit bannte.

Natürlich sprach sich in Windeseile in der Branche herum, dass Borkenstein immer mal wieder eine Gratis-Präsentation verlangt und dennoch hinterher keinen Auftrag erteilt hatte. Aber da die Werber zu den Krähen gehören, die sich sehr wohl wechselseitig die Augen auspicken, wurde nur verlacht, wer ohne Auftrag bei BP aus der Tür ging. „Die hatten ja noch nie eine gute Idee", wurde dann hinter dem Rücken gehetzt, und die vermeintliche Warnung vor BP schürte nur den arbeitswütigen Ehrgeiz der verkappten Künstler, derjenige zu sein, welcher …

Ulrich lernte wie immer schnell und sorgte bald schon durch anspruchsvolle Briefings dafür, dass auch die Präsentationen immer anspruchsvoller wurden. Gab er sich anfangs noch mit schlichten Entwürfen für ein neues Logo oder ein vollständig relaunchtes Corporate Design zufrieden, so formulierte er bald schon in den ersten Briefinggesprächen seine wachsenden Ansprüche: Er wolle etwas wirklich Originelles sehen. Als Zielgruppen müsse man gleichermaßen die konservative gehobene Klientel erreichen wie auch den Mann von der Straße, schließlich wolle man keine Akzeptanzprobleme haben – auch nicht bei denen, die niemals BP-Kunde würden.

Manchmal verlangte er vorab eine Kurzversion der Präsentation als „Manual" für den gesamten Vorstand – und er ahnte, dass das einzelne Mitarbeiter in der Agentur eine Wochenend-Sonderschicht kosten würde. Ein anderes Mal wollte er nach der Präsentation noch eine ausführliche schriftliche Ausarbeitung der – in der Präsentation ja nur angerissenen – Ideen, damit er im Vorstand die entsprechende Mehrheit für diese wirklich originelle Kampagne gewinnen könne.

Nicht alle Agenturen glänzten in den Präsentationen. Einige versuchten in plumper Art und Weise erfolgreiche Kampagnen anderer Agenturen zu kopieren, andere waren zwar originell, aber variierten ganz offensichtlich die immer gleiche Idee bei jeder Präsentation, solange bis irgendein Kunde den Auftrag erteilte. So hatte Ulrich die später bekannten Kampagnen „Otto – find ich gut", „Ich rauche gern" und „Wir können alles, nur kein Hochdeutsch" bereits Jahre zuvor in BP-Varianten kennen gelernt: „BP - find ich gut", „Ich spare gern" und „Wir verdienen alles, nur nicht Sie".

Letzter Slogan ging natürlich anders, aber Ulrich hatte vergessen, wie die flotten Werbetexter den Slogan gedreht hatten, damit er positiv rüber kam. So hätte er ihn lustig gefunden, aber natürlich völlig ungeeignet für BP, weswegen er ihn ablehnte und die ganze Kampagne nicht realisiert wurde.

Das Ergebnis war ohnehin immer das Gleiche:

Egal wie gut eine Präsentation war, egal wie viel Mühe sich eine Agentur gab, niemals erteilte Ulrich auch nur irgendeinen Auftrag. Im Gegenteil: Er entwickelte ein geradezu sadistisches Vergnügen daran, den Werbern im Nachhinein irgendwelche Gründe zu nennen, warum ihre Leistung leider nicht ausgereicht habe. Zu banal, zu wenig typisch für Borkenstein, zu teuer, oder besonders hinterhältig: zu kreativ – „das glaubt uns keiner!"

Wenn er besonders gemein sein wollte, hielt er die Agenturleute eine Weile hin, forderte sie zu kleinen Nacharbeiten auf und machte ihnen größte Hoffnung, dass ganz sicher ganz bald die internen Weichen gestellt, die notwendigen Investitionsmittel freigegeben, die fehlenden Ressourcen gefunden, die zeitlichen Kapazitäten geschaffen seien …

Am meisten faszinierte ihn an diesem Spiel, dass keine der Agenturen ihm auch nur einmal den Stinkefinger zeigte. Man blieb freundlich, positiv, zuvorkommend – niemand sagte jemals ein böses Wort. Stattdessen lobte man sich selbst als flexiblen Dienstleister, der ganz individuelle, maßgeschneiderte Konzepte abliefere und natürlich größtes Verständnis auch für die internen Abstimmungsschwierigkeiten eines jeden Kunden habe.

Man buhlte um sein Vertrauen: „Nur in aller Offenheit können wir optimal miteinander kooperieren." Man schmierte ihm Honig um den Bart: „Gerade Ihre Innovationskraft verdient in den Fokus der Öffentlichkeit gerückt zu werden!" Man überschüttete ihn mit originellen Geschenken und luxuriösen Sonderleistungen: „Freuen Sie sich mit uns …."

*

Verwandlungen Diotimas

Im Zug dieser amüsanten „TorTour d'Agentur", die Ulrich heimlich für sich und die Werbetreibenden ins Leben gerufen hatte, kam er irgendwann auf den Gedanken, dass es vielleicht wirklich keine ganz schlechte Idee sei, sich von einer PR-Agentur die tägliche Arbeit erleichtern zu lassen.

Vor allem seine aufwändigen Ost-Geschäfte machten ihm Müh, da er sich permanent um die Aufmerksamkeit der Wirtschaftsbosse bemühen musste, die sich mit Ost-Expansionsplänen herumschlugen, ohne das aber natürlich öffentlich zu machen. Das heißt, er ging von einer Wirtschaftsveranstaltung zur nächsten, plauderte mit diesem und jenem, schnitt immer mal wieder rein zufällig das Thema „Neue Märkte im Osten" an, flocht geschickt Hinweise auf die herausragenden Kompetenzen der Borkenstein Privatbank in gerade diesem Bereich ein und beobachtete, ob der Gesprächspartner an irgendeiner Stelle größeres als das Smalltalk-Interesse zeigte.

Und auf der anderen Seite bewegte er sich durch alle möglichen politischen Zirkel, um zu erfahren, ob es noch irgendwelche nicht ausgeschöpften Fördertöpfe gäbe, die er anzapfen könnte, um damit irgendeinen seiner Kunden zu füttern, der damit natürlich die Borkenstein Privatbank interessante Finanzgeschäfte abwickeln lassen würde, mit denen alle verdienen, nur der Staat nicht – schließlich werden Gewinne aus Steuersubventionen nicht besteuert.

Dieses mühselige Geschäft ging Ulrich gegen den Strich. Und da Feste und Feiern auch nicht seine Sache waren, hätte er liebend gern darauf verzichtet. Und also beschloss er eines Tages, sich eine Agentur zu suchen, die diese nervtötende Lobby-Arbeit für ihn erledigen könnte.

„Tuzzinger!", antwortete Graf Leinsdorf wie aus der Pistole geschossen, als Ulrich ihn nach einer Empfehlung fragte. „Eine andere Agentur kommt nicht in Frage. Wenn dann Tuzzinger!"

„Warum? Wer ist das?", fragte Ulrich nach und bekam dann sofort die Erklärung:

„Linda Borkenstein, Spross des Banken-Clans und jüngste Tochter unseres werten Herrn Aufsichtsrats-Vorsitzenden, hat zusammen mit ihrem Mann und irgendeinem britischen Großlobbyisten eine PR-Agentur gegründet. Aus den Namen ihres Mannes, Tuzzi, und des Briten, Salinger, wurde dann der Firmenname zusammengemauschelt: Tuzzinger. Fragen Sie mich nicht!" Der Graf hatte offenbar keinerlei Ambitionen, die Firmengeschichte der Agentur akkurat aus dem Gedächtnis zu kramen:

„Jedenfalls war der Borkenstein-Gemahl früher mal irgend so ein Diplomat und hat eine Menge Kontakte bis in die höchsten Ebenen der Politik, ebenso der britische Partner. Über Madame BP laufen die Kontakte in die Finanz- und Wirtschaftswelt. Die Agentur geht gut. Was will man mehr?"

Eine Woche später saß Ulrich im edlen Konferenzraum der edlen Agentur Tuzzinger in einem edlen Büroneubau im edlen Frankfurt-Holzhausen. Edle Designerstühle umrahmten den edlen, aber gewaltigen Konferenztisch, an dem sicher an die fünfzig Personen Platz gefunden hätten.

„Wir sind edel, wir sind treu", posaunte der Agenturchef laut heraus, während seine Assistentin ein Champagnerglas vor Ulrich aufstellte. Tuzzi lachte lauthals: „In meinen Zeiten als ‚Sektionschef' habe ich mir immer gewünscht eines Tages 'Sekt-Chef' zu sein. Und heute trinke ich nichts anderes mehr. Aber es muss ein Moet-Chandon sein, sonst kriege ich das Brizzelwasser nicht runter!“

Die derbe Art des Agenturinhabers passte nicht recht zu der Raumausstattung und dem Gesamteindruck, den Tuzzinger auf den ersten Blick vermittelte, aber Ulrich, der sich durch die edle Atmosphäre zunächst eingeschüchtert gefühlt hatte, spürte, wie er langsam entspannte. Wenn Agenturchef Tuzzi derart locker auftrat, obwohl alles vom Feinsten war, dann musste auch Ulrich nicht den Benimm-Knigge auswendig aufsagen können.

„Prösterchen“, rief Tuzzi fröhlich über den Tisch und kippte das erste Glas Champagner in sich hinein. Dann strahlte er seinen Gast an:

„Ich freue mich, dass Sie hier sind, Herr Doktor, hier sind Sie richtig. Wir haben ein Super-Image, einen Super-Ruf. Da kommt keiner gegen an. Wir bringen Sie dahin, wo Sie hinwollen!“

Die lautstarke Prahlerei des PR-Mannes überraschte Ulrich sehr. Bislang hatte er immer geglaubt, dass es bei dieser Art von Lobby-Arbeit um dezente und fast stillschweigende, in jedem Fall diskrete Form der Kommunikation ginge. Tuzzi polterte weiter:

„Meine Frau kommt leider ein paar Minuten später. Sie wollte unbedingt bei diesem Gespräch dabei sein. Das zeigt ihre enge Verbundenheit mit dem Familienunternehmen.“ Tuzzi füllte sein Glas ein zweites Mal, Ulrichs war zum Nachgießen noch zu voll.

„Klar, wenn bei uns der Name Borkenstein fällt, dann stehen alle Mitarbeiter stramm! Ehrlich gesagt, haben wir auch schon ohne Auftrag für Sie gearbeitet, immer wenn sich Gelegenheit dazu bot. Sie wissen ja, eine Empfehlung hier, eine Namensnennung dort, und schon wird das Geschäft angekurbelt.“

Kaum hatte der Agenturchef den letzten Satz beendet, da öffnete sich die Tür und eine bildschöne Frau im dunkelblauen Hosenanzug betrat den Raum. Ihr blondes Haar hatte sie zu einem Knoten hochgesteckt und die dezent aufgetragene Schminke unterstrich ihre natürliche Schönheit.

Diotima! Das konnte nicht wahr sein! Ulrich hielt den Atem an. Eine Verwechslung, eine optische Täuschung!

„Ich freue mich, Sie kennen zu lernen“, sagte die attraktive Mittvierzigerin, während sie ihm die Hand entgegenstreckte. Doch an der Art, wie sie ihm dabei in die Augen sah, erkannte Ulrich, dass sie log. Nein, sie lernten sich nicht kennen. Sie kannten sich schon. Endlich, in diesem Moment, erfuhr Ulrich den Namen seiner großen unglücklichen Liebe aus Studententagen: Ermelinda Tuzzi, geborene Borkenstein, von Freunden wurde sie Linda gerufen, und von Ulrich in seinen Träumen – ach! – Diotima.

Es erschien ihm wie eine plumpe Ironie des Schicksals, dass er all die Jahre in ihrer nächsten Nähe gearbeitet hatte, dass sie sich nie begegnet waren, obgleich sie doch zum Greifen nahe gewesen war, dass er nie geahnt hatte, wer sich hinter der kleinen Linda verbarg, von der der alte Borkenstein manchmal geplaudert hatte, dass sie nach allem, was er ihretwegen durchgemacht hatte, jetzt vor ihm stand und ihm eine Begrüßungsfloskel aufsagte, ihm, der seit Jahren an keine andere Frau auch nur denken konnte.

Während ihm alle diese Gedanken durch den Kopf schossen, hatte Ulrich die ganze Zeit die Hand Ermelinda Tuzzis festgehalten. Vorsichtig und freundlich lächelnd löste sie nunmehr den festen Handgriff, nahm sich ein Glas und ließ sich von ihrem Mann Champagner eingießen.

„Salute!“, sagte sie mit dem hinreißendsten Zauber um die Mundwinkel, den Ulrich jemals gesehen hatte, und er spürte, dass seine einstige Liebe immer noch so leidenschaftlich in ihm gärte wie am ersten Tag.

„Sa-la-lute!, stotterte er etwas unbeholfen zurück.

„Salute!“, donnerte auch Tuzzi und schob mit einem männerbündischen Augenzwinkern zu Ulrich mehr oder weniger flüsternd nach: „Gelle, ein Prachtweib, nicht wahr?!“

Wie nur in Gottes Namen war die zauberhafte Diotima an diesen ungehobelten Kerl geraten? Was war geschehen, dass Ulrichs Engel der Nacht die Tage an der Seite dieses Teufels verbrachte? Der ganze Stil des Hauses, all das Edle, Schöne Wahre, – das war eindeutig ihre Handschrift, nur ihre! Wie war sie bloß in die Klauen dieses wilden Monsters geraten?

Innerlich sattelte der tapfere und edle Prinz Ulrich seinen feurigen Rappen, steckte sein scharfes Schwert in den diamantbesetzten Schaft und klappte das Scharnier seiner Ritterrüstung herunter. Er überlegte, welches Haupt er dem neunköpfigen Drachen zuerst vom Halse schlagen sollte, während er den reißenden Strom der kalten Worte zwischen sich und seiner zu befreienden Prinzessin ins Tal des Todes hinabstürzen sah.

Tuzzi plapperte wie ein Wasserfall. Nur gelegentlich erhaschte Ulrich einen Satzfetzen – „Was ich vortrage, findet Gehör“ – „Wir sind das Haus, das sich auskennt“ – „Wir wissen, wie das Land funktioniert“ –, ansonsten war das tosende Rauschen des Verbalstromes ungreifbar und übermächtig. Wie würde er diesen gewaltigen Fluss voller Unrat und Morast überwinden können, um seine Holde aus den Klauen des Ungetüms zu befreien?

Ulrichs Hirn arbeitete auf Hochtouren. Erinnerungsfetzen schossen ihm ins Gedächtnis. Damals hatte er ihr Herz erobert, als er nach geschlagener und verlorener Schlacht verwundet und verletzt am Boden lag. Damals war er ein junger mittelloser Student gewesen. Und heute? Was war aus ihm geworden? Ulrich trat neben sich und sprach wie das Lenor-Gewissen mit sich selbst: „Mit welchen Waffen willst du den Drachen besiegen? In welches Schloss willst du die Prinzessin tragen? Welches Königreich ihr zu Füßen legen?"

Und dann wurde ihm mit einem Mal klar, was aus ihm geworden war. Er schaute sich selbst an und erkannte den bald 38jährigen Manager, der Vorstand eines Unternehmens war, das nicht seines war, der mit einer Frau verheiratet war, die nicht seine war, der Vater von drei Kindern war, die ebenfalls nicht seine waren. Wem gehörte das alles, was er besaß? Wem gehörte er? Was gehörte ihm? Was hatte er zu bieten? Ulrich sackte in seinem Stuhl zusammen.

Dessen ungeachtet gab Prahlhans Tuzzi weiterhin ausgewählte Zitate der geschliffenen Texte der hauseigenen Werbebroschüre von sich: „Unsere gut gepflegten Beziehungen zu Politik und Wirtschaft machen Tuzzinger zu einer Schlüsselagentur bei den Expansionsplänen unserer Geschäftspartner."

Die schweren Gedanken drückten Ulrich nieder. Würde er Diotima aus dem Gefängnis der Lieblosigkeit retten und sie ins Reich der unendlichen Liebe entführen können? Er, der er selbst hinter den Gittern eines selbst gemauerten Gefängnisses aus Verantwortlichkeiten, Lügen und Verstrickungen saß? Wie würde er jemals das Glück mit Diotima finden, nach dem sie sich doch beide so sehr sehnten?

Da plötzlich trat von hinten Herr Kaiser an Ulrichs Stuhl: „Glück ist planbar. Wir erledigen das!" Vorsichtig nahm er Ulrich das Sorgenpaket von den Schultern. Ulrich richtete sich auf. Ein unerwarteter Kraftschub ging durch seinen Körper: „Wie geht's weiter, Herr Kaiser?" fragte er laut. Doch statt einer Antwort des Versicherungsberaters bekam er schallendes Gelächter zu hören.

„Der ist gut! Verdammt gut." Agenturchef Tuzzi schlug sich lachend die Schenkel. „Da habe ich Ihnen zuviel Werbe-Blabla um die Ohren geblasen, wie? Hähä." Er bekam sich kaum wieder unter Kontrolle, so sehr schien ihn Ulrichs spontaner Witz zu amüsieren. Dann fasste er sich mühsam:

„Also gut. Sie wollen wissen, wie es weitergeht, ... – ... Herr Kaiser?" Immer noch kichernd stand Tuzzi nun auf und ging an ein größeres Flipchart, das in der Ecke des Raums stand. Dann schrieb er mit schwarzem Filzstift in großen Lettern:

„Corporate Communications" – „Pressemailings" – „Pressekonferenzen" – „Fotomarketing" – „Hintergrund-/Kamingespräche" – „politische Salons" – „Journalistenreisen" ...

Währenddessen suchte Ulrich den Blickkontakt mit Diotima, die ihn freundlich anlächelte. Ja, sie liebte ihn noch genauso, wie er sie liebte. Dessen war er sicher, und damals war sie – auch das wusste Ulrich mit einem Mal so sicher wie nie zuvor – nur deshalb verschwunden, weil sie die Stärke ihrer Liebe nicht verkraftet hatte. Vermutlich stand sie damals schon unter der Fuchtel dieses Ungeheuers und fürchtete seine rohe Gewalt, wenn sie das Monster um Ulrichs willen verlassen hätte. Aber nun war der Tag gekommen, an dem Ulrich sie befreien würde und damit die Türen ihrer Herzen öffnen würde, damit sich ihre Seelen vereinen könnten zu einem ...

„Herr Doktor? Haben Sie meine Frage nicht verstanden?" Tuzzi stand nun direkt vor Ulrich, die Hand schon ausgestreckt, um den verwirrten und geistesabwesenden Besucher wieder zu Bewusstsein zu schütteln. Doch der sprang nunmehr wie von der Tarantel gestochen auf:

„Sie werden die Hand nicht gegen mich erheben!"

„Aber, Herr Doktor...", setzte Tuzzi beschwörend an, kam jedoch nicht weiter, weil Ulrich ihn just in diesem Moment mit einem gezielten Faustschlag niederstreckte. Tuzzi taumelte und stürzte dann scheppernd über einen der edlen Designerstühle hinweg zu Boden. Ulrich rannte um den Agenturtisch herum, was ein Weilchen dauerte, weil es sich ja bekanntlich um den größten Konferenztisch der deutschen Werbe- und PR-Branche handelte, griff die immer noch verdattert dasitzende Diotima bei der Hand, zog sie hinter sich aus dem Raum heraus, zerrte sie durch den Flur und schob sie schließlich in den offenen Fahrstuhl. Bevor sie irgendetwas sagen konnte, hatte er schon die Fahrstuhltasten gedrückt, und langsam ruckelnd setzte sich der Lift nach unten in Bewegung.

„Bitte!", begann Ermelinda Tuzzi flehentlich, doch Ulrich – von der plötzlichen Nähe zu seiner Geliebten gänzlich übermannt – fiel mit heißen und gierigen Küssen über seine Diotima her, schlang seine Arme um sie und spürte die leidenschaftlichen Gefühle von einst wieder in sich aufleben. Er wollte gerade sein Pferd satteln und galoppierend mit der Prinzessin davonjagen, als ein Gong ertönte, eine blecherne Stimme „Erdgeschoss" sagte und sich die Fahrtstuhltüren öffneten.

„Da ist er!", hörte er eine Männerstimme brüllen. „Greift ihn!" Dann spürte er einen dumpfen Schlag auf dem Hinterkopf und verlor das ohnehin nur noch spärlich vorhandene Bewusstsein.

*

Hohe Liebende haben nichts zu lachen

Eine gute halbe Stunde später öffnete Ulrich wieder die Augen und blickte einer jungen Assistentin ins Gesicht, die ihm mit einem feuchten Tuch die Stirn abtupfte. Ulrich schaute sich um. Er lag auf einem edlen schwarzen Ledersofa, vor ihm stand ein edler Designerschreibtisch, an den Wänden hingen edle Siebdrucke mit moderner Kunst. Er war also immer noch bei Tuzzinger. Aber keine Spur von Diotima. Nur Agenturchef Tuzzi ging unruhig im Zimmer auf und ab und drückte sich einen mit Eiswürfeln gefüllten Plastikbeutel auf die linke Gesichtshälfte.

„Er ist wieder wach", diagnostizierte die Assistentin, als sie Ulrichs offene Augen sah.

„Na wunderbar", raunte Tuzzi mit einer Stimme, die deutlich machte, dass er es nicht wirklich für ein Wunder hielt, aber froh war, dass die Wiederauferstehung Ulrichs nicht noch sehr viel länger gedauert hatte.

Stöhnend richtete Ulrich sich auf. „Was ist passiert", fragte er und hielt sich den schmerzenden Kopf.

„Das fragen ausgerechnet Sie?!", fuhr ihn Tuzzi wütend an. „Sie verdammter Mistkerl haben versucht, meine Frau zu vergewaltigen!"

„Wo ist sie?" Ulrich versuchte sich umzusehen, aber der rasende Kopfschmerz stoppte jede Bewegung im Ansatz.

„Sie hat keinerlei Interesse, Sie jemals wiederzusehen!", entgegnete

Tuzzi kurz. „Und Sie können verdammt froh sein, wenn wir keine Anzeige gegen Sie erstatten!“

Ulrich legte den brummenden Schädel auf die Knie. Das Blut hämmerte ihm gegen die Schläfen. Kraftlos hörte er Tuzzi weiterpoltern:

„Weder Ihr Unternehmen noch unseres kann und will sich einen Skandal erlauben. Wenn Sie nicht im Vorstand von Borkenstein wären, säßen Sie jetzt nicht mehr hier, sondern hinter Gittern. Und ich schwöre Ihnen, da kämen Sie nicht so schnell wieder raus! Erst schlagen Sie mich nieder, dann entführen Sie meine Frau und fallen im Fahrstuhl über sie her wie ein wildes Tier. Wenn unser Safety-Team nicht so schnell zur Stelle gewesen wäre ... – nicht auszudenken!“

Verzweifelt versuchte Ulrich sich an irgendetwas zu erinnern. Schemenhaft tauchten einzelne Szenen in seinem Gedächtnis auf, aber alles kam ihm seltsam fremd vor. Die Assistentin reichte ihm ein Glas Wasser.

„Trinken Sie!“, sagte sie. „Das wird Ihnen gut tun!“

Doch auch nach dem Glas Wasser dröhnte Ulrichs Schädel ohne Veränderung.

„Der Sicherheitsdienst hat Ihnen mit dem Feuerlöscher einen übergezogen. Der Schmerz wird ein paar Tage anhalten. Vielleicht haben Sie sogar eine Gehirnerschütterung, aber Sie können verdammt froh sein, dass Sie noch am Leben sind. Wenn Sie mir in dieser Situation in die Finger geraten wären ...“ Tuzzi beendete den Satz nicht.

Ulrich stürzte in einem Zug auch das zweite Glas Wasser hinunter, als ihm die Assistentin nachgegossen hatte.

„Wir haben bereits in Ihrem Büro angerufen und mitgeteilt, dass Sie einen unglücklichen Sturz auf der Treppe hatten. Wie ich mein blaues Auge erkläre, weiß ich noch nicht, aber wozu sind wir PR-Berater – da wird uns schon noch etwas einfallen.“ Tuzzi gewann nach und nach seine Fassung wieder.

„In jedem Fall haben Sie dieses Haus das letzte Mal betreten! Wir werden über die gesamte Sache Stillschweigen bewahren.“

Was derart großzügig klang, erwies sich schnell als der erste Part eines kreativen Kommunikationsdeals nach Art der Tuzzingers:

„Allerdings nur unter einer Voraussetzung: Wir stellen Ihnen für unseren Beratungsservice zwischen dem 26. November und 31. Dezember 1997 eine Honorar- und Kostenpauschale in Höhe von sagen wir 310.000

Mark in Rechnung. Damit wäre dann die Angelegenheit für uns erledigt."

Ulrich versuchte zu begreifen, was Tuzzi ihm da vorschlug. Er sollte eine Art Strafgebühr für die gescheiterte Diotima-Befreiungsaktion bezahlen? Wo war sie? Und was sagte sie dazu? Wenn nur der Schädel nicht so brummen würde!

„Damit niemand auf dumme Gedanken kommt", erläuterte Tuzzi seinen Geschäftsvorschlag weiter, „erhalten Sie eine Gegenleistung von uns: Wir werden Ihnen bis zum Jahresende zwei oder drei Interviews mit irgendwelchen Finanzzeitungen organisieren. Sie können dann selbst sehen, was Sie daraus machen."

„Wo ist sie?", fragte Ulrich unter Schmerzen.

„Wer? Meine Frau?" Tuzzis Augen blitzten feurig vor Wut. „Die haben Sie heute zum ersten und zum letzten Mal gesehen! Wenn Sie ihr jemals wieder mehr als hundert Meter auf die Pelle rücken, dann sind Sie ein toter Mann. Verstanden?"

Der Agenturchef baute sich jetzt direkt vor Ulrich auf:

„Und Ihnen dürfte klar sein, dass Ihre Tage bei Borkenstein gezählt sind, wenn Linda auch nur ein Wort ihrem Vater gegenüber von der Sache erwähnt, oder?"

Tuzzis Gebrüll fand in Ulrichs dröhnendem Schädel einen unendlichen Nachhall. Unter höchster Konzentration wickelte er ein Kaugummi aus dem Papier und schob es zwischen die Zähne. Leicht beruhigt kaute er darauf herum. So merkte er fast gar nicht, dass er wenige Minuten später mit der Assistentin allein im Raum war.

„Ich werde Ihnen jetzt ein Taxi rufen", hörte er sie mit fürsorglicher Stimme sagen. „Vielleicht sollten Sie doch noch einen Arzt aufsuchen. So ein Feuerlöscher ist ja nicht ohne."

Ein paar Minuten später klebte ein Kaugummi unter dem Designertisch. Ein paar Stunden später lag Ulrich bei sich daheim auf dem Bett. Ein paar Tage später rief ihn eine professionell-freundliche Tuzzinger-Seniorberaterin an und stimmte mit ihm einen kurzen Pressetext ab, den sie an die Wirtschaftsmedien senden wollte. Ein paar Wochen später gab Ulrich seine ersten drei Interviews mit renommierten Wirtschaftszeitungen und erntete sehr passable Beurteilungen seiner Person. Und ein paar Monate später waren auch die 310.000 Mark von Borkenstein an Tuzzinger überwiesen.

Seinen Drachenkampf um die Liebe gab der junge tapfere Ulrich verloren, wenngleich er an seinen großen Gefühlen zu Diotima festhielt. Er gab die Hoffnung nicht auf: Sie mochte im Moment noch die Gefangene eines anderen sein. Aber es würde der Tag kommen, an dem sie einander in die Arme fallen und für immer glücklich miteinander sein würden.

Und damit ist endlich die Geschichte zuende, wie Ulrich seinen ersten und einzigen Auftrag an eine Agentur erteilte – ohne Präsentation, ohne Verhandlung, ohne Rundum-Service – und wie es kam, dass die Journalisten auf ihn aufmerksam wurden.

*

Ein grosses Ereignis ist im Entstehen. Aber man hat es nicht gemerkt

Ein knappes halbes Jahr nach diesem Vorfall musste Ulrich seinen Stuhl als Vorstand New Business & Marketing räumen. Sein Erfolg war nicht ihm, aber seinen Kollegen zu Kopf gestiegen. Eine Zeitlang hatte man gemunkelt, Ulrich stünde schon als Nachfolger des Grafen für den Posten des Vorstandssprechers fest, wenn der erst mal in den Ruhestand ginge. Doch der Graf machte keinerlei Anstalten, sich zur Ruhe setzen zu wollen. Und so entstand innerhalb der Vorstandsmitglieder eine Stimmung von Neid und Missgunst gegen den viel zu jungen und viel zu protegierten Manager, als den man Ulrich in Insiderkreisen betrachtete.

Ulrich erlebte in diesen Tagen also das, was man Vorstands-Mobbing nennt: Vorlagen für wichtige Entscheidungen kamen zu spät oder gar nicht auf seinen Tisch. Einzelne Kollegen fielen ihm in schwierigen Diskussionen unvermittelt durch zuvor zurückgehaltene Informationen in den Rücken. Er wurde vor Publikum blamiert, erfuhr erst im Kundengespräch – und oft peinlicherweise erst vom Kunden – dass sich wesentliche Geschäftsgrundlagen in anderen Unternehmensbereichen geändert hatten. Kurz: Ulrich segelte mit erheblichem Gegenwind.

Zwei Wochen nach seinem 38. Geburtstag wurde Ulrich – natürlich mit lobenden Worten und dem Versprechen auf weiteren Aufstieg – weggelobt auf den Vorstandsposten im Bereich Informations-Technologie, kurz IT. Ulrich hatte auf Anraten des Grafen Leinsdorf – „Ein Abstellgleis! Lehnen Sie ab!“ – versucht, die vermeintliche Beförderung abzuwenden, aber als sich der Senior Borkenstein persönlich in die Angelegenheit einmischte, hatte er auf jede weitere Diskussion verzichtet.

Eine innere Stimme sagte ihm, dass dieser Weg der eleganteste war, um aus dem Unternehmen gefeuert zu werden, und also schluckte er die Kröte und arbeitete sich in die kryptische Terminologie von Computern und Internet ein, die er bald – ganz wie es sich für einen Musterknaben gehörte – aus dem Effeff beherrschte.

10

Paul Arnheim

Die grosse Sitzung

Ulrichs Tage als IT-Vorstand vergingen langsam, sehr langsam. Die abwechslungsreichen Marketingpräsentationen gehörten zu den Freuden vergangener Tage. Jetzt war jeder Tag eine Qual.

An den schlimmsten Tagen spielte Ulrich Bullshit-Bingo mit sich selbst. Das Spiel war für ihn die einzige Form, die endlosen Meetings und die endlosen Beiträge der verschiedenen Manager und IT-Spezialisten in den Meetings zu ertragen. In der Regel verstand er ohnehin nur Bahnhof und verließ sich darauf, dass die Experten untereinander irgendwie einig wurden.

Er hatte sich dafür zwei verschiedene Spielkarten zurechtgebastelt: Es gab eine Managerkarte mit den üblichen Vokabeln und Redewendungen eines Managers:

Synergie	bilateral	Zielführend	E-Commerce	Chance / Risiko
Computer Added Selling – CAS	sexy	Ball zuspielen	Runden drehen	Benchmark
wertschöpfend	Visionen	Global Player	Schwarzer Peter	kommunizieren
ergebnisorientiert	im grünen Bereich	rund sein	Total Quality	fokussieren
sich schlau machen / aufschlauen	kunden-orientiert	Szenario	Liefersituation	Problematik

Und es gab eine Technikerkarte mit den üblichen Vokabeln und Redewendungen eines IT-Experten:

(Applikations-) Server	kompatibel / passend	analysieren	möglicherweise	Verzeichnis
vermutlich	Das würde ich gerne mal versuchen	aktiv	Umgebungs-variablen	Damit kenne ich mich (nicht)aus
System	Zugriff	Tool	Datenbank	gezieltes Raten
eventuell	Konfiguration	Das lässt vermuten...	Mit etwas Glück	Hub / Switch / Port
Netzwerk	hacken	Standard	Die Chancen stehen gut	Game over

Die beiden Berufsgruppen spielten quasi gegeneinander, ohne es zu wissen. Sobald eines der Worte in dem Meeting von irgendeinem Teilnehmer erwähnt wurde, kreuzte Ulrich das entsprechende Feld auf der jeweiligen Karte durch. Wenn horizontal, vertikal oder diagonal fünf Felder in einer Reihe angekreuzt waren, rief er innerlich im Namen des Siegerteams „Bullshit!", manchmal auch laut „Bingo!" und stoppte die Zeit.

In seinem Terminkalender führte er eine kleine Hitliste der schnellsten Bullshit-Meetings und eine Tabelle, welche Berufsgruppe – die Manager oder die Techniker – schneller ans Bingo-Ziel kamen. Er führte akribisch Protokoll und überlegte sich während der Spielpausen ein Verfahren zur gerechten Beurteilung der spielerischen Leistung, in die gleichermaßen die Anzahl und Deutlichkeit der Siege, aber auch die Kürze der Spielzeit einfließen sollte.

Bei alledem wusste er allerdings noch nicht so recht, wie er das Siegerteam am Ende belohnen würde. Er konnte ja schlecht den Mitarbeitern irgendwann einen Phrasen-Pokal mit eingraviertem Siegesdatum überreichen. Aber mit der Zeit würde er dieses Problem lösen. Er rechnete ja ohnehin damit, dass er ein paar Jahre auf dem Posten durchhalten müsste, und zwar genau so lange, bis er einen gravierenden Fehler machte, der seinen Rücktritt verlangte.

Doch Ulrich hätte niemals so schnell die Karriereleiter erklommen, wenn er sich von diesem kurzen Umweg auf das vermeintliche Abstellgleis IT-Vorstand hätte tatsächlich frustrieren lassen. Nein, Ulrich gab nicht auf.

Er würde schon irgendwann irgendwo eine Weiche finden, die ihn wieder auf das Gleis nach ganz oben führen würde. Er war der Lokomotivführer seines Erfolgszuges und der würde ihn ins Wirtschaftsparadies fahren – koste es, was es wolle. Ulrich wollte nach oben, und er würde nach oben kommen!

*

Eine geheimnisvolle Zeitkrankheit

Seine Chance bekam Ulrich am 8. Oktober 1998, als ein amerikanischer Experte aus dem renommierten Beratungsunternehmen Gartner Group Inc. bei einem Hearing des US-Senats darauf hinwies, dass es ein weltweites Jahr-2000-Problem gäbe und dass die wenigsten Staaten in der Welt darauf vorbereitet seien. Er rechnete mit teilweise dramatischen Auswirkungen auf Wirtschaftswachstum und Arbeitsplätze bis hin zu sozialen Unruhen und internationalen Konflikten.

Am nächsten Tag saßen zwei alte Bekannte bei Ulrich im Büro: Walter und Clarisse. Walter hatte es – trotz aller Ambitionen und obgleich Clarisse sich von ihrem Genie Walter mehr versprochen hatte – nur zum leitenden Borkenstein-IT-Experten gebracht, und Clarisse begnügte sich in der Rolle seiner Assistentin. Statt über die Tastatur des Klaviers sausten ihre Finger nunmehr in überaus sensibler Harmonie über die Tastatur des Computers. Doch nunmehr stand ein drohendes Gewitter über ihrem bescheidenen Glück.

„Weltuntergang!“, sagte Walter mit theatralischer Stimme. Dann wartete er einen Moment den Nachhall dieses dramatischen Wortes ab, um Clarisse dann die Vervollständigung des Satzes zu überlassen: „Das Ergebnis mit der größten Wahrscheinlichkeit heißt Weltuntergang. Wenn das nicht passiert, ist die Frage, wer überlebt: Kakerlaken? Ratten? Der Mensch? Der Computer? Die Borkenstein Privatbank? Ihr oder mein Arbeitsplatz?“

„Was redet Ihr da?“, fragte Ulrich und fingerte nervös an seinem Kugelschreiber.

„Wir reden vom 1. Januar 2000“, begann Walter und Clarisse ergänzte:

„Wir werden nicht mehr telefonieren können. Deine Funkuhr bleibt stehen. Airbags werden sich von selbst auslösen. Geldautomaten liefern kein Bargeld mehr. Kontostände werden falsch berechnet. Überweisungen versehentlich doppelt erledigt." Und nunmehr setzten sie das Szenario im Wechselspiel der Hauptsätze fort:

„Alarmanlagen bleiben stumm." – „Ganze Banktresore werden ungehindert ausgeräumt." – „Flugzeuge stürzen ab." – „Es gibt keinen Strom, kein Gas, kein Wasser." – „In den Fabriken steht die Produktion still." – „An der Börse fallen die Computer aus." – „Dreißig Prozent der Firmen gehen pleite." – „Innere Unruhen und Bürgerkrieg erschüttern die Nationen." – „Irgendwo wird unkontrolliert eine Atomrakete starten ..."

„Ja, aber um Gottes willen, warum denn das?", fuhr Ulrich entsetzt dazwischen, bevor die beiden das Katastrophenkonzert im Forzando zu einer Paukenschlag-Sinfonie kulminieren lassen konnten.

„Weil der Jahreswechsel vom 31. Dezember 1999 zum 1. Januar 2000 ein ganz besonderer ist."

Wortreich erzählten Walter und Clarisse von Kalendern – dem gregorianischen, dem julianischen, dem hebräischen und dem islamischen, die natürlich alle verschieden waren. Und sie sprachen von normierten Datumsdarstellungen – nämlich der Norm des *American National Standards Institute* und der Norm der *International Standards Organization*, die natürlich beide voneinander abwichen. Und sie redeten über die Geschichte der EDV – Lochkarten, Speicherplatz, RAM, Programmiersprachen, FORTRAN, COBOL, BASIC, C++, von Hardware, von Software, der Implementation von vierstelligen Jahresfeldern, von Computerchips und von Embedded Systems, was alles natürlich furchtbar komplex und kompliziert war. Und als Ulrich völlig der Kopf schwirrte, fasste Walter das gesamte Konzert zu einem einfachen Finale zusammen:

„Die wenigsten Programme der derzeit eingesetzten EDV besitzen Mechanismen, welche die eindeutige Interpretation erlauben, ob es sich um das Jahr 1900, um das Jahr 2000 oder um ein sonstiges Jahr mit der Endung 00 handelt."

„Na und, ist das so schlimm?", war Ulrichs verzweifelt naive Frage, die er nur in der völligen Verkennung der Lage stellen konnte, aber Walter und Clarisse erklärten ihm in wenigen Minuten den Ernst der Situation.

In dem Moment, als Ulrich begriff, was die fehl-programmierte

Computerstunde geschlagen hatte, sprang er von seinem Stuhl auf. Das war seine große Chance!

Wenn die Dinge auch nur halb so dramatisch waren, wie die beiden ihm das gerade dargestellt hatte, dann wäre die Borkenstein Privatbank ernstlich gefährdet und dann bräuchte es einen IT-Vorstand, der heldenhaft vorwegschritt – entweder in den Tod oder aber in den Sieg gegen die Unbill der Technik! Es gab nur zwei mögliche Ergebnisse: Entweder das Martyrium oder der tapfere Triumph. Und in beiden Fällen wäre er der Held.

Ulrich, der stolze Kammerjäger im Kampf gegen die widerlichen Computer-Käfer, die „Bugs“, die sich bis in den Radiowecker auf Muttis Nachtisch eingeschlichen hatten, um der Menschheit ihr Ende einzuläuten. Ulrich, der wackere Soldat gegen die Gift-Chips, die heimlich Videorekorder, Automatiktüren und Klimaanlagen mit einem aidsartigen Zeitbombenvirus verseucht hatten, der kollektiv und weltweit um Null Uhr Null des Neujahrsmorgen 2000 ausbrechen würde. Ulrich, der einsame Streiter für die Armen und Kranken, die machtlos den brutal-fehlfunktionierenden medizinischen Geräten ausgelieferten waren. Ulrich, der Verteidiger der wehrlosen Zivilbevölkerung, die unvermittelt einem hinterhältigen Bombardement mit Nuklearraketen ausgeliefert war.

Ulrich sah es schier vor sich: Während die glückliche Familie auf dem Balkon ahnungslos bunte Silvesterknaller in den Himmel jagte, explodierten synchron in den Innenräumen der Fernseher, die Mikrowelle und die Hifi-Anlage, stürzten Atombomben aus eigenmächtig agierenden SDI-Stationen im Weltall und entzündeten sich Atomreaktoren zu gigantischen Wunderkerzen des Satans.

Vielleicht würden sich einige wenige Reiche und Mächtige in einem Überschallflugzeug über die Zeitgrenze hinwegretten können und somit in einer neuzeitlichen Arche Noah die Menschheit vor dem Aussterben bewahren. Aber wollte man darauf setzen? Nein, nein, und nochmals nein! Ulrich würde den Kampf gegen „y2k“, wie die Experten das Ungeheuer des Jahr-2000-Problems abkürzten, aufnehmen. Er würde den Weltuntergang verhindern oder in ihm untergehen!

*

Die Verhältnisse spitzen sich zu

Es ist anzunehmen, dass das Kaugummi, das man Jahre später an der Unterseite seines Schreibtisch fand, an jenem 9. Oktober von Ulrich dorthin geklebt wurde, wenngleich jeglicher hinreichender Beweis dafür fehlt.

In jedem Fall war Ulrich froh, dass sein Bereich durch dieses Jahr-2000-Problem auf vorteilhafte Weise nicht mehr den altbackenen Hausmeister-Status hatte, sondern zum Schlüsselbereich des gesamten Unternehmens wurde. Ohne Technik keine Kohle – das sollten die Herren um ihn herum ruhig einmal begreifen! Ohne Ulrich kein Borkenstein – das war die heimliche Botschaft, die er verkündete, wenn er sagte:

„Es muss in der Vorstandsebene das nötige Bewusstsein vorhanden sein, dass im schlimmsten Fall die Firmenexistenz auf dem Spiel steht!"

Von wegen Abstellgleis IT-Vorstand! Nein, in Wahrheit saß Ulrich wie ein allmächtiger Halbgott auf dem Herzen von BP, und wenn er den Schrittmacher abstellte, konnten sich die anderen noch so abstrampeln – das wäre das letzte Stündlein der einst so vitalen Privatbank!

Entsprechend niederträchtig motiviert ließ Ulrich gleich am nächsten Tag den Vorstand zusammenrufen und erklärte – dank vieler Fachausdrücke und Anglizismen auch sehr fachkundig und überzeugend – den Kollegen die bedrohliche Situation. Mit Vokabeln wie „Umsatzeinbußen" und „Existenzgefährdung" brachte er die nüchternen Theoretiker auf seine Seite, mit Vokabeln wie „Sicherheitsverlust", „Kommunikationsstörungen" und „Qualitätseinbußen" die emotionalen Pragmatiker. Alle erkannten die Thematik für wichtig, und – um es auf der Prioritätsskala in die A-Klasse zu hieven – betonte Ulrich auch den zeitlichen Druck:

„Das Problem lässt sich auf gar keinen Fall verschieben. Die – im wahrsten Sinne des Wortes – ‚Deadline' liegt auf dem 1. Januar 2000! Wir müssen etwas tun, und zwar sofort!"

Er faselte von allgemeiner Ressourcenknappheit im IT-Bereich, der Komplexität der notwendigen Programmierleistung und dem anspruchsvollen Tagesgeschäft, das ja unbedingt parallel weiterlaufen müsse. Und gewann: Man stimmte ihm zu – und billigte Sondermittel in unbekannter, aber sicherlich gut ausreichender Höhe.

Also rief Ulrich eine Sonderkommission namens „y2k-BP" ins Leben, die schon eine Woche später ihre Arbeit aufnahm. Es ging um eine durchdachte Projektplanung, -koordinierung und -verfolgung, denn nur das alles garantierte eine erfolgreiche Umstellung. Am Anfang stand eine gründliche Analyse der EDV-Infrastruktur. Denn – logisch! – die Art und Ausgestaltung einzelner Maßnahmen, sowie die Entscheidung für eine bestimmte Strategie, hingen ganz wesentlich davon ab, in welchem Zustand sich die EDV-Struktur im Moment befand (Ist-Zustand) und welche Ziele ein Unternehmen mit dem Jahr-2000-Projekt verfolgte (Soll-Zustand).

Dann musste genau geprüft werden (mission critical), mit welchen Unternehmen man im Datenaustausch stand (Electronic Data Interchange), den sie stellten eine große Gefährdung (source of danger) dar, wenn sie ein anderes, inkompatbiles Datumsformat verarbeiteten als die Borkenstein Privatbank. Und schließlich müsste man nach und nach jedes vierstellige Datumsfeld (door to hell) soweit automatisiert wie möglich (automatical relaunch) und soweit manuell wie nötig (manual relaunch) in ein sechsstelliges Datumsfeld (door to heaven) umwandeln.

Was für eine Aufgabe!

Wochenlang und in zahlreichen „y2k-BP-Meetings" wurde erörtert, in welchem Ausmaß man das Jahr-2000-Problem angehen wollte: „Nur in den für Unternehmen kritischen Prozessen (s. Chart y2k-BP-7)?" – „Innerhalb des Unternehmens in allen Bereichen (s. Chart y2k-BP-8)?" – „Oder wollen wir doch eine umfassende und auch die Geschäftspartner betreffenden Optimierung der EDV-Struktur versuchen (s. Chart y2k-BP-9)?"

Der Diskussionsbedarf war immens, schließlich ging es um Leben und Tod – und da durfte man nicht vorschnell entscheiden. Nach wochenlangen Meetings und ellenlangen Präsentationen mit Hunderten von Charts beschloss man „ein dreistufiges Verfahren (s. Chart y2k-BP-534)" einzuleiten, in dem man zunächst nur die kritischen Kernbereiche innerhalb des Unternehmens 2000-tauglich machte, dann auch die anderen Bereiche anging und parallel versuchte, wichtige und weniger wichtige Geschäftspartner auf die Problematik hinzuweisen und bei den jeweiligen y2k-Maßnahmen so gut es ging zu unterstützen.

Der drohende Weltuntergang mobilisierte alle Kräfte. Noch nie zuvor war mit so viel Verstand so viel Aufwand um zwei Zahlenstellen getrieben worden. Experten wurden befragt, Meinungen eingeholt, Expertisen geschrieben und ungelesen abgeheftet, Kongresse besucht, Hearings veranstaltet – und und und.

Es war großartig. Und das Beste: Ulrich stand im Mittelpunkt des Geschehens. Er war der Gastgeber, der Moderator, der Impulsgeber, der Motor, der Koordinator und – was Ulrichs genialster Schachzug in diesem Computer-Spiel war – der weitsichtige Manager!

Er konnte ohnehin nur gewinnen: Gab es das Jahr-2000-Problem wirklich in der Weise, wie es manche IT-Experten beschrieen, und die Geräte würden in mehr oder weniger folgenschwerer Weise ausfallen, dann könnte sich Ulrich beruhigt zurücklehnen. Denn er hatte nichts unversucht gelassen, um das Unheil abzuwenden. Wenn die Menschheit sich von ihm nicht retten lassen wollte und in ihrer allgemeinen Technikgläubigkeit darauf vertraute, dass schon nichts schief gehen könne, dann stand er mit weißer Weste da und könnte mit „Hätte"-Sätze jeden anderen an den Pranger der Fahrlässigkeit stellen.

Wenn allerdings das Jahr-2000-Problem nicht in der böse prophezeiten Form auftreten würde, könnte Ulrich sich selbstbewusst hinstellen und erklären, dass es nur deswegen nicht aufgetreten sei, weil er als weitsichtiger Manager rechtzeitig entsprechende Maßnahmen eingeleitet hatte, um das Schlimmste zu verhindern – und offenbar hatte er richtig gehandelt. Denn was hätte nicht alles passieren können, wenn er die Hände seelenruhig in den Schoß gelegt hätte?! Erneut könnte er mit „Hätte"-Sätzen triumphieren. Niemand würde ihm das Gegenteil beweisen können.

Ulrich setzte darum alles daran, dass die Öffentlichkeit von der stillen Gefahr erfuhr, die in den Computern und allen technischen Geräten lauerte. Er publizierte Studien, hielt Vorträge und leitete Kongresse. Er trat, wo immer er konnte, vor Kameras und Mikrofone. Er gab Interviews, hielt Pressekonferenzen und lud Journalisten zu Hintergrundgesprächen mit Experten ein.

Ulrich sammelte, wo er konnte, passende Bonmots, die er so oft wie möglich zitierte: „Die Titanic war unsinkbar, die y2k-Katastrophe ist undenkbar." – „y2k jagt auf uns zu mit der unglaublichen Geschwindigkeit von 3600 Sekunden pro Stunde."

Mit der Zeit gab er auch eigenständig formulierte, perfekte Statements ab, die sich in allen Gazetten wiederfanden – immer mit einem Ulrich-Porträt und dem Hinweis auf die Borkenstein Privatbank, die hier frühzeitig

Maßnahmen zur Lösung des Problems ergriffen habe. BP richtete ein Experten-Forum auf der Website ein und gab Analyse-Software an alle Kunden aus, damit sie die 2000-Tauglichkeit ihrer eigenen Systeme herausfinden könnten. BP verkaufte in den Niederlassungen weltweit Walkmen – y2k-tauglich – und Reisewecker – y2k-tauglich – und Funk-Armbanduhren – y2k-tauglich. Das Merchandisinggeschäft blühte.

Sobald die Nachfrage nach Statements des Weltenretters Ulrich nachließ, fand er neue Szenarien, was passieren könnte, wenn man das y2k-Bug unterschätzte:

Es gab selbstleerende Bankkonten, brennende Babyphons im Kinderzimmer, abstürzende Flugzeuge über Wohnsiedlungen, entgleiste Personenzüge voller Pendler, auslaufende Tankstellen nahe Naturschutzgebieten, – und natürlich immer wieder zusammenbrechende Börsen, unkontrollierte Atomkraftwerke oder selbstzündende Raketen.

*

Wenn es Wirklichkeitssinn gibt, muss es auch Möglichkeitssinn geben

Als im Frühjahr 1999 die Stimmung durch Nachrichten aus den USA angeheizt wurde, wo y2k-pessimistische Bürger bereits jetzt ankündigten, dass sie sich zum Jahreswechsel mit Survival-Paketen in den tiefen Wald von Alaska zurückziehen wollten, fand Ulrich, dass er als Prophet des drohenden Untergangs nicht länger allein in der Wüste stehen dürfe. Er erinnerte sich an den zwischenzeitlich vergessenen General Stumm von Bordwehr und schrieb einen Brief an das Verteidigungsministerium.

Um das engzeilig verfasste, zweiseitigen Schreiben hier nicht aller Ausführlichkeit wiederzugeben und damit zu langweilen, sollen nur die wichtigsten Sätze zitiert sein:

„Sehr geehrter Herr General,

zu den schwierigen Problemen Ihres Amtes, zu deren Lösung ich Ihnen Erfolg und Glück wünsche, tritt mit der Unvermeidlichkeit des Zeitablaufes ein Problem, welches bisher in der Öffentlichkeit und Politik lediglich als technisches Problem gesehen wurde, das Jahr-2000-Problem. [...]

Erst jetzt wird deutlich, dass diese nahezu ausschließlich technische Debatte die wirtschaftlichen, rechtlichen, außenwirtschaftlichen und außenpolitischen Aspekte sowie die Probleme der inneren Sicherheit weitgehend außer Acht gelassen hat. [...]

- Unruhe und soziale Konflikte drohen als Folge von Ausfällen wichtiger Anwendungen etwa im Verkehrswesen und in Infrastrukturbereichen [...] sowie mit Gütern des Grundbedarfes, bis hin zum Gesundheitsbereich [...]
- Schwerwiegende Unfälle mit erheblichen Auswirkungen auf Gesundheit, Umwelt sowie auf Verbraucherrechte [...]
- Verluste von Arbeitsplätzen [...]
- Vermindertes Wirtschaftswachstum [...]
- Unabsehbare rechtliche Auseinandersetzungen [...]
- Erhöhte Kriminalität [...]
- Internationale Verwicklungen [...]
- Unabsehbare militärische Probleme, vor allem im russischen Militärwesen, wo Mikroprozessoren und Computersysteme in Waffensystemen nicht erweisbar Jahr-2000-tauglich sind [...]

Für Ihre Einsicht und mutige politische Steuerung der Lösung dieser unabweisbaren Probleme wünsche ich Ihnen Erfolg und Fortune.“

Ulrich war stolz auf dieses Schreiben, es war die Krönung seiner rhetorischen Laufbahn und würde in die Annalen der Weltgeschichte eingehen, wenn tatsächlich durch diesen Brief die politischen Hebel in Gang gebracht würden, die das Jahr-2000-Problem international lösen würden!

Besonders raffiniert fand er seinen dezenten Hinweis auf das russische Militärwesen, da er ja wusste, wie sehr General von Bordwehr die Russen fürchtete. Wie erst würde der General auf die Vorstellung reagieren, dass die Russen aus Versehen und aus technischer Rückständigkeit heraus einen Krieg anzetteln könnten. Und das, wo die Russen doch nach Bordwehrs Ansicht nur darauf warteten, endlich in den Krieg gegen den Westen treten zu können. Das Jahr-2000-Problem würde also der perfekte Vorwand sein, um Europa mit roten Socken zu bombardieren. Diese Möglichkeit im Blick musste sich von Bordwehr als Ulrichs Mitstreiter gegen das Millenniums-Bug engagieren.

Ulrichs Kalkül ging auf: Eine Woche nach dem Schreiben meldete sich von Bordwehr telefonisch bei ihm und bot an, bei künftigen Pressekonferenzen oder öffentlichen Veranstaltungen als Sprecher des Verteidigungsministeriums in dieser Sache Ulrichs Partei zu ergreifen.

Mit anderen Worten: General von Bordwehr sprang auf den russischen 2000-Zug auf. Allerdings anders als von Ulrich erhofft und in einer Weise, dass Ulrich sich bald gezwungen sah, mäßigend zu wirken. Denn von Bordwehr, dessen Ministerium in Wahrheit schon längst einen eigenen y2k-Krisenstab gebildet und von Ulrichs Brief keine neuen Impulse bekommen hatte, verstieg sich plötzlich zu der These, das Millenniums-Bug sei eine perfide russische Untergrundwaffe, die den Westen von innen heraus zermürben sollte.

Als Beleg dieser These zog er dafür stets ein Schreiben der russischen Militärspitze heran, in dem behauptet wurde, man habe wegen 2000 nichts zu befürchten, Russland sei auf alles vorbereitet.

Wie nun, fragte der General, könne ausgerechnet ein technisch derart rückständiges Land wie die russische Republik auf ein Problem vorbereitet sein, dass die westlichen Nationen in größte Sorgen treibe? Und dann gab er sich gleich selbst die Antwort: Eben nur, weil die Russen selbst Urheber dieses Computerfehlers seien und ihn natürlich ausschließlich in den Apparaten und Geräten der kapitalistischen Länder implementiert hätten, nicht aber in den sozialistischen Maschinen und Instrumenten!

Der 1. Januar 2000 war in Bordwehrs Augen demnach der Tag der russischen Computer-Invasion, der Tag der kommunistischen PC-Machtübernahme, der Tag der automatisierten Weltrevolution, die es um jeden Preis zu verhindern gälte.

Als er auf einer Pressekonferenz den atomaren Präventivschlag verlangte, fuhr Ulrich ihm ins Wort und dankte dem General höflich für den engagierten Beitrag und griff „die pointiert überzeichnete Metapher vom technischen Präventivschlag“ erfreut auf, um den Vorbildcharakter zu unterstreichen, den eine Industrienation wie Deutschland nunmal in aller Welt habe – auch und gerade in allen technischen Fragen.

„Das Jahr-2000-Problem duldet nunmal keine Verzögerung. Deadline ist und bleibt der 1. Januar. Bis dahin haben wir einiges zu tun – präventiv, denn hinterher könnte es zu spät sein!"

Damit schloss er die Pressekonferenz und schob den General möglichst schnell aus der Reichweite irgendwelcher Mikrophone. Währenddessen überlegte er, wie er zukünftig derlei wenig förderliche Beiträge des Generals unterbinden könnte, denn er wollte sich schließlich nicht zum Gespött der Journalisten machen. Es galt, den Ernst der Lage zu betonen und nicht die Szenario-Technik ins Absurde zu übertreiben. Doch der General schien zu glauben, was er sagte. Er empörte sich, dass Ulrich ihn dermaßen rüpelhaft unterbrochen hatte.

„Was fällt Ihnen ein!", fuhr er den einstigen Gefreiten erbost an. Da begriff Ulrich, dass dem alten Kriegsveteran nicht mit Vernunft beizukommen war. Er griff zur Notlüge:

„Hören Sie, Herr General, natürlich haben Sie mit allem Recht, was Sie sagen!", beschwichtigte er von Bordwehr, „aber wer, glauben Sie, saß in der zweiten Reihe links und schrieb alles eifrig mit, was wir gesagt haben? Na?"

Von Bordwehr schaute Ulrich verdutzt an. Er hatte überhaupt nicht darauf geachtet, wer in der Pressekonferenz vor ihm gesessen hatte: „Ein Journalist?"

„Ein Spion!", behauptete Ulrich mit grimmiger Miene, „ein von Moskau ferngesteuerter Agent! Was glauben denn Sie?"

„Aber woher wissen Sie …?" Von Bordwehr war sichtlich sprachlos. Die Möglichkeit, dass eine Pressekonferenz von Kommunisten unterwandert werden könnte, hatte er offenbar noch gar nicht in Erwägung gezogen. Sie schien ihm bedrohlich: „Sind wir denn wirklich nirgends unter uns?"

„Vertrauen Sie mir, Herr General! Ich weiß, wovon ich spreche. Und wenn ein Präventivschlag nötig sein sollte, wäre es gut, wenn die Russen davon nicht auf einer unserer Pressekonferenzen erführen. Sonst kommen Sie uns womöglich zuvor. Und das wollen wir doch nicht, Herr General, oder?"

Ulrich sprach fast wie mit einem kleinen Jungen, aber die Sätze zeigten Wirkung.

Von Bordwehr schaute beschämt zu Boden und entschuldigte sich leise: „Verzeihung. Dass ich alter Hase einen solchen Fehler mache, ist unverzeihlich. Ich weiß gar nicht, wie …"

„Pssst“, zischte Ulrich. „Grämen Sie sich nicht. Woher sollten Sie das wissen?! Ich habe Informationen, die selbst der Bundesnachrichtendienst nicht kennt.“

Ulrich hielt einen kurzen Augenblick inne, weil ihn ein Hauch von Zweifel beschlich, ob er tatsächlich den General in dieser Weise belügen durfte. Aber er musste! Es war zu seinem eigenen Wohl! (Und er meinte damit das Wohl des Generals, obgleich es langfristig natürlich auch zu Ulrichs eigenem Wohl sein würde. Man könnte also als außenstehender Betrachter an dieser Stelle wertfrei diagnostizieren, dass es sich hier mal wieder um eine klassische Win-Win-Situation handelte, in der beide Seiten gewannen, wenn sie eine strategische Allianz schlossen und fortan gemeinsam für ihre jeweiligen Ziele eintraten. Zudem aktivierte Ulrich hier nicht unbedingt seinen Wirklichkeitssinn, sondern seinen Möglichkeitssinn, der ihm nicht einflüsterte, wie etwas tatsächlich war, sondern wie es sein könnte, sollte oder müsste.)

Der General und der Gefreite schlossen also – im Rahmen ihrer Möglichkeiten – eine strategische Allianz. Und um das Bündnis endgültig zu besiegeln, setzte Ulrich noch eine weitere Notlüge als Notnagel nebendran. Er mag es später bereut haben, aber in dieser Minute hielt Ulrich es für einen genialen Einfall, seine Ehefrau als Kronzeugin seiner wilden Spionagegeschichte anzuführen:

„Sie wissen doch, dass ich mit einer gebürtigen Russin verheiratet bin.“, flüsterte Ulrich.

Der General nickte, also fuhr Ulrich fort: „Sie ist ihren Häschern nur knapp entkommen. Sie entstammt dem alten Zarengeschlecht und will endlich dem kommunistischen Regime ein Ende bereiten. Sie verfügt über die entsprechenden Kontakte in den russischen Untergrund, von wo aus der Adel erbitterten Widerstand gegen das proletarische Treiben leistet.“

Zum Glück trat in diesem Moment ein Borkenstein-Mitarbeiter hinzu, so dass Ulrich abbrechen musste und nur noch abschließend raunte:

„Kein Wort mehr. Ziehen Sie sich besser wieder aus der Öffentlichkeit zurück, Herr General. Wir brauchen Sie noch, wenn's wirklich wichtig wird!“

Von Bordwehr war offenbar durchgeknallt genug, um alles wie auch immer Geartete zu glauben, was auch nur andeutungsweise seinen Verfolgungswahn bestätigte. Ulrichs Geschichte passte nur zu gut zu seinen eigenen Wahnvorstellungen, er musste sie glauben. Und da er ein kluger militärischer Kopf war, wusste er, dass Geheimhaltung in gefährlichen kriegerischen Auseinandersetzungen die wichtigste Taktik war. Langer Rede, kurzer Sinn: Der General zeigte sich als Patriot und schwieg. Kein Wort mehr sagte er zum Jahr-2000-Problem.

*

Zwischen Ulrich und Arnheim ist einiges nicht in Ordnung

„Du redest mit allen Medien, bloß mit mir nicht!"

Mit diesen Worten kehrte Arnheim in Ulrichs Leben zurück. Die Mail mit diesem vorwurfsvollen Zweizeiler erhielt Ulrich zehn Tage nach der legendären Pressekonferenz, deren Metapher vom technischen Präventivschlag gegen das Millenniums-Bug es sogar zur Schlagzeile einer Computerzeitung gebracht hatte.

Ulrich drückte den Response-Button und schrieb eine mit Smileys übersäte Mail zurück: „Seit wann interessierst du dich für den Weltuntergang?"

Arnheim reagierte in Sekundenschnelle: „Der Weltuntergang war immer allein MEIN Geschäft. DEINES war die Weltherrschaft!" Die sprachliche Boshaftigkeit hatte er netikette-gerecht mit einem Smiley abgemildert.

Prompt antwortete Ulrich: „Der Weg nach oben führt bekanntlich durch die Hölle. Das y2k-Desaster wird eine Art Katharsis für die Aufsteiger des nächsten Jahrtausends. Weltherrschaft? Leichen (lauter tote Millenniums-Bugs) pflastern meinen Weg! Und du?"

Arnheims schnelle Antwort: „Ich klammere mich an die Erfolgreichen und bewerfe sie mit Schmutz. So fällt der Glanz der ewigen Pessimisten auf mich. Man nennt mich auch die ‚Kassandra Wiens'. – Zwei kleine Unterschiede: 1. Ich bin ein Mann. 2. Ich habe eine gigantische Einschaltquote!"

Ulrich wurde neugierig: „Wien? Einschaltquote? Bekomme ich eine Erklärung?"

Arnheim konterte wieder innerhalb von Sekunden: „Eine Erklärung gibt es gern bei einem persönlichen Wiedersehen! Der ideale Tag für den Showdown wäre der 1. Jänner 2000. Aber Achtung! Wenn du nicht mein Freund aus Schulzeiten wärst, würde ich dich mit einer einzigen y2k-Kugel aus dem Reich der Apachen pusten …"

Wieder endete die Mail mit einem Smiley, aber Ulrich konnte sich des Eindrucks nicht erwehren, dass Arnheim ihn warnen wollte. Er schlug ein baldiges persönliches Treffen vor und nutzte bereits knapp drei Wochen später eine Dienstreise nach Österreich für einen Schlenker nach Wien.

*

Arnheim als Freund der Journalisten

Arnheim hatte als Treffpunkt das Café Tirolerhof vorgeschlagen. „Das Café Größenwahn gibt es leider nicht mehr, wo in den Zwanziger Jahren die Intellektuellen die Welt zum Irrsinn trieben. Aber der Tirolerhof ist die zeitgerechte Version davon."

Nach dieser starken Vorankündigung war Ulrich ziemlich enttäuscht, als er das Café schräg gegenüber der Wiener Staatsoper betrat. Es entsprach den Kaffeehäusern im alten Stil, wie man es aus abertausend Reiseführern kannte. Von Irrsinn, von verrückten Künstlern, trällernden Musikern, bekleckerten Malern, rezitierenden Literaten keine Spur. Stattdessen saßen die Gäste brav an den gemütlichen Tischen, einige Damen mit etwas antiquiert wirkenden Hüten auf dem Kopf, einige Herren mit der obligatorischen Zigarre in der Hand.

Arnheim wartete bereits in einer Nische. Vor ihm standen eine Melange und ein Glas Wasser. Nach der herzlichen Begrüßung bestellte Ulrich dasselbe, aber dann wandte er sich mit gerunzelter Stirn an seinen alten Freund:

„Wo ist hier der versprochene Größenwahn? Ich hatte erwartet, hier die Wiener Bohème anzutreffen."

Arnheim grinste vielsagend: „Die Wiener Bohème? Die ist seit knapp hundert Jahren tot. Alles, was du in Wien sehen kannst, ist Geschichte. Die

Stadt ist ein einziges Moratorium auf vergangene Zeiten. Ganz gleich ob du ins Bestattungsmuseum oder in die Kaisergruft gehst – Wien feiert den Tod. Und das nicht aus reiner Morbidität, sondern weil die Stadt selbst so tot ist wie Kaiserin Maria Theresa, Ludwig van Beethoven, Gustav Klimt, Robert Musil oder wie die Helden vergangener Jahrhunderte sonst noch heißen mögen."

„Robert Musil ..." Ulrich entfuhr ein Seufzer. Der Name erinnerte ihn an Jugendtage, als Arnheim mit dem dicken Wälzer durch die Schule gelaufen war. Wie hatte das Buch noch geheißen? Arnheims lautes Geschimpfe riss ihn aus der Nostalgie:

„Sigmund Freud hätte seine Freude an dem Spektakel dieser Tage. Die Wiener betreiben eine Form von Überhöhung der eigenen Person durch Glorifizierung der Verstorbenen. Eine Art Retro-Projektion zur Steigerung des Selbstwertgefühls."

Ulrich blickte in die makellos idyllische Verspiegelung des Lokals, betrachtete den ordentlich gescheitelten Kellner in seinem weißen Hemd und der schwarzen Weste. Sein Bart sah aus wie der des jungen Kaiser Franz Joseph. Sein Blick war distanziert und leer. Hier ging ein Jahrhundert zu Ende. Nur welches? Ulrich fühlte sich zurückversetzt. Hatten vielleicht doch die Computer Recht, die das Jahr 1900 anzeigen wollten? Lebte man in dieser Stadt tatsächlich im Hier und Jetzt?

„Was du hier siehst, sind Journalisten.", erklärte Arnheim abfällig. „Keiner lebt wirklich. Alle schreiben nur darüber, wie andere leben. Keiner tut etwas. Alle berichten nur davon, was andere tun. Keiner lebt. Sie schreiben über das kurze Leben anderer kurzlebige Texte, die am nächsten Tag schon nicht mehr von dieser Welt sind. Tote Medienstars. Totes Papier. Wien ist ein großes Trauerspiel. Der Tirolerhof die passende Bühne."

„Aber warum treffen wir uns hier?" Arnheims Geraunze ging dem durch positives Denken optimierten Ulrich gegen den Strich.

„Weil ich inzwischen jeden Tag hier bin – Gewohnheit also", entgegnete Arnheim, als sei es das Normalste der Welt, jeden Tag einen Ort aufzusuchen, den man im Grunde seines Herzens verabscheute.

Ulrich versuchte, die Stimmung aufzuhellen: „Wien ist eine sehenswerte Stadt. Es muss schön sein, hier zu leben."

„Wien ist auch deshalb so schön, weil hier so viele Journalisten wohnen, die es immer da schön finden, wo sie selbst sich niedergelassen haben", bemerkte Arnheim distanziert.

„Du wirkst ..., ähm“, Ulrich suchte nach dem richtigen Wort, das seinen Freund nicht verletzen, aber doch seine Empfindung auf den Punkt bringen würde.

„... unglücklich?“, ergänzte Arnheim und lachte schief über den rechten Mundwinkel. „Das mag so klingen. Aber nein, ich bin nicht unglücklich. Ich bin Realist. Und Journalist. Mein Job ist es, die Dinge negativ zu sehen. Du weißt doch: Only bad news are good news.“

„Dann erzähl doch endlich. Was machst du? Wie ist es dir ergangen?“ Ulrich brannte innerlich vor Neugier. Und dann lauschte er gespannt, was Arnheim aus seinem Leben berichtete.

Im selben Jahr, als Ulrich bei der Borkenstein Privatbank sein Arbeitsleben begonnen hatte, war Arnheim nach Wien gewechselt und hatte dort innerhalb der nächsten Monate durch schnelles Job-Hopping den Aufstieg vom Reporter bei der *Neuen Zeitung,* über den Kulturredakteur beim *Express* schließlich zum Ressortleiter beim *Cato-Blatt* geschafft. Er hatte ein Buch mit dem Titel „Der beinharte Mörder-Komplex“ über den deutschen Terrorismus der siebziger Jahre geschrieben, das die Sachbuch-Bestsellerlisten erobert und für Diskussionen im Gemeinschaftskunde-Unterricht deutscher Gymnasien gesorgt hatte.

Anfang der Neunziger war er dann Chefredakteur vom *Formil* geworden, wo er seine reißerischen Boulevard-Neigungen und seinen gesellschaftskritischen Pessimismus perfekt miteinander verbinden konnte.

„Es ist egal, was wir schreiben, sobald es im *Formil* steht, gilt es als kritisch – das ist sehr angenehm“, lächelte Arnheim erneut über einen Mundwinkel. „Manche sagen, Journalisten seien Zyniker, die mit dem Elend der Welt ihr Geld verdienen. Nun, ich denke, wir sind Realisten, die mit dem Elend der Welt ihr Geld verdienen.“

Er winkte dem Kellner, dann redete er weiter:

„Aber am Ende läuft es auf dasselbe hinaus. Wir verdienen alle irgendwie unser Geld, nicht wahr? Nur stellt sich irgendwann die Frage, ob wir ein Staatsbegräbnis auf dem Zentralfriedhof bekommen oder auf dem Friedhof der Namenlosen landen.“

„Was ist mit all deinen Idealen?“ Ulrich war entsetzt, wie abgeklärt Arnheim klang. „Was ist mit der Weltrevolution? Es gab Zeiten, da hast du gesagt ‚Ich scheiß auf Geld‘...?“

„Ideale“, prustete Arnheim. „Ich bin immer Realist gewesen. Ich hätte politische Karriere machen können. Man wollte mich damals in der rot-grünen Koalition in Hessen als Umweltminister. Vielleicht wäre ich heute Außenminister. Aber ich bin Realist geblieben. Als Chefredakteur des wichtigsten Nachrichtenmagazins in Österreich habe ich mehr Macht und mehr Freiheiten."

„Will der Herr a Stückerl Kuch'n?", rasselte der Kellner, der unvermittelt aus dem letzten Jahrhundert auftauchte. Es war unübersehbar, dass er dabei nur Ulrich fragte, nicht den Stammkunden Arnheim. Ulrich bestellte ein Stück Sachertorte mit Schlagobers, Arnheim eine weitere Melange.

„Ich esse seit Jahren keinen Kuchen mehr", erklärte Arnheim. „Meine dritte Frau hat mich vor vier Jahren verlassen, weil ich mich angeblich zu sehr gehen ließ. Kurz: Ich war fett geworden und unattraktiv. Als sie weg war, krempelte ich mein Leben um. Ich ließ mich nicht mehr gehen, sondern begann zu laufen. Jeden Tag. Inzwischen laufe ich Marathon. Ich habe ganze 35 Kilo Gewicht weggerannt und passe jetzt auch auf den Bildschirm." Er lachte wieder sein schiefes Lachen, wobei sich seine Stirn in tiefe Dackelfalten legte.

„Inzwischen bin ich nämlich auch Moderator der wöchentlichen Sendung *Formil TV*, das Fernseh-Format unseres Magazins in gesteigerter Form: noch mehr Boulevard, noch lautere Kritik, noch weniger Verstand." Sein Grinsen wirkte überheblich. Man sah ihm an, wie sehr er das Publikum dafür verachtete, dass es seine Sendungen anschaute.

„Die Quote stimmt", schob er nach. „Wir finden jede Woche einen echten Skandal. Österreich ist voll davon. Und zum Glück haben wir Haider. Da kann man in der Sendung den kompletten Politjargon alter Revoluzzerzeiten fahren. Perfekt. Stimmt die Quote, stimmt die Werbung, stimmt das Geld. Das ist der Dreiklang der modernen Medienwelt."

Ulrich schauderte. Arnheim war alt geworden. Desillusioniert. Ein Schatten seiner selbst.

„Marathon?", fragte er, wenn auch nur der Höflichkeit halber und um endlich das Thema auf weniger zynische Aspekte des Lebens zu lenken. „Du läufst Marathon?"

„Ja, das lässt sich prima vermarkten", erklärte Arnheim, „zur Zeit habe ich gerade meine Biografie in Arbeit. Arbeitstitel: ‚Laufen und laufen lassen!' Sowas lesen die Leute gern. Sie kennen mich aus dem Fernsehen und freuen sich, wenn sie merken, dass auch ein Promi ähnliche Lebenskrisen und Sorgen hat wie der kleine Mann. Und es gibt mir einen gewissen buddhistischen Touch – hat nicht jeder!“

„Bitte schön, der Herr!“ Der Kellner brachte die Sachertorte.

„Du klingst verbittert“, setzte Ulrich nunmehr offensiv an und stocherte mit der Gabel in der Sahne.

„Verbittert?“ Arnheim schlug lachend auf die Tischplatte. „Nein, kein bisschen. Mir geht es gut. Im Unterschied zu dir. Dir wird es bald schlecht gehen, wenn du so weiter machst.“

Ulrich blickte seinen Freund fragend an.

„Du bist auf dem falschen Dampfer. Deine Jahr-2000-Kritik wird im Desaster münden. Das ist unser Metier. Wir Journalisten kümmern uns um den Weltuntergang, um Missmanagement, um Fehler in den technischen Systemen der Industrie. Wir sind investigativ. Ihr seid innovativ. Das ist euer Job. Sonst nichts!“

„Wovon sprichst du? Ich verstehe nicht.“ Ulrich war tatsächlich irritiert. Die Sachertorte war so kakaogetränkt, dass er nur dank der Sahne überhaupt genießbar wurde.

„Du gräbst am falschen Ufer, Ulrich! Das ist es, was ich sage.“ Arnheim tippte mit dem Zeigefinger auf Ulrichs Brust. „Du bist Manager, Ulrich, nicht Journalist!

Als Ulrichs Gesicht immer noch nur Fragezeichen zeigte, setzte Arnheim nach:

„Sei doch nicht so begriffsstutzig. Du bist ein Mann der Wirtschaft. Du musst Zuversicht verbreiten. Wachstum, Sicherheit, Arbeitsplätze, Reichtum, Wohlstand für alle. Ich bin Journalist. Meine Aufgabe ist, alles, was du sagst, kritisch zu hinterfragen.“ Arnheim schaute Ulrich erwartungsvoll an.

„Also? Was passiert, wenn du die Wirtschaft kritisch unter die Lupe nimmst? Hä???“, fragte er schulmeisterlich, um sich dann selbst zu antworten: „Genau! Wir Journalisten haben entweder nichts mehr zu tun, oder müssen die Wirtschaft loben. Das ist absurd. Das passt nicht. Die Leute werden verunsichert. Wenn wir so weitermachen, weiß niemand mehr, wem er noch glauben soll.“

„Die Leute sollen die Wahrheit glauben“, versuchte Ulrich halbherzig, irgendetwas zur Unterhaltung beizutragen.

„Die Wahrheit! Pah. Die Wahrheit ist die Wahrheit“, Arnheim konnte sich schier nicht mehr beruhigen. „Aber das ist nur die halbe Wahrheit. Die Leute glauben nicht nur, was sie glauben wollen, sondern auch nur, wem sie glauben wollen! Ulrich. Das ist die Wahrheit! Damit müssen wir uns abfinden!“

Ulrich war intelligent genug, die komplizierte Diskussion abzukürzen und nur noch nach dem Lernziel der unfreiwilligen Unterrichtsstunde zu fragen: „Worauf willst du hinaus?“

„Ulrich!“ Arnheim schlug sich mit der flachen Hand vor die Stirn, „Lass die Finger vom Jahr-2000-Problem. Das ist das Metier der Journalisten. Dein Job ist Aufbau, Neugeschäft, Fortschritte auf dem Weg ins Paradies. Wir werden dir deine Erfolge schon madig machen. Keine Sorge! Auf diese Weise leisten wir alle unseren Beitrag.“ Arnheim rieb sich die Augen. Und für den Fall, dass Ulrich immer noch nicht verstanden haben sollte, schob er nach: „Du Optimismus. Ich Pessimismus. Capito?“

Ulrich mampfte schweigend seine Sachertorte. Arnheim war noch nicht fertig:

„Wenn ich auf diesem verdammten Kirchentag damals in Berlin irgendetwas gelernt habe, dann, dass die Welt schon nicht untergehen wird. Wir müssen uns nur einen Platz suchen, auf dem wir diesen Höllentrip verbringen wollen. Du hast dir das Oberdeck der Titanic ausgesucht. Good luck! Wird schon schief gehen!“ Arnheim schnaubte ein zynisches Lachen heraus.

„Und du?“, fragte Ulrich mit letzter Kraft.

„Ich?“ Es war, als ob Arnheim diese Frage tatsächlich überraschte. Dann grinste er und schob mit einem schiefen Lächeln die Antwort aus dem Mundwinkel:

„Ich bin in Wien! Ich habe mich für den Tod entschieden, für das Morbide, für die Sterblichkeit. Ich lebe in der Vergangenheit. Tue so, als gäbe es investigativen Journalismus, Aufklärung, Vernunft, Intellekt. Nichts als Nostalgie! Aber es wird noch ein paar Jahre gut gehen. Älter werde ich sowieso nicht!“

Wieder lachte Arnheim dieses sarkastische Lachen, das jedem Zuhörer die Nackenhaare senkrecht gestellt hätte. Ulrich winkte dem Kellner.

Fort von hier! Das war sein einziger Gedanke. Diese Schatten der Vergangenheit sollten seine Zukunft nicht belasten. Ulrich wollte nach oben.

Arnheim würde ihm dabei nicht im Wege stehen. Heute nicht. Und auch in Zukunft nicht. Die Vergangenheit war gestern. Jetzt nichts wie weg.

Fast panisch verließ Ulrich noch am selben Tag die schöne Stadt Wien, nicht ahnend, dass er sie knapp ein halbes Jahr später wieder betreten würde und dabei erneut und überraschend mit dem Tod konfrontiert wäre.

11

Adolf Hitler

Ein Absatz, den jeder überschlagen kann, der von der Beschäftigung mit Gedanken keine besondere Meinung hat

In den folgenden Monaten zog sich Ulrich unerwartet tatsächlich aus dem y2k-Rampenlicht zurück. Das lag jedoch weniger an dem seltsamen Treffen mit Arnheim, das Ulrich gern der Vergessenheit anheim gegeben hätte, wenn es ihn nicht manchmal in Albträumen wieder eingeholt hätte, als daran, dass zunehmend Stimmen laut wurden, die behaupteten, es gäbe gar keine Millenniums-Gefahr – Stimmen, die Ulrich durchaus plausibel fand. Man sprach von Geldschneiderei. Man beschimpfte Software-Hersteller des Betruges und der Irreführung des Verbrauchers, um in der allgemeinen Panikmache die eigenen Produkte und Dienstleistungen verkaufen zu können.

Ulrich ahnte, dass da etwas Wahres dran sein könnte und beschloss – nach dem Umkehrschluss der Devise „Never change a winning team" –, das Pferd zu wechseln. Er musste nicht lange nachdenken, um sich an die Weisheit zu erinnern, dass die Menschen ohnehin nur das hören, was sie hören wollen – und da die Zeiten sich nunmal geändert hatten, änderten Ulrich eben auch seinen Text.

Jetzt betonte er in größter Sachlichkeit, dass man vernünftig mit dem Jahr-2000-Problem umgehen müsse. Er versicherte, dass die Borkenstein Privatbank frühzeitig alle notwendigen Maßnahmen ergriffen habe und durch das weitsichtige Denken des Managements die y2k-Maßnahmen mit ohnehin notwendigen Modernisierungen der Banken-Technologie verknüpft worden seien.

Wortkarg verabschiedete sich Ulrich vom Millenniums-Bug und begrüßte umso wortreicher das Internet-Zeitalter. Ulrichs neues Thema hieß „E-Commerce".

Die Zukunft der Wirtschaft liege im Internet, erklärte er jedem, der es hören wollte. Hier müsse man mutig und offensiv nach vorne denken, dürfe sich durch ängstliche Bedenkenträger nicht vom Weg abbringen lassen. Schließlich verliefen die technischen Entwicklungen im 20. Jahrhundert deutlich schneller als jemals zuvor – Auto, Telefon, Computer. Wer nicht umdenke, werde morgen in der Postkutsche sitzen und mit der Rohrpost vom Rest der Welt abgeschnitten sein.

Die Journalisten dankten ihm für das offensive Eintreten für die Themen der Zeit. Ulrich war Gast in Talkshows, in populären TV-Expertenrunden, saß neben dem BDI-Präsidenten und dem Wirtschaftsminister im öffentlich-rechtlichen und im privaten Fernsehen.

„Dieser Mann ist ein Kommunikationstalent, kreativ und ein wenig draufgängerisch", jubelte die Wirtschaftswoche über den neuen Star am Business-Himmel. Und das frisch gegründete Wirtschaftsmagazin brand eins, das die neue Economy-Jugend umschwärmte, flüsterte seiner Leserschaft zum Lebensweg des Business-Youngsters: „Raketengleich stieg er binnen weniger Jahre auf."

Das Traditionshaus BP stand plötzlich für Zukunftsfähigkeit und High-Tech-Verstand, und Ulrich war vorneweg der „Zukunftsgestalter", als das ihn das Manager-Magazin feierte.

Mit diesem rechtzeitigen Strategiewechsel war Ulrich nicht nur bei den Journalisten gut angekommen, sondern auch bei den Vorstandskollegen gut weg. Die werten Herren Kollegen hätten ihm sicherlich mit Vergnügen den Stuhl weggezogen, wenn er noch bis Ende Dezember 1999 am Millenniums-Bug festgehalten hätte. Doch dank seiner neuen Kommunikationsstrategie war Ulrich unangreifbar und konnte wie immer triumphieren.

Am 8. Januar 2000 – eine Woche nach dem durch wehende Vorhänge und Trommelwirbel angekündigten Gruseltag, an dem das Gespenst des Weltuntergangs dann doch nicht erschienen war – an jenem 8. Januar also hielt Ulrich eine kurze Ansprache in der Vorstandssitzung.

„Vor einigen Monaten noch hatten wir mit den schlimmsten Folgen aufgrund der y2k-Folgen rechnen müssen. Dank der allgemeinen Anstrengungen haben wir jetzt kaum einen Hauch der Katastrophe gespürt. Das zeigt, wie großartig alle Beteiligten gearbeitet haben. Die erheblichen Ausgaben zur Bewältigung, die bei anderen Unternehmen aufgrund ihres verschwenderischen Charakters zu Kritik geführt haben, sind bei uns aufgrund frühzeitiger Überlegungen aufs Effizienteste mit den Kosten für die Euro-Umstellung und den Aufwendungen für das Online-Banking verknüpft worden. Die Borkenstein Privatbank ist damit hervorragend aufgestellt für das kommende Internetzeitalter und kann jetzt mühelos im wachsenden Börsengeschäft mithalten."

Wie ein Trickbetrüger hatte Ulrich die Münze des Schicksals einfach gewendet, als ihm die Adlerseite keine Vorteile mehr brachte. Jetzt setzte er auf Kopf, weil er ahnte, dass der Adler abstürzen würde, und ließ sich den Wind der Zukunft ins Gesicht blasen. Doch bei alledem spielte er weiterhin dieselbe Medaille, nämlich die der Technologiegläubigkeit.

Denn der Technologie traute man in diesen Zeiten alles zu. Man hatte so sehr an ihre Macht geglaubt, dass eine Massenpanik ausbrach, als eine kleine Schar von Experten einen Datumsfehler entdeckte. Es war, als hätte ein Apostel erklärt, Gott habe sich erkältet – und schon gingen alle Christen in Deckung vor dem üblen Auswurf, den der Herr beim nächsten Hustenanfall über der Welt ausschütten würde. Doch jetzt, wo der Vater aller Seelen wieder genesen war und mancher Mediziner sogar behauptete, die Wunderheiler hätten bloß Placebos verabreicht und Gott sei gar nicht krank gewesen – da war die göttliche Allmacht wiederhergestellt und somit auch der Glaube wieder fest und unerschütterlich.

Nunmehr war die Menschheit sicher: Wenn sie nicht von der Technologie ins Verderben geworfen würde, dann würde sie von ihr ins Paradies geführt werden. Der Messias hieß Computer, das Kreuz der Erlösung stand im Internet, der Weg des Leidens führte über den Netzwerkadministrator und Ulrich war einer der großen Apostel.

So war es eine logische Konsequenz und für die Medien nur die „vorläufige" Krönung von Ulrichs Bilderbuchkarriere, als im Februar 2000 die Berufung des 39-jährigen zum Nachfolger des Vorstandsvorsitzenden Graf Leinsdorf verkündet wurde, den er nach Plan Anfang des darauf folgenden Jahres ablösen sollte. Es galt als offenes Geheimnis, dass jemand, der mit vierzig Jahren Vorstandssprecher einer Traditionsbank werden würde, damit noch nicht am Ende seiner Karriere angekommen wäre, wenngleich niemand wusste, was darüber noch kommen sollte.

Aufgrund unglücklicher Umstände sollte Ulrich den Grafen jedoch schon im März desselben Jahres beerben, nachdem dieser nämlich unerwartet aus dem Leben schied.

*

Kakanien

Donnerstag, 2. März 2000: Ulrich war mit dem Graf, dessen Frau und dessen Geliebter, die ja eigentlich seine Frau war – oder wie herum man das Eigentliche formulieren mag, das ja in Wirklichkeit gar nicht war –, nach Kakanien gefahren.

Kakanien, so nannte der Graf seine Heimat, das kaiserlich-königliche – k.k. oder k.u.k. – Österreich, das schon so lange keine Monarchie mehr war, aber immer noch so auftrat, als wäre es eine. Österreich mochte von den Alliierten zu einer Demokratie gezwungen worden sein, na und? Die Römer, die Türken, Napoleon und die Nazis waren alle irgendwann auch wieder weg! Man musste nur Geduld haben. Die Alpenrepublik hielt es wie der Brechtsche Herr Keuner, der seinem Herrn schweigend solange diente, bis der starb, und dann endlich mit lautem „Nein!" die Arbeit verweigerte. Der Rest der Welt mochte demokratisch sein. Das störte die Kakanier nicht. Man ließ sich in nichts reinreden.

Der Bruno Kreisky war eine – „dös is mei Gott" – Art König gewesen, wenngleich seine Thronfolger derzeit zu wünschen übrig ließen. Aber man hatte auch in der Vergangenheit schon Schlimmes durchgemacht.

„Schlimma kommts nimma", seufzte man deshalb und fügte sich seinem Schicksal: Simma grad nich lustig, na dann simma halt grantig, bitt'sehr bitt'schön. Es gibt nichts, wofür man sich schenieren bräuchte. Wenn wir heut schon kana mehr san, dann waren wir wenigstens mal ana!

Ja, man lebte von den Zinsen der Vergangenheit, es stammt eben nicht jeder aus gutem Haus. Lippizaner und Sängerknaben, Philharmoniker und Sachertorte wurde in alle Welt exportiert, dafür hatte man Vokabeln aus aller Welt importiert und verständigte sich nunmehr in einem babylonischen Sprachkonglomerat aus Deutsch, Tschechisch, Ungarisch, Italienisch, Französisch und Jiddisch, das kein Außenstehender verstand. Das störte die Kakanier nicht. Man ließ sich in nichts reinreden.

Hier, in Kakanien, diesem seither untergegangenen, unverstandenen Staat, der in so vielem ohne Anerkennung vorbildlich war, gab es sogar Tempo, aber nicht zuviel Tempo. Es gab auch Globalisierung, aber nicht zuviel Globalisierung. Man hatte keinen Weltwirtschafts- und Weltmachtehrgeiz; man saß im Mittelpunkt Europas, wo die alten Weltachsen sich schneiden, aber hielt sich aus allem raus. Deswegen hatte Wien auch einen Flughafen, von dem aber nicht viele Flugzeuge flogen. Genauso wie Wien einen Bahnhof hatte, – und das gleich viermal: einen im Westen, einen im Süden, einen in Mitte und einen beim Franz-Josef, weswegen von hier auch nur ein Viertel der Züge fuhren. Es gab in Kakanien Telefon und sogar Internet, aber nicht zu viele Gespräche und Kontakte mit der Restwelt. Es gab in Wien auch Computer. Das störte die Kakanier nicht. Man ließ sich in nichts reinreden.

Und weil man in Kakanien deswegen die Zeit anhalten konnte, wie ein Anhalter einen Pkw – einfach Daumen raus und sagen, wo man hinwill – gab es in Wien auch einen Opernball, der Jahr für Jahr so gefeiert wurde, wie man ihn meinte, einst mal gefeiert zu haben. Es war gleich, ob das wirklich jemals so war. Mag es anders gewesen sein. Das störte nicht. So war es schön. So sollte es bleiben.

Jahr für Jahr fanden sich Tausende von kleinen Mädchen, die ihr Leben lang davon geträumt hatten, als „Prinzessin" im Jungdamen-Komitee den Wiener Opernball zu eröffnen. Sie ergaben sich einen quälendem Auswahlverfahren, baten und bettelten schriftlich um Einladung, reisten extra vorab nach Wien, tanzten fünf läppische Drehungen Linkswalzer unter prüfenden Jurorenaugen, peinigten sich ein Jahr lang in der Hoffnung, die Prüfung bestanden zu haben, zahlten schließlich dankbar tausend Schilling, um als eine von 500 Debütantinnen beim Opernball in der Masse unterzugehen. „Lächeln Sie meine Damen; die ganze Welt schaut Ihnen zu!", hatte man ihnen bei den Proben noch eingebläut. Doch das uniforme Weiß der Kleider ertränkte das Individuum zu einem unbedeutenden Klecks auf einem Bildschirm im Wohnzimmer von anderhalb Millionen in die Jahre gekommen Alt-Mamsels, deren Jungmädchentraum niemals in Erfüllung gegangen war. Ein jeder wusste um die Lüge. Das störte die Kakanier nicht. Man ließ sich in nichts reinreden.

Auch der hart erarbeitete, billig erbettelte und teuer erkaufte Prinzessinnentraum endete im Orgelsaal beim kollektiven Picknick mit

Schnittchen und Dosengetränken, die man von Muttern ins perlmutt-bestickte Täschchen gepackt bekommen hatte. Spätestens die Blasen an den durchtanzten Füßen mussten die Mädchen wieder auf den harten Parkettboden der Realität bringen. Doch ganz gleich, wie viele teure Seifenblasen jedes Jahr zerplatzten, im Jahr darauf standen wieder Hunderte von ungeküssten Prinzessinnen vor der Staatsoper und bettelten um die Erfüllung ihres Lebenstraumes.

Wien – es war alles wie ein Traum. Das störte die Kakanier nicht. Man ließ sich in nichts reinreden. Erst recht nicht in seine Träume, auch wenn der alte Jude Sigmund Freud das versucht hatte. Der war jetzt tot, und konnte kein dummes Zeug mehr reden. Das war des Beste an den Toten, weswegen sie in Wien auch so beliebt waren.

Die Reichen, die es auch mal kakanisch schön haben wollten, die sich nach den Zeiten sehnten, als Reichtum noch ein Privileg war und keine Last, die man heimlich in Luxemburg oder in der Schweiz abladen musste, diese Reichen liebten den Opernball ebenfalls und zahlten für den traumhaften Abend fast jeden Preis. Einmal schwelgen im blauen Blut der Vergangenheit! Einmal zu den Größen der Gesellschaft zählen! Einmal Walzer kreisen mit vermeintlich hochrangigen Politikern, herausragenden Wirtschaftsbossen und renommierten Künstlern, wenngleich man selten wirklich jemanden von Rang und Namen dort erblickte.

Stattdessen hatte der Ball das Niveau eines Abstiegsfinales der Amateur-Oberliga. Viertausend Gäste drängten sich auf den billigen Rängen, während das Präsidium des Vereins, in dem sich sogar Gebrauchtwagenhändler und Würstchenverkäufer auch mal einen Präsidententitel erkämpften konnten, von den teuer bezahlten Logen aufs Volk niederblickte. Man redete den ganzen Abend nicht über Geld, schließlich gab man vor, genug davon zu haben – aber insgeheim übersetzte ein jeder die siebzig Schilling für das Paar Würstel und die nochmal siebzig Schilling für das kleine Bier in den dreifachen Wert am normalen Würstelstand.

Dennoch: Man ließ sich nicht lumpen. So geht das große Geschäft, wie man den Scheiß vornehm nannte. Schließlich ersparte ein Besuch beim Opernball etwa dreißig Dienstreisen, was natürlich Schmäh war. Es war beruhigender Schmäh für die Gäste – und verkaufsfördernder für die Veranstalter. Die Staatsoper machte an jenem Abend einen schönen Reingewinn.

Den Graf störte das nicht, den der Opernball natürlich in keinster

Weise interessierte, aber seine kleine russische Prinzessin hatte diesen einen unerfüllten Lebenstraum, und so hatte auch er sich bzw. die Borkenstein Privatbank nicht lumpen und sich für knapp 50.000 Schilling eine Privatloge reservieren lassen.

Leonas Kleid hatte etwa denselben Betrag gekostet, wie Ulrich wusste, da er als ihr Ehemann ja Einblick in ihre Finanzen hatte, aber da der Graf das Ehekonto stets wieder auffüllte, hatte Ulrich der stolze Rechnungsbetrag des Modehauses nicht weiter belastet. Dafür war er jetzt umso beeindruckter von dem Stöffchen, das Leonas Schönheit nur ansatzweise verhüllte: Das Teuerste an dem Kleid mussten die Aussparungen gewesen sein, denn davon gab es reichlich. Schon das Dekolleté war großzügig angelegt und endete erst kurz über dem Bauchnabel, dafür waren auch die Schultern freigelegt und der Rücken nur durch ein zartes Kreuzband bedeckt. An den Hüften hatte man ebenfalls Stoff gespart und ihn hauteng über den Allerwertesten gespannt. Dafür fiel das Kleid weiter unten wieder luftiger aus, lange Schlitze in dem Kleid ließen Leona beim Tanzen volle Schritt- und Beinfreiheit.

Zur Feier des Tages hatte sich Leona ihre dunklen Haare bleichen lassen und zog als Blondine im luftigen Ballkleid sämtliche Männeraugen auf sich. Geballte Weiblichkeit im Ballkleid de Luxe!

Der Graf war angesichts dieser atemberaubenden Garderobe in heller Erregung. Es hielt ihn kaum auf seinem Platz, unruhig rutschte er hin und her und man spürte, wie er sich in Gedanken bereits seines Frackes entledigte, seiner weißen Fliege, seines weißen Piquet-Hemdes, seiner schwarzen Lackschuhe, seiner langen schwarzen Seidenstrümpfe, seiner Hosenträger … – und er sich dann schüttelte, um wieder in der nüchternen Ball-Realität anzukommen. Sekunden später waren seine Blicke wieder bei Leonas Bekleidung und seine Gedanken wieder bei der eigenen Entkleidung angekommen. Er litt Höllenqualen.

Und Ulrich litt mit ihm. Er hatte sich bereits zu Beginn standesgemäß mit seiner umwerfenden Ehefrau im Arm den Fotografen präsentiert und sah sich nunmehr einem langweiligen Abend gegenüber, da selbst die Frau Gräfin ihm nicht als Tanzpartnerin zur Verfügung stand – rein zufällig hatte sie nämlich in dem Menschengewirr ihren Golflehrer entdeckt, um dessen natürlichen Golfschläger sie jetzt ihre Hüften schwingen lassen würde, bis der Ball endlich eingelocht war.

Ulrichs einziger Hoffnungsschimmer am Horizont der Langeweile war die Tatsache, dass Arnheim sich ebenfalls auf dem Ball rumtrieb und ihm per Mail schon zu verstehen gegeben hatte, was er von der Veranstaltung hielt. Es hatte Ulrich nicht überrascht, von Arnheim nur Gemecker und Gezeter zu hören.

Gewundert hatte ihn aber, dass der Mann, der als junger Journalist ungerührt mit weißen Turnschuhen zu offiziellen Anlässen erschienen war, sich nunmehr ganz brav im schwarzen Frack unter den schnöden Mammon mischte. Er war gerade vom Publikum zum beliebtesten Journalisten des Landes gewählt worden. Offenbar verzieh man ihm seinen griesgrämigen Blick, seit er durch die strenge Diät bewiesen hatte, dass er zu Selbstdisziplin in der Lage war. Und ebenso verzieh man ihm offensichtlich auch seine neue Angepasstheit, da er ja schon die Hälfte seines Lebens im Widerstand gegen das Spießertum verbracht hatte – wer länger durchgehalten hatte, werfe den ersten Stein!

Arnheim wurde gefeiert für seine beeindruckende Zivilcourage, er wurde gelobt für seine kritische Berichterstattung, von manchen bewundert für die Aufrechterhaltung eines kritischen und mutigen investigativen Journalismus und von anderen gehasst für die unermüdliche Enthüllung politischer Skandale und Affären. Alles in allem war Arnheim konsensfähig und konnte sich darum ungestört auch in den reaktionärsten Zirkeln des Opernballs bewegen, ohne dass jemand deswegen an seiner journalistischen Integrität gezweifelt hätte.

Ulrich beneidete seine alten Jugendfreund um diese Autonomie. Ob er jemals diesen Status erreichen würde, so viel Macht haben würde, dass er über jede Art von Kritik erhaben wäre? Vermutlich nicht. Denn es gab für einen Journalisten zwei Maßstäbe – die Quantität mit hohen Einschaltquoten und die Qualität mit möglichst gar keinen Einschaltquoten –, die man jeweils zitieren konnte, gerade wie es passte.

Der Manager dagegen hatte immer nur einen Stab, an dem er gemessen wurde: die Unternehmensbilanz. Doch gerade hier zeigte sich die Ungerechtigkeit der Volksmoral. Denn machte ein Unternehmen Gewinn, waren die Chefs böse Kapitalisten, die ihre Mitarbeiter ausbeuteten, ihre Kunden über den Tisch und Steuern hinterzogen, um sich persönlich zu bereichern. Und machte das Unternehmen keine Gewinne, dann war man schlichtweg unfähig. Nieten in Nadelstreifen – das war sein Schicksal. Welch Tragödie!

Mit derart tristen Gedanken schlich Ulrich durch die diversen Säle des

Opernhauses, als plötzlich Leona mit hochrotem Kopf neben ihm auftauchte.

„Ulrich", flüsterte sie panisch, „Ulrich, es ist etwas Schreckliches passiert!"

Leona sah mitgenommen aus. Ihre mühsam hochgesteckte, künstliche Lockenfrisur war verwüstet, ihr Lippenstift war verschmiert, aber am beunruhigendsten war der Schreck, der ihr ins Gesicht geschrieben stand.

Mit zwei schnellen Blicken nach rechts und links checkte Ulrich, ob irgendeiner dieser lästigen Fotografen in Sichtweite stand, dann zog er Leona mit einem festen Handgriff in eine Nische, wo sie ungestört waren.

„Was ist passiert?"

„Karl ...", stammelte Leona, „Karl ist ..." Ihr Stimme erstarb.

„Was ist mit dem Grafen?"

„Tot!" Leona brach in Tränen aus. „Er ist tot."

Ulrich versuchte, Ruhe zu bewahren: „Wo ist er?"

Vor lauter Schluchzen konnte Leona nicht sprechen. Ulrich nahm sie in den Arm. Er musste sie unbedingt beruhigen. Wenn irgendein Fotograf sie so erwischte, war der Skandal perfekt. Der Graf tot, und Ulrichs Frau deswegen in Tränen aufgelöst. Wenn stimmte, was Ulrich ahnte, dann mussten jetzt Spuren verwischt werden. In jedem Fall musste man Leona aus der Öffentlichkeit bringen.

„Hör auf zu heulen!", fuhr er sie jetzt grob an. „Reiß dich zusammen. Wir müssen das jetzt regeln, sonst bricht alles zusammen! Also hör auf zu plärren, sonst werden bald alle auf uns aufmerksam. Täusch einen Migräneanfall oder so etwas vor, Übelkeit meinetwegen, die Lachssandwiches waren sowieso ekelhaft, okay?"

Leona zog ganz undamenhaft den Rotz durch die Nase hoch. Ulrich legte den Arm um sie, und Leona vergrub ihr tränenverquollenes Gesicht in seiner Schulter. So stiegen sie hastig die Treppe zu ihrer Loge hoch, wo sie zum Glück nur knutschend die Gräfin und den Golflehrer trafen. Oben angekommen hatte sich Leona soweit gefasst, dass sie erzählen konnte, was vorgefallen war.

„Wir haben Liebe gemacht", brachte sie in gebrochenem Deutsch vor und Ulrich hasste sie jetzt doppelt dafür, dass sie in all den Jahren nicht ordentlich Deutsch gelernt hatte. Musste er ausgerechnet mit einer Vollidiotin verheiratet sein? Weitere Details wollte er gar nicht wissen. Es war schon klar, wie die Geschichte ausgegangen war. Der Graf hatte sich zu Tode gevögelt.

„Wo ist er?", fraget er ungeduldig.

„In der Kammer hinter der Garderobe."

Der tragische Tod des Grafen erschütterte bis auf Leona in dieser Runde niemanden. Die Gräfin wusste, dass sie jetzt endlich frei war, ihr eigenes Leben zu leben, ohne Rücksicht auf offizielle Termine nehmen zu müssen. Der Golflehrer wusste, dass die Gräfin als Witwe ein ordentliches Erbe antreten würde. Und auch Ulrich wusste, dass nunmehr die Tage seiner Ehe gezählt waren. Einer Scheidung stand jetzt nichts mehr im Wege, zumal über seinen Erbteil am Vermögen des Grafen auch der Unterhalt für seine geschiedene Ex-Frau gedeckt wäre.

Das einzige Problem, das man miteinander zu lösen hatte, bestand darin, wie man die peinlichen Todesumstände des Grafen vor der Öffentlichkeit verbergen konnte – und zwar mitten auf der Massenveranstaltung Wiener Opernball, *dem* Medienereignis des Jahres!

Der Graf musste aus der Kammer raus und an einen standesgemäßeren Sterbeort gebracht werden – und zwar so unauffällig wie möglich. Das war jetzt die zentrale Herausforderung.

„Ist er bekleidet?", versuchte Ulrich mit einer gezielten Frage, die Tiefe des Problems zu diagnostizieren. Leona schüttelte den Kopf. Ulrich seufzte. Damit war klar, dass auf jeden Fall ein Mann in die Kammer musste, der wusste, wie man einen Frack mit allem Drum und Dran anzieht. Wenn er es richtig erinnerte, hatte der Graf sogar eine selbst gebundene Fliege um. Jesses!

„Können Sie eine Fliege binden?" fragte er den Golflehrer. Der nickte. Gut.

Nun war zu klären, wo und auf welchem Wege man den Grafen am besten hier in die Loge brächte – oder wohin sonst? Wer kannte sich in diesem verdammten Opernhaus aus? Sie vier waren alle fremd hier. Und Leona musste sowieso, bis alles geregelt war, hier in der Loge bleiben und durfte mit niemandem reden. Alles andere war zu gefährlich.

Ulrichs Gedanken rasten.

„Wir könnten ihn auf die Tanzfläche schaffen", schlug die Gräfin vor, „‘Zu Tode getanzt‘ ist die bessere Schlagzeile als ‚Zu Tode gebumst‘, oder?"

„Und wie bitte schön kriegen wir ihn unbemerkt dahin?", entgegnete

Ulrich genervt. „Rüberschleifen und fallen lassen? Vor den Augen von viertausend Walzer tanzenden Schwachköpfen???"

„Wenn wir ihn irgendwie auf die Toilette brächten, dann könnten wir es einfach als simplen Herzstillstand verkaufen", versuchte die Gräfin erneut ihr Glück und gackerte dann albern: „‚Zu Tode gepinkelt' ist ja auch nicht ganz schlecht als Headline!"

„Es wäre aber wichtig, dass uns niemand beobachtet, während wir die Leiche rüberschaffen. Wir müssten die Aufmerksamkeit der Leute auf irgendein anderes Thema lenken", wandte nun der Golflehrer berechtigterweise ein. Und dann hatte Ulrich die rettende Idee: Arnheim! Arnheim kannte sich aus, Arnheim war ein erfahrener Medienmann, Arnheim würde wissen, was zu tun war.

In Sekundenschnelle rekapitulierte Ulrich, was er wusste: Arnheim war die erste Stunde bei einem kleinen Empfang in der Loge des Wirtschaftskammer-Präsidenten, der den Staatspräsidenten der Republik Kasachstan bei sich beeindrucken wollte. Danach wollte Arnheim einem Fototermin der Medien-Prominenz beiwohnen, wo sich Claudia Cardinale wie jedes Jahr attestieren ließ, dass sie schon wieder nicht älter geworden war.

Jetzt war es kurz vor halb elf Uhr, es sprach einiges für die Loge des Wirtschaftskammer-Präsidenten. Die musste zu finden sein! Mit wenigen Sätzen verteilte Ulrich die Rollen: Der Golflehrer würde in die Kammer vorgehen und den Grafen, so gut er konnte, wieder bekleiden. Die Gräfin würde bis auf weiteres bei Leona in der Loge bleiben und verhindern, dass irgendjemand hereinkam. Ulrich selbst würde Arnheim suchen und mit ihm eine Lösung für den Totentransport aus der Besenkammer in die Herrentoilette finden.

Gesagt, getan.

Eine Viertelstunde später hatte Ulrich seinen alten Freund gefunden und ihn auf den Stand der Peinlichkeit gebracht. Arnheim zeigte sich extrem professionell, als hätte er derlei Jobs jeden Tag zu erledigen. Er griff zum Handy und wählte eine Kurzwahlnummer.

„Marianne? Sag mal, wann genau ist der Hitler geplant?" Dann lauschte er der Frauenstimme am anderen Ende. „23.07 Uhr? Okay, danke."

Er legte auf und schaute auf die Uhr: „Wir haben genau 17 Minuten! Dann ist der ideale Zeitpunkt. Alles andere erkläre ich dir unterwegs."

Er winkte einem Assistenten, der sofort herbeieilte und auf Arnheims kurzes „Ich brauche deine Hilfe“ widerstands- und fraglos hinter ihm und Ulrich herlief. Sie gingen zunächst in die Privatloge, wo Leona und die Gräfin nervös warteten. Arnheim bat die Gräfin nochmals, bis auf Weiteres hier bei Leona zu bleiben. Sollte jemand nach dem Grafen oder Ulrich fragen, solle sie sagen, ihrem Mann sei schlecht geworden und Ulrich habe ihn zur Toilette begleitet.

Dann ging er mit Ulrich und dem Assistenten zu der besagten Besenkammer, ließ die beiden aber draußen warten, um erst unauffällig allein die Lage zu checken. Drei Minuten später war er wieder da.

„Alles okay. Der Graf ist wieder in voller Montur. Zum Glück ist er noch nicht ganz steif“, grinste er süffisant und schob sofort sachlich nach, „so konnten wir ihn problemlos in einen der großen mobilen Mülleimer verfrachten.“

Ulrich sah, wie im Hintergrund der Golflehrer die Kammer verließ und mit einem kurzen Nicken zu Arnheim über die Seitentreppe verschwand.

„Den brauchen wir nicht mehr“, erklärte Arnheim. Er schaute auf die Uhr. „Noch sieben Minuten!“

Dann gab er schnell seine Anweisungen: Der Assistent sollte um Punkt 23.06 den Mülleimer aus der Kammer rollen und, ohne sich aufhalten zu lassen, direkt zur Toilette schaffen, wo er um spätestens 23.07 ankommen müsse und die Toilette mit einem lauten „Verzeihung. Bitt‘ schön. Gschamster Diener“ betreten solle. Auf dieses Stichwort würde Ulrich drinnen in einer Kabine die Klospülung betätigen und einen kurzen Moment später herauskommen. Draußen würde in diesem Moment ein Tumult entstehen, weil ein Demonstrant sich unerlaubt Zugang zum Ball verschafft hätte. Deswegen dürften alle sonst noch in der Toilette Anwesenden herausrennen, um den Tumult mitzuerleben.

Diesen Moment müssten Ulrich und der Assistent nutzen, um den Graf aus dem Mülleimer zu ziehen und elegant auf dem Boden zu drapieren. Dafür hätten sie bis etwa 23.10 Uhr Zeit. Dann müsste der Assistent sofort den Mülleimer aus der Toilette heraus und zurück in die Kammer schaffen. Ulrich sollte noch einen kurzen Moment neben dem Grafen stehen bleiben, falls jemand die Toilette beträte, Entsetzen vortäuschen und schließlich um Hilfe und nach einem Arzt rufen. Dazu solle er jedem auf die Nase binden, dass dem Grafen schlecht geworden, er mit Mühe noch bis zur Toilette gekommen sei und dass er hier zusammengebrochen sei. Wenn Ulrich das genügend Leuten erzählen würde, so Arnheims These, fänden sich später vielleicht sogar Zeugen, die das bestätigten.

Arnheim lachte abschließend. Ihm gefiel die Geschichte offenbar gut. Dann wünschte er allen Glück und machte sich auf den Weg zurück zur Loge des Wirtschaftskammer-Präsidenten.

Alles klappte planmäßig, wenngleich Ulrich und der Assistent größere Schwierigkeiten als erwartet hatten, den Grafen aus dem Mülleimer herauszubekommen. Dabei riss die mühsam geknotete Fliege und der oberste Perlmuttknopf fiel ab, aber als der Graf endlich am Boden lag, riss Ulrich ihm mit Gewalt die oberen Hemdknöpfe auf und begann in dem Moment, als jemand die Toilette betrat, dem Grafen mit der flachen Hand rechts und links auf die Wangen zu schlagen.

„Graf Leinsdorf“, rief er dabei immerzu. „Graf Leinsdorf, hören Sie mich? Kommen Sie zu Bewusstsein, Graf Leinsdorf!“ Und dann drehte er sich um, rief: „Einen Arzt! Rufen Sie einen Arzt. Der Graf ist gerade zusammengebrochen!“

Erstaunlicherweise war sofort ein Filmteam zur Stelle, das Nahaufnahmen vom toten Grafen und vom entsetzten Ulrich machte. Bilder, die angeblich gleich „so gut wie live über den Sender gehen“ würden. Ulrich war wirklich entsetzt. Aber er war froh, dass scheinbar niemand irgendetwas ahnte.

Eine halbe Stunde später gab er die ersten Interviews und zeigte sich als Vorstandskollege äußerst betroffen vom Tod des Grafen. Die Gräfin hatte sich mühselig einige Tränen aus den Augen gequetscht und Leona jammerte in ihrer weichherzigen Art immer nur den gleichen Satz: „Er war der Patenonkel unserer Kinder!“

Irgendwann stieß Arnheim dazu und wimmelte die Kollegen entschlossen ab. Als sie endlich allein in der Loge saßen – um sie herum, ging der Ball weiter, als wenn nichts geschehen wäre, viele hatten vermutlich wirklich gar nichts mitbekommen –, fiel von allen die Anspannung wie ein großer Stein. Erleichterung machte sich breit.

„Gut gemacht“, lobte Arnheim. „Das war perfekt.“

„Ohne Sie wären wir in einen Riesenskandal getrudelt“, dankte ihm die Gräfin im Gegenzug.

„Ja, herzlichen Dank“ sagte auch Ulrich. „Aber was war das für eine Hitler-Geschichte und warum wusstest du davon?“

„Tja. Herr Arnheim weiß eben, wie die Medien funktionieren." Arnheim lächelte wieder das schiefe Grinsen, das Ulrich ja mittlerweile schon von ihm kannte. „Nein, im Ernst. Wir haben jedes Jahr das Problem, dass wir zwei Live-Schaltungen aus der Oper machen. Eine um Punkt 22.00 Uhr, wenn es losgeht mit dem Eröffnungswalzer etc. Und eine um 23 Uhr, wenn die Party schon in vollem Gang ist. Die Einschaltquoten gehen bei der zweiten Live-Schaltung leider fast um die Hälfte zurück. Damit das nicht noch weniger wird, sorgen wir jedes Jahr dafür, dass es kurz nach 23 Uhr einen kleinen Skandal gibt."

Ulrich konnte es nicht fassen: „Wie? Ihr faked einen Skandal, auf die Minute genau, damit Ihr bei der Live-Schaltung etwas zu berichten habt?"

Arnheim nickte. „Wir können nicht immer darauf warten, dass von allein etwas passiert. Der Opernball ist Jahr für Jahr dasselbe. Also müssen wir für die Variation sorgen, sonst schaltet das Publikum nicht mehr ein."

„Und was hatten Sie sich dieses Jahr ausgedacht?" Die Gräfin hatte damit sichtlich kein Problem.

Arnheim wandte sich ihr zu und erläuterte ihr den nüchternen Regieplan: „Zur Tradition des Balls gehört Jahr für Jahr eine Demonstration von irgendwelchen Organisationen. Tierschützer zum Beispiel, die gegen die Pelzindustrie protestieren, oder Antifaschisten, die Haider als Nazi beschimpfen. Dieses Jahr haben wir einen Performance-Künstler engagiert, dass er sich als Adolf Hitler verkleidet Zutritt zur Gala verschafft."

„Aber wie sollte der an all den Wachleuten vorbeikommen?", fragte die Gräfin nach.

„Das Eingangspersonal war von uns bestochen", erklärte Arnheim, „so dass er auf jeden Fall bis zur Haupttreppe kommen musste. Ein idealer Ort, um den Auftritt ins Visier der Kameras zu bekommen. Und ein wunderbarer Skandal, weil er uns alles offen lässt, je nachdem was passiert. Wir können den gesamten Ball als reaktionäre Veranstaltung diffamieren, die sogar einen Hitler zulässt. Wir können den Ball als krude Faschingsnacht niedermachen, bei der ein Spaßvogel den großen Diktator spielt. Wir können den Ball aber auch als Opfer einer irrsinnigen Protestgeneration darstellen, die selbst die Symbolfigur einer völkermordenden Nation nicht scheut."

Ulrich drehte sich angewidert weg. „Das ist oberzynisch", empörte er sich.

„Das musst du gerade sagen“, grinste Arnheim. „Wie steht es denn mit deinem Eheleben?“

Der Golflehrer feixte. Die Gräfin kicherte hinter vorgehaltener Hand. Leona schaute peinlich berührt zu Boden. Ulrich schwieg.

„Und die *Wiener Bote*-Schlagzeile von morgen dürfte Euch auch besser gefallen als die Wahrheit“, amüsierte sich Arnheim und ergänzte auf die fragenden Blicke hin: „‚Graf Leinsdorf: Von Hitler zu Tode erschreckt?‘“

12

Prof. Gottlieb Hagauer

Glaubt der moderne Mensch an Gott oder an den Chef der Weltfirma? Ulrichs Unentschlossenheit

Endlich war Ulrich da angekommen, wo er immer hingewollt hatte – ganz oben! Er thronte im obersten Stockwerk des Europaturms, des höchsten Gebäudes der Finanzmetropole Frankfurt, 331 Meter über dem Meeresspiegel. Näher als er kam niemand mehr dem Himmel über der Bankenstadt!

Ebendort feierte Ulrich am späten Nachmittag des 11. Mai 2000 seinen vierzigsten Geburtstag, inmitten seiner Kollegen und Mitarbeiter, die ihm inzwischen alle ans Herz gewachsen waren. Seine kleine BP-Familie war extra für ihn zusammen gekommen. Ebenso wie seine bürgerliche Familie: seine Frau Leona mit den drei kleinen Söhnen Karl, Friedrich und Hieronymus sowie seine Schwester Agathe, deren Mann Professor Hagauer und die beiden Zwillinge Ulrike und August.

Um das großartige Geburtstagskind herum knallten die Sektkorken, Mitarbeiter prosteten sich zu, irgendjemand stimmte ein ‚Happy Birthday' an. Dann gab es freundliche Grußworte von diesem und von jenem. Eine Sekretärin hatte ein originelles Limerick verfasst. Einer der diesjährigen „Baby-Beppos" hatte mutig eine Glosse auf die BP-Börsennachrichten geschrieben. Die Kinder sagten brav Gedichte auf.

Ulrich schwelgte im Glück. Dankbar hielt er eine kurze Ansprache. Dankbar lachte er über jeden Scherz. Dankbar nahm er alle Geschenke entgegen.

Nach einem langen Abend voller Lobeshymnen und Freundlichkeiten waren zu später Stunde schließlich sämtliche Gäste wieder gegangen. Ulrich saß allein in seinem herrschaftlichen Vorstandsbüro.

Er ließ sich erfüllt und erledigt in seinen schwarzen Lederbürosessel fallen, lehnte sich gemütlich zurück, legte die Füße auf die Tischplatte seines Kirschholzschreibtisches und nahm die Brille ab. Auf den extra für den heutigen Tag aufgestellten Stehtischen, auf den Fensterbrettern und auf dem Couchtisch inmitten der naturledernen Besuchergarnitur standen leere Gläser und abgegessene Häppchenteller. Auf dem Boden lag zerknülltes Geschenkpapier, irgendjemand hatte auch ein Papiertaschentuch verloren. In der Luft hing noch der Geruch von Alkohol, Rasierwasser und Parfüm. Hier hatte man einen König gefeiert.

Ulrich spürte den Stolz in seiner Brust. Sechzig Quadratmeter war sein Büro groß, von dem aus er das BP-Imperium regierte. Selbst wenn er auf die Toilette ging, dann blickte er nicht auf die tristen Kacheln eines Männerpissoirs. Nein, bei Borkenstein hatte man die Vorstandstoilette so angelegt, dass man über eine Art Spanische Wand hinweg durch die Rundumverglasung aus dem 34. Stockwerk hinausschauen konnte. Beim Pinkeln hatte er fast dieselbe Perspektive wie beim Arbeiten – und wie jetzt:

Durch die breite Fensterfront blickte er auf das Frankfurter Bahnhofsviertel und den Main. Wie viele von den klitzekleinen Menschen, die da unten entlang hetzten, waren Kunden der Borkenstein Privatbank? Wie viele waren indirekt mit Borkenstein verbandelt, weil sie Mitarbeiter von BP-Kunden waren und deshalb ihr Gehalt über die Borkenstein Privatbank bekamen? Wie viele arbeiteten für Unternehmen, die BP an die Börse begleitet hatte? Wie viele kauften ihr täglich Brot bei BP-Kunden, ihre Kleidung, ihre Möbel?

„Dies alles ist mir untertänig …“, murmelte Ulrich und erinnerte sich an Schillers Ballade vom Ring des Polykrates, die er einst als Schuljunge auswendig lernen musste, „… gestehe, dass ich glücklich bin!“

Er schmunzelte. Ja, er war glücklich! Innerhalb von zwanzig Jahren hatte er geschafft, was andere in ihrem ganzen Leben nicht schaffen. Er war der jüngste Vorstandsvorsitzende, den es jemals bei BP gegeben hatte. Er war der jüngste Vorstandsvorsitzende im internationalen Bankgeschäft. Und dass er nicht sogar der jüngste Vorstandsvorsitzende überhaupt war, lag nur daran, dass er selbst in den letzten Jahren zahlreichen 20- oder 30-jährigen Computerfreaks das Kapital besorgt hatte, damit sie eine Aktiengesellschaft gründen konnten, die mittelfristig an der Börse das Hundertfache der Investitionen wieder in die Kassen zurückspülte.

Und wie er glücklich er war! Wie könnte er es auch nicht sein?! Eitel genug, um sich nochmal im verbalen Spiegel seines Erfolges zu sonnen, griff Ulrich zu einem Papier, das in der obersten Schublade seines Schreibtisches lag. Es war sein Lebenslauf, so wie er auf der Vorstandsseite unter www.borkenstein.de im Internet stand und wie er vor wenigen Wochen aus Anlass der Benennung zum Vorstandsvorsitzenden an die Medien rausgegangen war:

Dr. Ulrich [redacted]

Vita

11. Mai 1960	geboren
1978	Abitur
1978-79	Bundeswehr
1980-84	Studium der Betriebswirtschaftslehre, Westfälische Wilhelms-Universität Münster
1984-85	Promotion an der Westfälischen Wilhelms-Universität Münster
1985-86	Junior Management Trainee, Borkenstein Privatbank
1987-89	Assistent der Geschäftsführung London, BP & Cie. Securities (U.K.)
1989-92	VicePresident + Generalbevollmächtigter Fernost Singapur, (Controlling, Investoren- und Kreditorenbeziehungen), Borkenstein Privatbank
1992-95	VicePresident + Generalbevollmächtigter USA, New York, (Industrieberatung weltweit), Borkenstein Privatbank
1995-97	Mitglied der Vorstandes, Frankfurt, (Marketing + New Business), Borkenstein Privatbank
1998-2000	Mitglied der Vorstandes, Frankfurt, (IT + E-Commerce), Borkenstein Privatbank
seit 03/2001	Vorstandsvorsitzender, Borkenstein Privatbank
	verheiratet, Vater von drei Kindern.

Das also war sein Leben, wenn man es auf einer DinA4-Seite zusammenfasste. Imposant. Andere brauchten die doppelte Zeit für eine solche

Reise von ganz unten nach ganz oben und rund um den ganzen Globus herum. Aber er hatte es in weniger als zwanzig Jahren geschafft!

Vor seinem vierzigsten Lebensjahr war er Vorstandsvorsitzender einer der ganz großen Traditionsbanken geworden. Wer konnte das schon von sich sagen? Die meisten wären froh, wenn sie derlei schafften, bevor sie in den Ruhestand gehen. Aber er hatte jetzt noch gut zwanzig Jahre Zeit. Er hatte dieselbe Zeit, die er hinter sich hatte, nochmal vor sich. Er könnte genau genommen also doppelt so hoch hinaus!

Ulrich nahm die Füße vom Tisch, stand schwungvoll auf und trat – ganz der junge dynamische Manager, als der er sich fühlte – ans Fenster. Doppelt so hoch hinaus. Er sah in den dunklen Himmel, der sich über der hell erleuchteten Stadt erhob. Wo würde das sein? Hier war er bereits am höchsten Punkt der Stadt angekommen. Soweit sein Auge reichte, war da niemand, der ihm noch auf den Kopf blicken konnte.

Wo würde er in zwanzig Jahren stehen? Irgendwo in Europa? Gab es hier Hochhäuser, die weit über das Frankfurter Niveau hinausgingen? Paris. Warschau. Moskau. Das würde nicht reichen. Vielleicht in Toronto, in Houston, in Chicago oder Hongkong, Shanghai oder Tokio? Aber selbst das brächte ihn nicht doppelt so hoch: Das World Trade Center in New York schaffte knapp 417 Meter Höhe. Der Sears Tower in Chicago, eines der höchsten Gebäude der Welt, ragte 443 Meter in den Himmel.

Doppelt so hoch? Das war unmöglich. Die Spitzen dieser höchsten Gebäude der Welt würde Ulrich – die Vergangenheit der Einfachheit halber mal hypothetisch fortgeschrieben – rein rechnerisch schon in sechs oder sieben Jahren erklommen haben.

Und dann?

Der Stolz, der Ulrichs Brust gerade noch in Schwellung gebracht hatte, wich plötzlich einem beklemmenden Gefühl von Angst.

Ja, was dann? Was käme als nächstes? Wie würde die Karrierereise weitergehen?

Unruhig lief Ulrich in seinem Büro auf und ab. Wäre er Raucher gewesen, hätte er sich jetzt eine Zigarette angezündet. Aber er war Nichtraucher. Und die gesamte Borkenstein Privatbank bestand aus Nichtraucher-Büros. Raucher mussten in spezielle Rauchernischen gehen, die permanent gelüftet und stündlich gereinigt wurden, dort war es kalt und ungemütlich – amerikanische Verhältnisse. Ulrich, der Amerikaner mit deutschem Pass, hatte sie eingeführt. Selbst die verordnete Wellness war bei BP erledigt. Was gab es noch zu tun? Er hatte keine Ziele mehr.

Ulrich blieb wieder am Fenster stehen. Er war einfach urlaubsreif. Das war es. Das Tempo der vergangenen Wochen und Monate, ja im Grunde Jahre, war einfach zu hoch gewesen. Der unerwartete Tod des Grafen – mal abgesehen von den Umständen, die ja auch nicht gerade entspannend gewesen waren – und der plötzliche Aufstieg innerhalb des Vorstandes zum Vorsitzenden, die Ad-hoc-Einarbeitung ohne Übergang, obwohl es ja eigentlich anders geplant gewesen war... – das war einfach ein bisschen viel gewesen. Er brauchte Urlaub.

Urlaub von Borkenstein. Urlaub vom Management. Urlaub vom Leben.

Mit einem Seufzer ließ sich Ulrich aufs Ledersofa fallen. Urlaub vom Leben. Vielleicht mal etwas ganz anderes machen? Hatte er nicht schon alles irgendwann einmal gemacht? Er war an jedem Zipfel der Welt gewesen – na ja, nicht an jedem, aber er hatte mehr gesehen als die meisten anderen. Er hatte sich vom kleinen Trainee durch alle Hierarchieebenen hochgearbeitet bis nach ganz oben.

Er könnte aussteigen: Schafe züchten in Irland oder Bananen pflanzen auf Gomera. Aber ehrlich: Würde er das lange aushalten? Würde er nicht sehr bald all sein Wissen anwenden, die leichten Arbeiten sofort delegieren, die begabteren Mitarbeiter dann für die schwierigeren Arbeiten schulen. Einen soliden Business Plan aufstellen, Rationalisierungsmaßnahmen einleiten, ehrgeizige Ziele stecken, Leistungsanreize schaffen und irgendwann wäre er Vorstandsvorsitzender einer *Wool&Bananas Aktiengesellschaft*, die an der Börsen abgehen würde wie eine Rakete.

Ulrich lachte über sich selbst. Ja, so einer wie er, der würde nicht einfach mit der Angel am Meer sitzen und warten bis ein Fisch anbeißt. So einer wie er würde ein Netz knüpfen und mit dem Boot aufs Meer rausfahren, hin zu den Fischen und sie dann mit dem Netz an Land ziehen!

Eine seltsame Unruhe trieb ihn umher.

Er stand wieder auf. Wieder blickte er durch das Fenster in den dunklen Himmel. Warum machte Gott kein Licht an? Hatte er keinen Strom? Ulrich grinste: Blasphemie! Aber wenn Gottes Sterne seine Laternen waren, dann hatten die Menschen im Kampf um den größeren Glanz allemal gewonnen. Kein Sternenlicht – und selbst wenn sich die unendlichen Sterne am Himmel zum gemeinsamen Solidaritätsfackelzug verbündet hätten – hielt mit den durch die Teilung kleinster Atome von Menschen gewonnenen und in Licht verwandelten Energiemengen stand. Gott hatte verloren. Der Mensch hatte ihm nicht nur das Feuer, sondern auch den Tag gestohlen.

Der Mensch kann das Dunkel hell machen, die Nacht zum Tag, Kranke gesund, Blinde sehend, Wasser zu Eis, Kaltes warm und Warmes kalt! Der Mensch kann Autos bauen und Flugzeuge, kann über Tausende von Kilometern Informationen in Sekundenschnelle austauschen, kann sich lösen von Raum und Zeit, kann künstliche Intelligenz erzeugen und künstliches Leben! Und im Eifer dieser Gedanken trat Ulrich ans Fenster, öffnete es und brüllte ins Dunkel der Nacht:

„Wir haben gewonnen, Gott! Gewonnen!"

Zugleich erschrak er selbst ein wenig über die Theatralik dieser Geste, aber im Lärm und Leben der Stadt würde niemand gesehen oder gehört haben, was er gerufen hatte – niemand außer Gott, wenn es ihn denn gäbe, aber dem hätte er es ja auch flüstern können.

Lächelnd schloss Ulrich das Fenster. War es Übermut, war es Hochmut, der ihm derart den Augenblick versüßte? Jedenfalls fühlte er sich großartig. Und gut.

Nein, er war nicht der abgeklärte Zyniker, wie Arnheim es geworden war. Unglückseligerweise. Geradezu tragisch. Für den war Gott gestorben. Ein für allemal. Ganz sicher. Für den zählte weder Glauben noch Moral, für Arnheim zählte nur noch Geld. So verrückt es ihm vorkam, so klar schien es Ulrich trotzdem zu sein: Arnheim war von ihnen beiden der größere Materialist und obgleich Kritiker der Gesellschaft, der Warenwirtschaft und ihrer angeblichen Auswüchse, der größere Kapitalist.

Arnheim, der Sarkast des Geldes; der Mann, der seine Ideale gegen Zeilengeld verkauft hatte; der Schreiberling, der die Wahrheit gegen Worte und die wieder gegen bare Münze getauscht hatte; der Aufklärer, der sich selbst zu einer Illusion romantischer Bildungsideale vermarktet hatte.

„Ein großer Teil der wirklichen Bedeutung eines Mannes liegt darin, sich seinen Zeitgenossen verständlich machen zu können." Das hatte Arnheim mal gesagt. Ein Zitat gewiss irgendeines bedeutenden Schriftstellers. Arnheim hatte sich allerdings nicht darüber Bedeutung verschafft, dass er sich verständlich machte, sondern dass er redete, was das Volk von ihm hören wollte. Mit Verständlichkeit hatte das nichts zu tun. Er sprach nicht die

Sprache des Volkes, er war Volkes Stimme geworden, aber nicht die Stimme von des Volkes Vernunft, sondern die der Denkfaulheit, die des Vorurteils, die des Aberglaubens.

Arnheim hatte immer die Mächtigen kritisiert – und fand sich nun selbst auf der Seite der Mächtigen. Thema verfehlt? Oder war das sein wahres Thema gewesen? Hatte er sich nur – ohne Müh und Redlichkeit – auf genau dieses Ziel zubewegt? In der im eigenen Art von Effizienz?

Stöhnend sackte Ulrich wieder aufs Sofa. Er rieb sich die Augen. Was für schwere Gedanken. Nachdenklich goss er sich nochmal etwas Rotwein in ein leeres Glas, nahm einen Schluck und schmeckte die schwere, herbe Süße.

Arnheim und er waren unter gleichen Bedingungen gestartet. Wie verschieden waren ihre Leben verlaufen! Hätte das alles auch anders kommen können?

„Es liegt in den Genen!" Seine amerikanische Antwort auf alles und jedes schoss Ulrich durch den Kopf. Hatte er Manager-Gene voller Optimismus und Arnheim Journalisten-Gene voller Zweifel und Häme?

Und dann machte sich ein weiterer Gedanke auf den Weg: Konkurrenz unter Freunden. War das, was sie verband, überhaupt eine Freundschaft? Oder nicht doch eine Art Wettbewerb, den sie als Jugendliche begonnen und immer noch nicht abgeschlossen hatten?

Ulrich atmete tief durch und spülte mit dem restlichen Wein die Fragen herunter.

Sicher, in puncto Privatleben würde er jeden Wettbewerb verlieren. Die Parallelaktion war ja zugegebenermaßen nur ein Stellvertreter-Liebesspiel, das Agathe auch eher leidlich bewältigte – man munkelte, dass ihre Ehe mit Hagauer, der aller ärztlichen Prognosen zum Trotz immer noch nicht verstorben war, nur spärlich dahintröpfelte.

Seine große Liebe Diotima war für immer verloren. Einer anderen hatte er nie eine Chance gegeben. Und die Ehe mit Leona – na ja, darüber musste man kein Wort verlieren.

Arnheim dagegen war mittlerweile zum vierten Mal verheiratet. Sicher auch kein Ruhmesblatt, aber besser als nichts. Nummer Vier war eine etwa zwanzig Jahre jüngere Volontärin, die er vor einem Jahr bei der Arbeit aufgerissen hatte. Sex mit Abhängigen quasi – aber Ulrich war gewiss nicht derjenige, der hier die moralische Klappe aufreißen durfte. Er war froh, wenn sich alle mit seiner Spießer-Version von Familienglück zufrieden gaben und gelangweilt anderen Themen zuwandten. Die drei Söhne existierten ja auch nur auf dem Papier. Arnheim hatte aus der zweiten Ehe echte – echte? wie absurd, aber es waren echte, eigene... – Kinder: einen Sohn und eine Tochter, beide inzwischen fast erwachsen.

In dieser Weise jagten Ulrichs Gedanken durchs Leben, zogen von Gott im All über Männer von Welt bis hin zu Managern von Weltfirmen. Und mit einem Mal stand sie da, diese eine, alles bestimmende Frage im Leben eines Mannes. Fest und unerschütterlich stand sie im Raum, als ob der rachsüchtige Gott sie als Antwort auf die gebrüllte Fensterprovokation eines selbstherrlichen Top-Managers unvermittelt zurückgehustet hatte. Äcchhhh. Ächhh. Äch. Einfach so war sie da, diese Frage:

Was hast du im Leben geschaffen?

Ja, genau so war sie formuliert, die Frage. Sie hieß nicht: Was hast du im Leben geschafft? Da hätte Ulrich sofort eine lange Litanei von Leistungen aufgezählt und die Frage wäre vor lauter Antworten in Vergessenheit geraten. Nein, die Frage hieß:

Was hast du im Leben geschaffen?

Tja. Pustekuchen. Ulrich hatte keine Antwort. Nicht jetzt. Nicht eine Stunde später, als er immer noch – nunmehr kaugummikauend – auf dem Sofa saß.

Er hatte allerhand geschafft, aber nichts geschaffen. Er war ein Macher, aber kein Schöpfer, ein Aufsteiger, aber kein Erzeuger. Er hatte sich auf einem Berg von bereits Vorhandenem nach oben gearbeitet und saß nun obenauf und schrie: Ich bin der Größte! Aber nichts von dem, auf dem er stand, war von ihm selbst geschaffen worden. Er stand auf den Leistungen anderer, nicht auf eigenen. Er hatte die Schöpfungen anderer solange mit Füßen getreten, bis sie ihm untertan waren, aber er selbst hatte nichts, rein gar nichts geschaffen. Er war König in einem fremden Land. Er war Herrscher in einem Imperium, das nicht seines war.

Ulrich war erschüttert.

Und Arnheim? Hatte der irgendetwas Schöpferisches vollbracht? Arnheim war ein Zyniker. Sein Journalistenleben war traurig verlaufen: So voller Jugend, so lange es jung war, so bieder, als es seinen Zenit erreichte, so enttäuscht, jetzt wo es sich endlich im Alkoholismus auflöste. Für den Wiener Journalisten gab es in der Dämmerung seiner Rebellen-Karriere vermutlich kein größeres Abenteuer als einen Besuch auf der Praterinsel, wo er in appetitlicher Nähe zur Halbwelt ein bisschen nostalgisch nochmal zum Extremisten neigte. Doch seine wahre Lebenswelt war angepasst, resigniert, und dadurch lebens- und menschenverachtend, letztlich nur noch niederträchtig und geldgierig.

Selbst wenn Arnheim ein paar Artikel zustande gebracht hatte, Gedanken, Sätze, Geschichten in die Welt gesetzt hatte, so wäre es nichts als Teufelswerk. Vermutlich zu großen Teilen von anderen abgeschrieben, wie es Arnheims Art war, und nur berechnend zu Gedanken montiert, die das Volk hören wollte. Nichts Eigenes. Nichts Wahres.

Wäre Ulrich ein Künstler gewesen, so hätte er in diesem Moment beschlossen, sich ganz den Musen und der künstlerischen Offenbarung zu ergeben. Er hätte sich vielleicht sein linkes Ohr abgeschnitten, sich blutend nach Südfrankreich zurückgezogen, um Sonnenblumenfelder zu malen. Vielleicht wäre er auch nach und nach taub geworden, hätte aber – womöglich in Wien – bis ins hohe Alter Sinfonie um Sinfonie komponiert. Oder er hätte einen Roman begonnen, der seine Sehnsucht nach einem anderen Leben zum Thema gehabt hätte. Er wäre womöglich ein Meister der Stilblüten geworden. Vielleicht wäre er nach tausend oder zweitausend Seiten vorzeitig verstorben, um nichts als ein Fragment zu hinterlassen, das die Nachwelt vor Rätsel gestellt hätte. Sein auch nach jahrzehntelanger Arbeit unvollendet gebliebener Riesenroman wäre eine langweilige, blutleere Wüste mit einigen Oasen und vielen Kapiteln gewesen, Lektüre allenfalls für Masochisten. Aber er wäre zum Schöpfer geworden, er hätte versucht, Gottes unvollendete Schöpfung durch Kunst zu vervollständigen.

Aber Ulrich war kein Künstler mit vielen Talenten. Ulrich war ein Manager ohne Eigenschaften. Und also sollte seine Schöpfung kein Gemälde, keine Oper, kein Gedicht sein, sondern ein Unternehmen. Ja, Ulrich beschloss, eine Firma ins Leben zu rufen! Und sie sollte eine Kunstwerk sein!

*

Es gibt für Idealisten keine total verrückten Menschen

Leser rätseln: Kann eine Firma ein Kunstwerk sein? Autoren postulieren: Sobald es Leben zeigt, kann alles Kunst sein. Techniker fragen: Wann beginnt das menschliche Leben? Biologen sagen: Am 14. Tag nach der Befruchtung, weil dann eine Person vorhanden ist. Philosophen fragen: Ab wann ist etwas eine Person? Betriebswirte kalkulieren: Sobald der Break even erreicht ist. Journalisten haken nach: der Durchbruch? Und General Stumm von Bordwehr organisiert die Schutztruppen gegen die russischen Aggressoren: Der Durchbruch der feindlichen Truppen musste verhindert werden!

Von Bordwehr, der kurze Zeit Berliner Senator für Inneres gewesen war, war mittlerweile so sehr von seinen Wahnvorstellungen getrieben, dass er sich in der irren Annahme, seinen Häschern entkommen zu müssen, im Frühjahr 2000 von einer Brücke in die Spree gestürzt hatte. Mit schwersten Verletzungen wurde er in die Charité eingeliefert. Nachdem die Rippenbrüche, Prellungen und Stauchungen versorgt waren, kamen die Ärzte und Pfleger nicht umhin, seinen geistigen Zustand als solchen zu erkennen. Von Bordwehr wurde zur einstweiligen Beobachtung in die Psychiatrie eingeliefert, was der Öffentlichkeit aus politischen Gründen verheimlicht wurde. Der Rücktritt vom Senatorenamt wurde nebulös mit gesundheitlichen Problemen begründet. Mehr wollte man nicht publik werden lassen. Von Bordwehr zeigte sich dabei sehr kooperativ, denn er wusste, dass in unmittelbaren Gefahrensituationen Stillschweigen und Geheimhaltung höchste militärische Pflicht waren.

Er war darum sehr schweigsam, als Ulrich ihn Ende Mai im Berliner Krankenhaus besuchte, um sich über den Geisteszustand des Generals ein eigenes Bild zu machen. Ulrich verspürte so etwas wie ein schlechtes Gewissen, weil er ja seit jenem Vorfall 1979 bei seinem Bundeswehrdienst den alten Vorgesetzten im Glauben nicht nur gelassen, sondern auch bestärkt hatte, dass durch die Russen tatsächlich irgendeine Gefahr drohe. Trug er nicht auf gewisse Weise eine Mitschuld an von Bordwehrs Verfolgungswahn?

Doch diese Bedenken verflogen sofort, als Ulrich im Gespräch mit dem einstigen Vorgesetzten dessen Ruhe und Gelassenheit feststellte. Kein

Wort verlor der General über vermeintliche Angriffe der roten Armee, keinen Satz über die russische Gefahr.

So plauderten sie über dieses und jenes. Ulrich berichtete von seinem fulminanten Aufstieg zum Vorstandsvorsitz bei BP, von seinem vierzigsten Geburtstag und von dem Entschluss, eine eigene Firma zu gründen, weswegen er auch nach Berlin gekommen sei. Der General hörte aufmerksam zu und stellte hier und dort eine freundliche Zwischenfrage. Ansonsten schwieg er die meiste Zeit. Was hätte er auch erzählen sollen? In der Psychiatrie gibt es wenig Erlebnisse, die man berichten könnte.

So nahm Ulrich irgendwann Abschied. Der General klopfte ihm väterlich auf die Schulter, wünschte ihm bei seinen Gründungsplänen großen Erfolg und dann gingen sie auseinander. Ulrich stand schon am Fahrstuhl, als plötzlich der General nochmal seinen Namen rief und ihm nachgelaufen kam.

Mit gedämpfter Stimme raunte er: „Hören Sie. Ich darf nicht darüber reden. Aber nach allem, was Sie mir in den vergangenen Jahren Gutes getan haben, will ich Sie nicht ins Verderben rennen lassen."

Ulrich wartete gespannt.

„Ich habe Erkundigungen einziehen lassen. Über Ihre Frau. Sie sollten sehr vorsichtig sein. Sie ist eine Betrügerin."

Ulrich stutzte. Was würde jetzt kommen?

„Sie ist eine Russin, aber sie stammt nicht vom Zarengeschlecht ab. Sie ist Tochter einer Arbeiterfamilie, der Vater ist sein Leben lang Mitglied der kommunistischen Partei gewesen, auch die Mutter war in der Gewerkschaft. Sie selbst ist als 17-Jährige mit irgendeinem Kriminellen nach Deutschland gekommen, hat dann in einer Nachtbar gearbeitet. Finanziert wurde sie über irgendwelche dunklen Kanäle. Wahrscheinlich hat sie sich eines Tages vom KGB anwerben lassen. Jedenfalls hatte sie stets die Nähe zu verschiedenen westlichen Wirtschaftsfunktionären gesucht."

Von Bordwehr schaute sich vorsichtig nach rechts und links um, ob irgendjemand ihr Gespräch belauschte.

„Sie soll sich auch an Graf Leinsdorf rangemacht haben. Und, Ulrich, ich will Sie nicht desillusionieren, aber wie meine Recherchen ergeben haben, hatten die beiden ein Verhältnis. Vermutlich ist sie über den Grafen an geheime Wirtschaftsinformationen gekommen, die sie an den KGB weitergeleitet hat. Und noch etwas …"

Wieder überprüfte von Bordwehr die Situation und flüsterte dann kaum hörbar:

„Es ist anzunehmen, dass sie den Grafen umgebracht hat. Denn er starb nicht, wie Sie, lieber Ulrich, glauben, auf der Toilette, wo Sie ihn ja gefunden haben, sondern in der Besenkammer. Er wurde in einem mobilen Mülleimer rübertransportiert, um den wahren Todesort zu vertuschen. In Wahrheit soll Leona ihn in einer Besenkammer ermordet haben. Sie ist eine Spionin!"

Ulrich war bei den letzten Sätzen immer blasser geworden. Woher wusste der General all diese Dinge? Wer hatte hier nicht dichtgehalten? Er schnappte nach Luft.

„Ganz ruhig, Ulrich. Ihnen droht keine unmittelbare Gefahr, soweit ich das einschätzen kann. Ich hörte, dass Sie in getrennten Schlafzimmern nächtigen, und dass Sie sich ohnehin häufiger in der Frankfurter Penthouse-Wohnung aufhalten als im Familienhaus im Taunus. Gut so. Behalten Sie das bei! Aber passen Sie auf, wem Sie vertrauen! Man kann nie wissen!"

Schweigend drückte Ulrich dem General die Hand. Wenn von Bordwehr wüsste, wie nah er in seinem Wahn der Wahrheit gekommen war! Konnte so jemand total verrückt sein? So verrückt, dass man ihn in eine geschlossene Anstalt steckte? Ein selbst ernannter zynischer Realist wie Arnheim hätte derlei gewiss mit Nachdruck behauptet und unter der Schlagzeile: „Innenminister im Irrenhaus! Verrückter General leidet unter Verfolgungswahn" als Schwarz-auf-Weiß-Wahrheit der Welt verkündet. Aber ein optimistischer Idealist wie Ulrich, der sich demnächst als Existenzgründer nachhaltig auf der Welt verewigen würde – der wusste, dass nicht der Mensch total verrückt ist, sondern die Umstände, unter denen er lebt.

*

Professor Hagauer greift zur Feder

Ulrichs wahrer Besuchsgrund in Berlin war jedoch nicht der Krankenbesuch beim General gewesen, sondern die Firmengründung und die damit verbundene Kooperationsidee mit dem Schwager. Gottlieb Hagauer war zu dieser Zeit intensiv an einem Forschungsprojekt an der Charité beteiligt, und Ulrich wollte den Professor für sein Existenzgründungsvorhaben gewinnen.

Hagauer hatte sich als Biochemiker einen enormen Ruf unter den Wissenschaftlern erarbeitet, unter anderem weil er zwei Jahre zuvor verkündet hatte, das Erbgut des Menschen entschlüsseln zu wollen. Dass ein Amerikaner, der angeblich mit unseriösen Methoden arbeitete, ihm in diesem Frühjahr zuvorgekommen war, hatte an seinem Ruf nichts gemildert. Im Gegenteil: Hagauer galt immer noch als der bessere Wissenschaftler. Von großem Vorteil war ihm, was die Zuneigung der Öffentlichkeit und den Respekt der Kollegen anging, seine Krankheit.

Ungeachtet all der Einschränkungen der schweren Nervenlähmungen arbeitete Hagauer an der Entwicklung einer „Weltformel", was nach seiner Ansicht die größte Herausforderung für die Naturwissenschaftler dieses Jahrhunderts war. Die Leitfragen hießen für ihn: Woher kommt das Leben? Wie und warum hat es begonnen? Wird es enden? Wenn ja, wie wird das Ende aussehen? Hagauer zweifelte nicht daran, dass die Naturwissenschaft im Prinzip in der Lage war, diese Fragen zu beantworten.

Besonderes Augenmerk richtete er auf das so genannte Schwarze Loch, ein magisches energiegeladenes Sternenbündel im Weltall, das sich seiner Ansicht nach im Mikrokosmos der menschlichen Existenz wiederfände. Das weibliche Y-Chromosom enthalte eine maximal-subversive Form des Schwarzen Loches, einen Punkt unendlicher Dichte, in das bei der Befruchtung des Eis, also im Moment der Zeugung menschlichen Lebens, männliche Gene hinein-, aber nicht wieder herausgelangen könnten. Humangenetisch betrachtet müsste es also irgendwann – wie in der modernen Kosmologie – einen biologischen Urknall gegeben haben, der in verminderter Form noch Tausende von Jahren später in jedem Orgasmus sein leises Echo fände.

Mit derart beeindruckenden, weil hochwissenschaftlichen und doch allgemein verständlichen Thesen hatte Hagauer bereits zwei Bücher vollgeschrieben, die jeweils sofort nach Erscheinen in allen westlichen Ländern die Spitzen der Bestsellerlisten erobert hatten. Hagauer war ein Star der naturwissenschaftlichen Welt geworden – von Laien bewundert, von Experten großzügig respektiert.

Als Medienstar und als naturwissenschaftliche Koryphäe war Hagauer damit in Ulrichs Augen der ideale Vorstandssprecher einer noch zu gründenden Biotech-AG, die sich binnen Kurzem etablieren und über die Borkenstein Privatbank am Neuen Markt platzieren ließe. Hätte man erstmal durch den Aktienverkauf das nötige Kleingeld zusammen, würde man in einigen Jahren derart viele Forschungsergebnisse vorliegen haben, dass man durch Verkauf der Ergebnisse an die Pharmaindustrie ein florierendes Unternehmen geschaffen hätte, das sich fortan – quasi durch eine betriebswirtschaftliche Art von Zellteilung – nicht nur selbst erhalten, sondern auch permanent fortpflanzen würde.

Was genau das Geschäftsfeld der Biotech-Firma sein würde, war Ulrich herzlich egal, zum Ersten weil er ohnehin nichts davon verstand und verstehen wollte, zum Zweiten weil der Markt auch nichts davon verstand und verstehen wollte, und zum Dritten, weil die Biotechnologie per se eine Wachstumsbranche war, der der größte Wissens- und Wachstumsschub erst noch bevorstand. Mit Macht veränderten die neuen biologischen Techniken schon jetzt den Pharma- und Chemiebereich sowie den Agrar- und den Ernährungssektor. Und in wenigen Jahren würden sie auch die Industrie erobern, in Fabrik-Robotern Blut fließen und in den Computern biologische Herzen schlagen lassen. Die DNS würde sich als hocheffizienter Mikrochip erweisen, dessen Leistung den konventionellen Rechnern haushoch überlegen war. Biotechnologie und Informationstechnologie würden eines Tages nicht mehr zu unterscheiden sein.

Ulrichs Biotech-Firma würde an der Schnittstelle doppelt kassieren. Sie würde nicht in roter (medizinischer), grüner (landwirtschaftlicher) oder grauer (Umwelt-) Biotechnologie angesiedelt sein, sondern eine vierte, ganz neue Sparte bilden: die blaue Biotechnologie, bei der es um die Entwicklung künstlicher Eigenschaften, künstlicher Intelligenz, künstlicher Menschheit ginge!

Als Gottlieb Hagauer von seinem Assistenten im Rollstuhl in den Besprechungsraum seines Institutes geschoben wurde, hielt der dort bereits wartende Ulrich den Atem an. Er gab sich für einen Moment einer erregenden, erwartungsvollen Stille hin, seine Augen auf diesen wundervollen Menschen vor ihm gerichtet, der so unendlich hilflos wirkte und dennoch als das größte Genie seit Darwin galt. Auch Hagauer blieb merkwürdig still. Kein Hüsteln, kein Räuspern, kein Laut war hörbar. Ulrich zitterte vor Nervosität.

Dann, endlich, eine erstaunlich wohlmodulierte Computerstimme. „Bin ich zu verstehen?"

Ulrich nickte erst, sagte dann etwas lauter als normal – konnte Hagauer hören? – und mit fester Stimme: „Ja!". Es blieb unklar, ob Hagauer ihn verstanden hatte oder ob er bloß seinen üblichen dozierenden Text fortsetzte: „Sorry, wenn ich einen amerikanischen Akzent habe. Der Computer wurde in den USA programmiert." Das sollte wohl ein Witz sein, Ulrich schmunzelte dankbar, solche Scherze erleichtern peinlich verkrampfte Situationen. Und dann dozierte Hagauer ziemlich genau eine Stunde lang über das Universum, das menschliche Leben, Gene, schwarze Löcher und Orgasmen. Brillant geschliffene Sätze, hochgestochene Theorien, immer mal wieder durch ein kleines Bonmot aufgelockert – Ulrich wurde nicht langweilig, so wenig ihn sonst auch Naturwissenschaften interessierten. Dieser Mann hatte wirklich ein besonderes Talent, sein Wissen weiterzugeben!

Kurz nachdem der Assistent, der zwischenzeitlich den Raum verlassen hatte, wiedergekehrt war, kam Hagauer zum Ende seines Vortrages. Ulrich dankte für die vielen klugen Ausführungen und wollte nun auf sein eigentliches Anliegen zu sprechen kommen, als der Assistent auf die Uhr blickte und ihn dann bat, schnell zur Sache zu kommen, weil der Professor in wenigen Minuten wieder seine Ruhe bräuchte.

Ulrich machte also kein langes Federlesens und bat Hagauer um Kooperation in der Existenzgründungsphase der neuen Biotech-Firma, legte die ungerupfte Unternehmens-Gans, die es noch zu stopfen und dann in die Bratröhre der Börse zu schieben galt, unvermittelt auf den Tisch. Mit genauso wenig Federlesens griff Hagauer zu.

„Oh", jauchzte der Schwager in fast unnatürlich hoher Stimmlage, „das ist wunderbar!"

„Dann darf ich das als Zusage verstehen?", freute sich Ulrich. „Du stehst bereit, als offizieller Gründer und Vorstandssprecher der AG aufzutreten, mein lieber Schwager?"

„Das ist großartig!", jauchzte Hagauer wieder in dieser merkwürdigen Stimmlage. „Was für ein schöner Gedanke!"

„Ich werde dich dann in den nächsten Tagen nochmal brieflich über den Stand der Unternehmensgründung informieren."

„Zauberhaft! Wunderbar!", jauchzte der Professor wieder. Und bevor Ulrich noch irgendetwas Persönliches vortragen konnte, was er der Höflichkeit halber abschließend gern getan hätte, schaute der Assistent erneut auf die Uhr, entschuldigte sich und den Professor, verwies auf die angeschlagene Gesundheit und schob Hagauer in seinem Rollstuhl aus dem Raum heraus.

„Angeschlagene Gesundheit", wiederholte Ulrich kopfschüttelnd. Wenn das nur angeschlagen war, wie war dann wirklich krank? Aber egal, solange der Professor noch so fit war, würde er für den Börsengang ein idealer Unternehmenskopf sein – die Medien wären begeistert, die „Equity Story" damit geritzt und dem Erfolg der AG stand nichts mehr im Wege.

13

Gerda Fischel

So töte ihn doch!

Die h.a.GEN AG wurde bereits im Juli 2000 gegründet und ging noch im selben November an die Börse. Die Geschichte verlief wie so viele Börsengeschichten in jenen Monaten.

Zunächst war alles großartig: h.a.Gen bekam großzügige und unbürokratische BioRegio-Fördergelder aus Berlin und Brandenburg und verfügte bereits bei Gründung über ein Startkapital von knapp zwölf Millionen Euro, einem Mix aus staatlichen Fördermitteln, Geld von Venture Capital-Gebern, Krediten verschiedener Bankhäuser und aus Joint Ventures mit zwei kleineren amerikanischen Unternehmen. Der Schwerpunkt der Geschäftstätigkeit wurde mit der Entwicklung von Therapeutika, Bioinformatik und Genomik angegeben. Damit war so gut wie alles möglich. Beim Börsengang war die Aktie dreifach überzeichnet, hinterher hatte die AG fast 24 Millionen Euro mehr in der Spielkasse.

Ulrich, dessen Bank den gelungenen Börsengang als Konsortialbank begleitete, ließ aus dem Hintergrund die Geschäfte der h.a.Gen AG gut gehen. Offiziell hatte er mit der Firma seines Schwagers nichts zu tun. Doch inoffiziell war er federführend und Hagauer nur seine medienwirksame Strohpuppe. Ulrich sorgte für das richtige Repertoire an Zahlen, mit dem er den Börsengang glorreich vollzog und hinterher auch ansehnliche Aktiengewinne erzielte. Damit die dafür so relevanten Profitzahlen auch den Lackmustest unternehmerischer Potenz an den Börsen bestanden, fütterte er die Geschäftsberichte mit bilanziellem Viagra. Sein liebster Trick: Virtuelle Tauschgeschäfte.

Die h.a.GEN AG und die ebenfalls von der Borkenstein Privatbank betreute Genetics tomorrow AG machten simple Geschäfte miteinander: Die h.a.GEN AG kaufte etwas von der Genetics tomorrow AG, was sie nicht brauchte, und Genetics tomorrow kaufte dasselbe von h.a.GEN, obwohl sie das ebenfalls nicht brauchte. Meist versteckten sich die Scheinumsätze in elaborierten Forschungsarbeiten, die hin- und hergehandelt wurden, ohne dass je Geld floss oder die Ware bereitgestellt wurde. Der virtuelle Umsatz wurde hingegen bei beiden verbucht – so ließ sich gut wachsen. Und die Aktienkurse wuchsen mit. Jedenfalls am Anfang.

Dann kam der Crash. Der traf vor allem die IT-Branche. Zuerst wirkte es so, als habe Ulrich mal wieder den richtigen Riecher gehabt. Denn die Biotech-Branche schien vom Niedergang der Aktienkurse zwar betroffen, aber nicht in den Insolvenzstrudel der ganzen New Economy und Dot-Com-Blase zu geraten.

Am 15. April 2002 feierte die h.a.Gen AG im Rahmen der Jahreshauptversammlung den 50. Geburtstag seines Vorstandssprecher Gottlieb Hagauer unter dem Jubel seiner Aktionäre. Der Sprecher der Wirtschaftsprüfungsgesellschaft ließ sich in seinem Bilanzbericht abschließend zu einem persönlichen Grußwort an den Vorstandsvorsitzenden hinreißen:

„Dieser Geburtstag jährt sich genauso 500 Jahre nach Leonardo da Vincis 50. Geburtstag, wie Hagauers Geburt auf den Tag genau 500 Jahre nach der Geburt des Renaissancegenies stattfand."

Das war zwar wenig brillant formuliert, aber die Zahlenspiele des Prüfers beeindruckten dafür umso mehr. Am Ende brachte er eine – dann doch rhetorisch brillante – Formulierung zustande, deren Genialität jedoch erst nach dem Ableben der h.a.Gen AG verstanden wurde: „Der Abschlussprüfer erklärt, dass der von den gesetzlichen Vertretern der Gesellschaft aufgestellte Jahres- oder Konzernabschluss nach seiner Beurteilung unter Beachtung der Grundsätze ordnungsmäßiger Buchführung ein den tatsächlichen Verhältnissen entsprechendes Bild der Vermögens-, Finanz- und Ertragslage vermittelt."

Was zunächst und an diesem Tag so klang, als habe der Prüfer ein 1a-Testat vorgelegt und als ob es dem Unternehmen so gut gehe, wie es in seinen Hochglanzbroschüren behauptete und von BP-Analysten bestätigt wurde, das entpuppte sich bereits weniger Monate später als Luftblase. Der Prüfer wollte im Nachhinein von der wirklichen Lage des Unternehmens – die miserabel war – nichts gewusst haben. Er habe nur die Einhaltung der gesetzlichen Vorschriften und ergänzende Bestimmungen aus Gesellschaftsvertrag oder Satzung geprüft, sagte er in aller Sachlichkeit. Außerdem seien bei Vorlage des Jahresabschlusses die Geschäfte nicht selten schon drei bis sechs Monate weitergelaufen. In dieser Zeit könne freilich viel passieren. Und bei der h.a.Gen AG sei eben in den letzten Monaten tatsächlich sehr viel passiert.

Und in den nächsten Tagen passierte noch viel mehr: Am Anfang stand die Meldung, dass man bei h.a.Gen einen Wechsel zu einem dualen Geschäftsmodell vollzogen habe, weswegen das Erreichen der Gewinnschwelle von 2003 auf 2006 aufgeschoben wurde. Man staunte, aber da niemand wusste, was sich hinter dem dualen Modell verbarg und Taten immer besser war als Warten, war niemand beunruhigt.

Dann war plötzlich die Rede von Fusionsgesprächen mit zwei britischen Biotech-Firmen, die aber beide erfolglos abgebrochen wurden. Und plötzlich tauchten Gerüchte über Liquiditätsprobleme auf und über eine mögliche Unternehmensübernahme durch einen großen Konzern.

Ulrich verfolgte das alles nicht nur besorgt, sondern streute selbst gezielt Gerüchte: Denn über das Gerede von „möglichen Fusionen“ und „möglichen Übernahmen“, die es in Wahrheit gar nicht gab, versuchte er irgendwelche Konzerne überhaupt erst auf die Idee zu bringen, ein Übernahme-Angebot zu machen. Denn in der großen Wirtschaft läuft es nicht anders als auf dem Flohmarkt. Wenn bei einem Händler plötzlich große Trauben von Menschen stehen und sich um eine Ware streiten, dann finden sich bald weitere, die denselben Plunder nunmehr auch haben wollen. Je mehr Kaufinteressenten, desto höher der Preis. Und mit demselben Trick, mit dem halbseidene Auktionäre durch Scheinbieter den Preis eines Auktionsstückes pokernd in die Höhe treiben, versuchte Ulrich überhaupt erstmal einen Käufer für sein Biotech-Kunstwerk aufzutreiben.

Doch die Branche steckte in der Krise. Die einstige Lieblingsbranche der Anleger und der Sparzwang im Pharmasektor kamen auf unglückliche Weise zusammen und die h.a.Gen AG verlor täglich an Wert. Ulrichs geniale Schöpfung siechte vor sich hin.

Die ganze Sache muss ihn sehr bedrückt haben, wenngleich er nach außen wenig davon zeigte. In der Öffentlichkeit ließ er seinen Strohmann Hagauer wie gehabt Optimismus und Siegesmut ausstrahlen. Und auch er selbst gab nur positive Kommentare zum Stand der Biotech-AG.

Umstritten war – was die Stimmungslage des Bankenchefs anging – nur ein Ereignis am Abend des 20. Mai 2002, als aus dem 34. Stockwerk des Europaturms ein Fernsehgerät geworfen wurde. Ulrich gab zu, dass er in Wut das Gerät aus dem Fenster geschmissen habe; angezweifelt wurde nur der Auslöser dieses zornigen Vorfalls.

Ulrich behauptete, er habe die Quiz-Show „Wer wird Millionär" gesehen. Irgendwann habe Günther Jauch die Frage gestellt:

„Wie heißt Robert Musils berühmter Roman 'Der Mann ohne...'

A. Eigenschaften

B. Hemmungen

C. Nerven

D. Handy?"

Der ratlose Kandidat gab die Frage ans Publikum weiter. Dessen Antwort fiel so aus: Je zwanzig Prozent votierten für A und B, 58 Prozent für C und immerhin zwei Prozent sahen Musils Protagonisten auf der Suche nach einer Telefonzelle. Der Möchtegern-Millionär schloss sich der Mehrheit an und verlor das Spiel. Und Ulrich die Nerven.

„So viel Dummheit", soll er getobt haben, „und das bei der Mehrheit der Bevölkerung!" Seiner Ansicht nach gehörte Musils Buch zur wichtigsten deutschsprachigen Literatur des 20. Jahrhunderts. Und ergo habe ihn die Wut gepackt und er den Fernseher. Auf diese Weise sei letztlich der Fernseher aus dem Fenster geflogen.

Ulrich bedauerte den Vorfall zutiefst, entschuldigte sich bei den Frankfurter Anwohnern und dankte dem Schicksal, dass niemand getroffen und verletzt worden sei.

Manche hielten diese – wenngleich intellektuell sehr ansprechende – Geschichte jedoch für einen unzureichenden Grund, deswegen gleich Fernseher aus dem Fenster zu werfen. Erstens sei Musil auch nach Ansicht führender Kritiker einer der am meisten überschätzten Schriftsteller der Literaturgeschichte, und zweitens hätte die Veröffentlichung der so genannten PISA-Studie, die wenige Wochen zuvor publik gemacht hatte, dass die deutschen Gymnasiasten zu dumm zum Dreisatz-Rechnen seien, einen Bankdirektor viel mehr erschüttern müssen. Was er denn damals aus dem Fenster geworfen habe? Die ganze Computer-Anlage?

Diese Zweifler hatten eine ihrer Ansicht nach viel plausiblere Erklärung: Denn an eben jenem 20. Mai war Ulrichs Schwager, jener renommierte Professor Gottlieb Hagauer, als Vorstandsvorsitzender der h.a.Gen AG zu einem Live-Interview bei n-tv eingeladen gewesen. Natürlich stellten die Journalisten kritische Fragen zum Stand des krisengeschüttelten Unternehmens. Und Hagauer nun – anstatt souverän die eine oder andere Unterstellung zurückzuweisen und als journalistische Sensationslust zu entlarven – sagte zu allem in seiner sonst ja so bewundernswerten optimistischen und kämpferischen Art: „Wunderbar!“ – „Großartig!“ – „Das ist eine schöne Idee!“

Ulrich musste schon am Abend klar gewesen sein, was diese Quasi-Geständnisse des Vorsitzenden bedeuteten: Am nächsten Morgen kam es zu herben Kursverlusten von rund neunzig Prozent. Die Biotech-Company h.a.Gen war damit so gut wie am Ende.

Dass jemand in dieser freundlich unbedarften Art das Todesurteil über das von Ulrich federführend ins Leben gerufene Unternehmen sprechen würde, musste seine Wut hervorrufen. Das wäre doch wohl allemal ein Grund, seinen Fernseher aus dem Bürofenster zu werfen, munkelten die selbst ernannten Expertenkreise, die in den nächsten Tagen von diversen Medien gern und oft zitiert wurden.

Die wahren Insider aber wussten, dass die Wahrheit noch viel schlimmer war. Die wahren Insider – das waren bloß Ulrich und seine Schwester. Agathe hatte Ulrich nämlich an jenem Abend im Büro aufgesucht und ihm ihr Leid geklagt.

„Ich werde nicht mehr zu Hagauer zurückkehren“, sagte sie.

„Ist er einverstanden?“, fragte Ulrich.

„Er weiß noch von nichts“, sagte Agathe. „Aber er wird einverstanden sein.“

Der Bruder sah seine Schwester fragend an. Aber sie schüttelte heftig den Kopf. „Oh nein, was du denkst, ist es nicht. Niemand Dritter ist im Spiel!“

„Du wirst ihn doch nicht grundlos verlassen?“, fragte Ulrich.

„Das stimmt“, meinte Agathe, „aber hast du beobachtet, wie er spricht?“

„Du meinst diese etwas künstliche Stimmlage? Das ist nicht seine Schuld, das wird an der Verzerrung durch den Computer liegen …“, gab Ulrich zu Bedenken.

„Es liegt alles an diesem Computer“, empörte sich Agathe nun, „alles, alles!“

Und dann verfiel sie in einen ungewohnten Wortschwall: Sie hatte daran gedacht, ihren Gatten zu töten, sie hatte ein Testament gefälscht, sie hatte ihn in ihrer Fantasie gequält, betrogen und belogen, und darum hatte sie sich entschlossen, ihn in jedem Fall zu verlassen, bevor sie Unrecht täte.

„Aber du hast ihn geliebt, damals als du ihn geheiratet hast!“, erinnerte Ulrich an ihre einstigen starken Gefühlswallungen.

„Ihn geliebt?“, schrak Agathe auf. „Nein, ich habe die Liebe geliebt. Ich habe geliebt, um zu lieben, wen war mir egal! Liebe und Leben, das war mir eins. Das gehörte zusammen. Hätte ich gewusst, wer er ist, ich hätte ihn selbst unter diesen Umständen niemals wirklich lieben können.“

„Wer ist er?“, fragte Ulrich, weil er begriff, dass an dieser Frage der Kern ihrer Entscheidung hing.

„Er ist ein Klon“, stieß Agathe hervor, als verriete sie damit das größte Geheimnis.

„Na und? So mancher Mann macht sich zum Affen, ein anderer zum Hengst, der dritte zum wilden Stier. Dieser halt zum Clown. Sicher, manches an ihm ist lächerlich. Aber die schlimme Krankheit ...“ Ulrich konnte seinen Satz nicht mehr beenden, weil Agathe ihm kreischend ins Wort fiel.

„Ein Klon, nicht Clown! Ein Klon“, wiederholte Agathe wie von Sinnen. „Er ist kein Mensch, er ist ein Monster. Eine Maschine!“

Ulrich starrte sie fassungslos an.

„Hast du denn nie gemerkt, dass er immer nur dasselbe sagt? Er benutzt keinen Sprachcomputer, um sich verständlich zu machen. Er IST ein Sprachcomputer! Gottlieb Hagauer ist schon seit vielen Jahren tot. Was da vor uns sitzt und täglich zu uns spricht, ist ein Klon seiner selbst. Er hat sich zu Beginn seiner Krankheit das erste Mal geklont. Und das tut er immer wieder. Alle drei Jahre ist er ein neuer Klon. Alle drei Jahre stirbt er aufs Neue. Denn diese Krankheit ist erblich bedingt, die bekommt er selbst durch genetische Manipulation nicht weg. Immer kurz bevor das ASL seinen Körper ruiniert hat, stellt der alte Klon einen neuen Klon auf die Beine. Hagauers Labor ist eine Monsterfabrik. Er reproduziert sich selbst am laufenden Band!“

Ulrich war geschockt.

„Das geht nicht. Das gibt es nicht wirklich. Das ist eine Gruselgeschichte des letzten Jahrhunderts. Das ist nicht wahr!“ Etwa hundert Sätze dieser Art sprudelten aus ihm hervor, die alle nichts anderes sagen sollten, als dass er nicht glauben konnte, was seine Schwester ihm da anvertraute.

„Aber wenn ich’s dir doch sage!“ Agathe faltete flehend die Hände.

„Ich konnte es anfangs selbst nicht glauben. Ich wollte ihn doch bis zum Tode pflegen. Aber er wird mich überleben. Er wird uns alle überleben. Weil er schon lange nicht mehr lebt!“

Das war ein Albtraum. Ulrich kniff sich in den Arm. Er musste erwachen. Doch so viel er auch kniff, alles blieb, wie es war.

„Aber er ist heute abend live im Fernsehen“, wandte Ulrich nun ein, als ob die Tatsache, dass etwas live im Fernsehen übertragen wurde, seine Existenz bewies. Doch diese Art medialer Ontologie erwies sich argumentativ als wenig zugkräftig. Agathe zeigte sich unbeeindruckt.

„Schau es dir an!“, forderte sie ihren Bruder auf. „Er wird auf alles und jedes immer positiv antworten. Anders kann er nicht. Der Sprachcomputer wurde von einem amerikanischen Informatiker programmiert, der offenbar Anhänger des positiven Denkens war. Er antwortet immer nur ‚Wunderbar!‘ ‚Großartig!‘ ‚Das ist eine schöne Idee!‘ Sag bloß, das ist dir noch nie aufgefallen.“ Jetzt war es Agathe, die fassungslos war.

„Ja doch, aber ich dachte, das sei so seine Art“, stammelte Ulrich hilflos.

„Das ist in der Tat seine Art. Er kann nicht anders. Er ist immer positiv. Er ist die perfide Kombination eines wellness-besessenen Neuro-Linguistischen Programmierers und eines kranken Biochemikers! Er hat alle Eigenschaften, die man heutzutage haben muss, um erfolgreich zu sein. Er ist auf Erfolg programmiert. Der einzige Fehler, den er hat, ist diese unheilbare Krankheit. Aber du hast Recht, er kann nicht anders, es sei denn man programmiert ihn anders oder gibt ihm andere Gene!“, schrie Agathe jetzt fast vor Aufregung.

„Beruhige dich doch!“ Ulrich rieb sich die Stirn. Was sollte er jetzt tun? Er schaltete den Fernseher ein, es war wie eine Übersprungshandlung und tatsächlich erschien Hagauer auf dem Bildschirm.

„Wunderbar!“, sagte er.

„Großartig!“, sagte er.

„Das ist eine schöne Idee!“, sagte er.

„So töte ihn doch!“ Mit diesem Aufschrei der Wut war es Agathe, die das Fenster öffnete und mit für eine Frau ungewöhnlichen Kräften den Fernseher in hohem Bogen hinauswarf. Ulrich konnte nur noch entsetzt hinterherblicken und zusehen, wie das Gerät unten aufschlug und in tausend Einzelteile zerbarst. Der Anblick schockte ihn.

„Agathe“, drehte er sich langsam seiner Schwester zu, die sich erschöpft aufs Sofa hatte fallen lassen und dort mit geschlossenen Augen lag. „Was ist mit den Kindern, wenn du ihn verlässt? Wirst du sie mitnehmen? Und…“ Er stockte. „… es sind auch seine Gene …“

„Nein, Ulrich, sind es nicht!“, widersprach Agathe nun mit fast zärtlicher Stimme und setzte sich auf.

„Sind es nicht?“, fragte Ulrich.

„Nein, Hagauer kann zwar Menschen klonen, aber keine Kinder zeugen.“ Agathe zuckte vielsagend mit den Augenbrauen. „Sie sind nicht von ihm. Und er weiß das auch, soweit ein Monster wie er überhaupt irgendetwas wissen kann.“

„Moment.“ Ulrich schloss das Fenster hinter sich, lehnte sich gegen das Fensterbrett und schaute Agathe mit großen Augen an. „Das musst du mir erklären: Die Kinder sind nicht von deinem Mann, und er weiß das? Von wem sind sie?“

Agathe lächelte sanft und schaute Ulrich mit liebevollem Blick an.

„Nun sag schon!“, forderte der sie zu einer schnelleren Antwort auf.

„Es sind unsere Kinder“, sagte sie leise.

„Was meinst du, mit „unsere“ – wessen?“, brüllte Ulrich nun fast vor Ungeduld.

„Deine und meine!“, entgegnete Agathe wacker. „Hagauer hat sie uns gemacht. Aus deinen und meinen Genen gezeugt. Das war seine beste Tat. Es sind wunderbare Kinder!“

Tränen liefen aus Ulrichs Gesicht. Das war zu viel für ihn. Das konnte er einfach nicht mehr glauben. Waren denn alle verrückt geworden?

„Und woher hatte er meine Gene?“, fragte er mit letzter Kraft.

„Nun im Grunde hätte er sie aus einem Haar von dir ziehen können, dass dir irgendwann mal ausgefallen ist. Aber das wäre nur von sehr schlechter Qualität gewesen, Gottlieb hatte eine bessere Quell-Substanz.“ Agathe schmunzelte bei der Erinnerung an diesen genialen Gen-Streich, den ihr damals noch geliebter Biologen-Mann der Welt gespielt hatte. „Erinnerst du dich, wie du das eine Mal aus New York bei uns zu Besuch warst. Du hast abends noch deine tägliche Spiegelübung zur Selbstakzeptanz gemacht, wie du sie von Meingast gelernt hattest.“

Ja, Ulrich erinnerte sich – an die Übung sowieso, er machte sie heute noch täglich, aber auch an den damaligen Besuch. Er war das erste Mal nach langer Zeit in den USA wieder nach Frankfurt gekommen und hatte bei seiner Schwester und ihrem Mann übernachtet.

„Ich kam zufällig am Bad vorbei, als ich dich „Oh Gott, oh Gott“ rufen hörte. Ich erzählte Gottlieb davon, weil ich mich freute, dass du doch noch deinen Glauben gefunden hättest. Aber er ahnte, dass es eine andere Art von Gebet war, die du da sprachst, ging ins Bad, als du herauskamst, und fand frische Spermaspuren am Wannenrand.“

Ulrich lief der Schweiß über die Stirn. Das durfte einfach nicht wahr sein.

„Er war begeistert. Er fror den Samen sofort ein. Er hatte gehofft, jetzt auf genetisches Material zu stoßen, das ihn retten würde. Aber nachdem er deine Gene analysiert hatte, war er sicher, dass sie keine bemerkenswerten Eigenschaften enthielten und er gab die Idee auf, sich durch dich zu perfektionieren.“

Fast manisch rieb sich Ulrich das rechte Ohr, fuhr sich durch die Haare und schüttelte den Kopf. Ungerührt setzte Agathe ihren Bericht fort.

„Ich bat ihn, mir ein Kind zu machen. Er fand besser, wenn die Kinder nicht durch seine schreckliche Erbkrankheit belastet wären und verwendete deinen Samen.“

„Neeeeeein!“, brüllte Ulrich jetzt und wäre beinahe mit einem Brieföffner auf Agathe losgegangen, wenn er nicht just in diesem Moment kraftlos auf dem Boden zusammengebrochen wäre.

*

Das Testament

Es ist unbekannt, wie Ulrich diese schockierende Nachricht verarbeitet hat. In seinem Testament jedenfalls hat er sie nicht gesondert erwähnt. Seine beiden leiblichen Kinder – ahnungslos im Inzest von einem Monsterklon gezeugt – wurden nicht über den gesetzlichen Pflichtteil hinaus bedacht.

Nach dieser Offenbarung hatte Ulrich noch knapp drei Monate zu leben, in denen einiges passierte.

Die h.a.Gen AG meldete nach dem heftigen Kursturz Ende Mai und geplatzten Verhandlungen mit möglichen Übernahmekandidaten Insolvenz an. Die Insolvenzverwalter entdeckten zahlreiche Ungereimtheiten in den Büchern und Bilanzen, allerdings zum Großteil erst nach Ulrichs Tod.

Moosbrugger wurde nach mehr als acht Jahren auf Bewährung aus der Haft entlassen und hatte begonnen, seine Memoiren zu schreiben. Das Buch sollte im Herbst erscheinen und der Verlag kündigte an, dass zahlreiche Interna aus der deuschen Finanzwelt verraten würden.

Leona hatte Ulrichs Vorschlag sich scheiden zu lassen, zunächst gelassen entgegengenommen, ganz wie es verabredet gewesen war. Sie zog mit den drei Kindern nach St. Petersburg und kaufte sich dort eine großzügige Villa. Anfang August widersprach sie jedoch dem Scheidungsvorschlag von Ulrichs Anwälten, in dem festgehalten werden sollte, dass sie keinen Anspruch auf regelmäßige Unterhaltszahlungen habe, da sie ja durch das Testament Graf Leinsdorfs großzügig bedacht worden war und über eigenes Vermögen verfüge.

Offenbar hatte sie das Leinsdorfsche Vermögen in Aktien investiert und saß nun mehr oder weniger mittellos da. Jedenfalls forderte sie, dass Ulrich wenigstens für seine drei Söhne Unterhalt bezahlen solle. Ansonsten drohte sie mit einem schmutzigen Medien-Rosenkrieg und hatte dafür vorsichtshalber schon mal die PR-Agentur Tuzzinger engagiert, die ja auch sonst noch einiges Pikantes über Ulrich an die Medien weiterzugeben hätte.

Die Agentur Tuzzinger geriet in diesem Sommer selbst in die Schlagzeilen, weil Tuzzi in irgendwelche seltsamen Bestechungs- oder Schmiergeldaffären verwickelt war, die er selbst natürlich bestritt. Eine Reihe von prominenten Politikern musste deswegen jedoch zurücktreten und es sah so aus, als würde auch die Borkenstein Privatbank in den Strudel der Affäre hineingezogen. Immerhin war ja die Borkenstein-Tochter Ermelinda mit Tuzzi verheiratet und zu fünfzig Prozent an der Agentur beteiligt. Nebenbei kam heraus, dass Ermelinda seit Jahren ein – angeblich platonisches – Verhältnis mit einem leitenden Redakteur in Wien hatte. Man munkelte, es ginge um den mächtigen Arnheim. Eine Verbindung jedenfalls, von der Tuzzi nicht nur gewusst haben soll, sondern von der er auch immer mal wieder profitierte, indem er gezielt Informationen über diesen Kanal an die Öffentlichkeit lancierte.

Stumm von Bordwehr wurde Ende Juli aus der geschlossenen Psychiatrie entlassen, weil er als nicht gefährlich galt. Er kehrte zwar weder in den Militärdienst noch in irgendwelche politischen Ämter zurück, trat aber gerne als ehemaliger General und Ex-Senator bei diversen Diskussions-Veranstaltungen auf. Dabei sorgte er unter anderem für großes Aufsehen, als er behauptete, dass der Terroranschlag auf das World Trade Center am 11. September 2001 keineswegs auf das Konto der muslimischen Al Quaida ginge, sondern in Wahrheit von Russland ferngesteuert worden sei. Die Russen hätten nämlich den Afghanistankrieg damals in Wahrheit gewonnen, aber sich offiziell geschlagen gegeben, um somit die inoffiziellen Waffenlieferungen der Amerikaner an den afghanischen Widerstand weiter beziehen zu können.

Das hätte auch für Ulrich den Unterhaltungswert haben könne, den es für den Großteil der Fernsehzuschauer hatte, wenn nicht von Bordwehr in all seinen Ausführungen einen seiner alten Soldaten immer wieder lobend herausgehoben hätte. Ja, es war natürlich Ulrich, den er pries, da der nicht nur 1979 bei dieser bis heute geheim gehaltenen Attacke der Russen gegen das wichtige Militärlager tapfer seinen Mann gestanden und den Ausbruch des dritten Weltkrieges verhindert hatte. Nein, Ulrich sei es auch gewesen, der die Bedrohung durch russische ABC-Waffen mit modernen Mitteln – das y2k-Bug nämlich – durch seinen engagierten Einsatz beseitigt habe.

Deswegen forderte von Bordwehr zum Abschluss aller seiner Auftritte in den Medien und in der Öffentlichkeit ein Bundesverdienstkreuz für den Vorstandsvorsitzenden der Borkenstein Privatbank, der sich nicht nur für die Wirtschaft, sondern noch viel mehr für sein Vaterland verdient gemacht habe.

Das alles muss für Ulrich schon niederschmetternd genug gewesen sein. Aber am Abend vor seinem Todessprung erschien auch noch Meingast in seinem Büro. Welcher der vielen Meingasts, die Ulrich in seinem Leben getroffen hatte, das nun genau war, ist nicht überliefert. Aber es war eindeutig einer der vielen Propheten dieser Zeit.

„Back to Basics“, verkündete Meingast mit dem Brustton der Überzeugung. „Wir müssen uns wieder auf die alten Werte besinnen! Und das Wichtigste im Leben ist die Liebe!“

Und da er selbst mit bestem Beispiel vorangehen wollte, sei er nach Frankfurt gekommen, weil er um die Hand von Ulrichs Tochter anhalten wolle.

Ulrich, von solchem konservativen Dünkel mehr als überrascht, bestritt zunächst, überhaupt eine Tochter zu haben. Er habe drei Söhne, sagte er, und alle noch nicht im heiratsfähigen Alter. Dann besann er sich, dass die drei

Söhne ja eh nicht seine seien, und dass er durchaus eine Tochter habe, von der er allerdings bis vor kurzem noch nichts gewusst hatte – die sei aber ganz sicher noch nicht im heiratsfähigen Alter, – oder ob der konservativ kultivierte Herr Meingast denn ein Kinderschänder sei?

Meingast muss auf diese verwirrten Ausführungen Ulrichs in jener meditativen Ausgeglichenheit reagiert haben, wie sie solchen Propheten nunmal eigen ist.

Doch, sagte er, Ulrich habe sehr wohl eine Tochter im heiratsfähigen Alter und er, Meingast, gedenke, sie zum Altar zu führen, um den Rest seines Lebens an der Seite dieser wunderbaren Frau zu verbringen.

Ulrich hat dann wohl nur mit den Achseln gezuckt.

Darauf ist Meingast zur Bürotür gegangen und hat einer draußen wartenden jungen Dame zu verstehen gegeben, dass sie eintreten solle.

„Hallo, Vater", sagte die junge Frau, die trotz ihrer zarten 23 Jahre etwas sehr Reifes im Ausdruck hatte. Sie war hoch gewachsen und schlank, blond, mit leuchtenden, blauen Augen. Vom Typ her eher extrovertiert, wirkte geradezu vorlaut, aber charmant. Sie hatte einen ausgezeichneten Schulabschluss gemacht und nach einem freiwilligen sozialen Jahr nun ihr Studium der Betriebswirtschaft aufgenommen. Sie war ehrgeizig, wollte Karriere machen – und sie sah so aus, als hätte sie das Zeug dazu.

„Ich will ein erfülltes Leben führen", erklärte sie unvermittelt. „Ich will Glück und Erfolg. Ich will sagen, was ich denke, will mich nicht verstecken, will mein Leben führen."

Es war Ulrich, als blickte er in einen Spiegel, der die Zeit verzerrte. Die Sätze kamen ihm vertraut vor. Wer war diese Frau mit all den Eigenschaften, die sie für den Weg nach oben geradezu prädestinierten?

„Vater?", fragte Ulrich einsilbig.

„Ja, weißt du es denn immer noch nicht?", entgegnete die Frau, die Ulrich vorkam wie eine himmlische Erscheinung. „Ich bin deine Tochter. Mutter wollte dir einen Brief schreiben, in dem sie dir alles erklärt."

„Mutter?", fragte Ulrich erneut einsilbig.

„Ja, Mutter, deine erste Frau!" Und Gerda Fischel schaute ihrem Vater wissend und tief in die Augen.

An jenem Abend machte Ulrich sein Testament.

Epilog

Wesen und Inhalt einer grossen Idee

Am Morgen des 16. August stürzte sich Ulrich aus dem Konferenzraum der Borkenstein Privatbank. In seinem Testament bestimmte er, dass Gerda Fischel seines gesamten Vermögens erben solle. Einen ausreichenden Grund für den Selbstmord nannte er nicht.

Soweit mein Bericht. Drei Fragen sollte ich aufklären. Zunächst diese: Welche Rolle spielte das Kaugummi?

Obgleich die einfachste, ist sie nicht eindeutig zu beantworten. Wer glaubt, man könnte wie in einem modernisierten Hänsel-und-Gretel-Märchen anhand der Kaugummis Ulrichs Lebensweg durch den dunklen Managerwald bis ins Frankfurter Bankenviertel nachvollziehen, mag Recht haben. Es fanden sich Kaugummis an allen Stationen seines Lebens: Unter Ulrichs Tisch in dem Gymnasium, auf dem er mit Bravour sein Abitur machte, unter Fischels Couchtisch, an der Meldestation des militärischen Waffenlagers, unter dem hölzernen Treppengeländer seiner Studentenwohnung, im Borkenstein-Seminarraum, unter dem Barhocker im Raffles Hotel in Singapur, im American Diner Restaurant in New York, unter dem Designertisch in der Agentur Tuzzinger, unter seinem Vorstandsschreibtisch und schließlich auch unter dem Konferenztisch der Borkenstein Privatbank.

Doch andererseits finden sich vertrocknete Kaugummis auch an Orten, die Ulrich wohl kaum jemals betreten hat – unterm Konferenztisch der Spiegel-Redaktion in Hamburg zum Beispiel und unterm Schreibtisch des Bundeskanzlers in Berlin. Das Kaugummi unter Letzterem stammt angeblich schon aus Adenauers Zeiten, aber das zu überprüfen, würde den Rahmen dieses Berichts sprengen und sei deshalb anderen überlassen.

Was kann und will uns das Kaugummi sagen? Wer kann das wissen?!

Die wichtigste unter den drei Fragen hieß natürlich: Warum suchte Ulrich den Tod? Auch diese Frage bleibt unbeantwortet.

Auf den ersten Blick meint man genügend Gründe zu erkennen.

Ulrich war am Ende. „Sie sehen hier eine gescheiterte Existenz!“ sollen seine letzten Worte gewesen sein.

Zuggeben: Die Karriere des Managers ohne Eigenschaften war misslungen und Ulrich tatsächlich ein ganz und gar gescheiterter Mann, psychisch gestört und als Manager wie im Leben gescheitert. Die Wahrheit drohte ans Licht zu kommen. Moosbruggers Memoiren würden erscheinen und seine intimen Berichte die Peinlichkeiten, unter denen Ulrich schon aufgrund von Bordwehrs kruder Theorien litt, ins Unerträgliche steigern. Er wurde von seiner Schein-Ehefrau Leona verlassen und erpresst. Er wurde von der Agentur Tuzzinger unter Druck gesetzt. Seine große Liebe hatte ihn nicht nur in der tiefsten Seele verletzt, sondern auch mit dem besten Freund betrogen. Sein Freund Arnheim hatte ihn ebenfalls im Stich gelassen und sich offenbar wissend jahrelang an seinem Schicksal geweidet. Sein Schwager Hagauer war ein geklontes Monster, und obwohl Chef von Ulrichs geliebter Vorzeigefirma ein grässliches Lügen- und Kunstgebilde. Seine Schwester Agathe hatte ihn missbraucht und ihm heimlich zwei Kinder angedreht. Sein Mentor Leinsdorf, der ihm durch Lügen den falschen Weg gewiesen hatte, war bereits Jahre zuvor auf Ekel erregende Weise gestorben. Sein Prophet Meingast hatte ihn mit einem neuen Glaubensbekenntnis – Back to Basics zurück auf den Boden! – in liederlicher Weise zum Sprung auf den Boden erst ermutigt und ihm seine einzige Tochter genommen, bevor Ulrich sie überhaupt hatte.

Nichts mehr war diesem Manager am Ende seiner langen Lebensreise geblieben. Das Ergebnis meiner monatelangen Recherche will uns in der Tat einreden, Ulrich sei in der Tat gescheitert, wenn auch auf höchster Ebene.

Und trotzdem, trotz allem gärt in mir der unheimliche Verdacht, seine Niederlage sei ein Sieg, sei in Wirklichkeit ein Triumph gewesen, ja, gerade dieses Scheitern zeuge von der Größe und von der Modernität seines Lebens.

Denn schließlich gibt es ja noch die dritte Frage, die ich beim besten Willen nicht beantworten kann: War es Zufall, dass Ulrich im selben Alter wie Elvis Presley starb und das auf den Tag, ja vermutlich auf die Minute genau 25 Jahre nach dem Tod des Rock ‘n Roll-Stars?

War es Zufall? Das Datum 16. August spielte in Ulrichs Leben keine wesentliche Rolle, außer dass er am 16. August 1979 seinen Wehrdienst antrat und sechs Jahre später am selben Datum seine Doktorarbeit abgab. Aber bekommt das Datum dadurch eine symbolische Bedeutung? Doch wohl eher nicht. Ulrich war – jedenfalls hat das niemand bestätigt – kein Fan des Musikers.

Hatte er den 16. August also unbewusst gewählt? War es wirklich Zufall, dass er auch dieselbe Uhrzeit für seinen Freitod wählte wie der Sänger?

Das kann und will ich nicht glauben! Ulrich hatte alles in seinem Lebenslauf fest im Griff. Das DinA4-Blatt seiner Vita war perfekt und stimmt bis auf das letzte Komma. Selbst die drei Kinder, von denen es spricht, sind tatsächlich vorhanden gewesen. Zumal eine davon seine Tochter Gerda ist, der er nicht nur alle seine Eigenschaften und all sein Vermögen vermacht hat, alles, was er jemals hatte. Bringt sich ein Vater um, der solch eine Tochter sein eigen nennen darf? Soll das Wesen und Inhalt einer derart großen Idee, wie Ulrichs perfekt geplantes und gelebtes Leben sie nunmal war, letztlich in einer Pointe münden, die Zufall heißt?

Ich behaupte: Nein! Und selbst wenn ich aus diesen Recherchen verwirrter hervorgegangen, als ich in sie eingestiegen bin, so ahne ich doch die einzige Wahrheit, die diesem seltsamen Werdegang Ulrichs zugrunde liegt und die sich aus dem so treffsicheren Todestermin, das die Musik-Fans in ihrem alle Wirklichkeit überwindenden Glaubensbekenntnis mit dem Slogan ‚Elvis lebt!' Jahr für Jahr feiern – ableiten lässt:

Ulrich lebt!

An dieser Wahrheit werde ich festhalten – so wahr ich Robert Musil heiße!

Alle Abschnittsüberschriften sind Zitate aus Robert Musil, *Der Mann ohne Eigenschaften*, Rowohlt Verlag, Reinbek bei Hamburg 1978. Die Namen der handelnden Personen sind ebenfalls diesem Buch entlehnt.